# WER KLOPFT?

*Thriller*

## MICHAEL PATE

## ❧ I ❧

## DEPRAVATION

Ein lauwarmer Abend, ein mittelmäßiger Hochsommer. Die Luft stank nach Smog. Der Himmel schimmerte blau. Eine Stadt voller Engel und Dämonen. Gut, Böse, Arm, Reich, alles eilte hektisch hin und her. Die Einen gingen in den Feierabend zu ihren Familien. Die Anderen begannen erst ihren Tag im Rotlichtmilieu.

Eigentlich war dieser eine nächtliche Ausflug nicht

erlaubt, denn die Ausgangsregelung in diesem evangelischen Heim für schwer erziehbare Jugendliche war äußerst streng.

Und gerade als Leiterin dieses Heims wusste es Erika nur zu gut. So ging die dynamische, gut aussehende 39-jährige Sozialpädagogin, die wegen ihrer nahbaren Art und eigenen Methoden der Problemlösung beliebt war, heute ziemlich gravierende Risiken ein – allein schon auf rechtlicher Ebene.

Aber wo kein Kläger, da kein Richter.

Erika, eine leicht korpulente Erzieherin namens Britta und ein draufgängerischer sozialpädagogischer Assistent namens Florian, waren für die zwölf „Problemkinder" zuständig, die von ihren Eltern hier abgegeben worden waren, in der Hoffnung, dass diese Teenager mithilfe der drei Erzieher zu erträglicheren Menschen werden würden. Und Erika hatte es im Gefühl, dass sie diesem einen Jungen Justin endlich einmal zeigen musste, welche Zukunft er vor sich hatte, wenn er so weitermachen würde. Denn eines war ihr klar: Dieser Junge kapierte noch nichts.

Alle drei Kollegen waren sich einig, dass etwas außerhalb der Norm unternommen werden musste.

Justin wuchs langsam aus seinem Babyspeck heraus. Plötzlich stieg die Schuhgröße rapide, und sein Körpergeruch veränderte sich. Er hatte emotionale Schwankungen und verstand die Welt um sich nicht mehr. So spielte er verrückt, und das auf jeder Ebene.

Seine Eltern waren harte Arbeiter und boten ihm ein solides Leben in einem Neubaugebiet. Womöglich wurde er zu viel verhätschelt, und nun fanden seine Eltern nicht den Draht zu ihm. Und seine Interessen reduzierten sich aufs Faulenzen, Feiern und Zocken. Und das alles nicht nüchtern.

Justin war im Mai mit 15 Jahren ins Heim gesteckt worden, nachdem seine Eltern alles versucht hatten, um ihn auf den rechten Weg zu bringen. Je mehr sie versucht hatten, desto mehr rutschte er ab und wandte sich dem Alkohol, dem Gras und den Ballerspielen zu.

Um sich seine Zigaretten und seine Drogen zu kaufen, schmeichelte er sich immer wieder bei seiner schwerkranken Großmutter ein, die ihrem ach so süßen Enkel dann immer wieder Taschengeld gab. Und wenn dies nicht klappte, zum Beispiel weil seine Eltern dahinter kamen, klaute er das nötige Geld.

Auf Schule hatte Justin keinen Funken Lust. Er hielt die ganze Sache für Zeitverschwendung und ließ sich nicht sagen, was er zu lernen hatte, wann er aufzustehen hatte, wo er anwesend zu sein hatte.

„Warum lasst ihr Wichser mich nicht einfach alle in Ruhe? Ich komme alleine klar! Fickt euch!"

Das waren Justins Standardsätze. Alles war angeblich gegen ihn und wollte ihm etwas Böses.

Nun saß er im Heim und redete sich ein, sich im besten bezahlten Urlaub zu befinden. Weg von seinen ach so bösen Eltern, weg von seinen Verpflichtungen. Einfach mit Gleichgesinnten herumhängen und „sein Leben chillen". Denn generell herrschte in diesem Heim keine Bestrafungspolitik. Man schrie die Jugendlichen nicht an, man ließ ihnen auch ihre emotionalen Ausraster – wenn auch im gesunden Rahmen. Man arbeitete mit sehr viel Geduld, denn die Hausphilosophie lautete, dass Druck nur Gegendruck erzeugt.

Aber man durfte eben nicht alles...

Zwischendurch knallte es natürlich, da Justin im Heim keine Narrenfreiheit mit seinem Handy oder seinen Ausgangszeiten bekam – von Alkohol- und Drogenkonsum ganz zu schweigen. Aber dieses Leben war ihm zehnmal lieber als zu Hause.

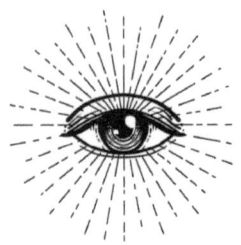

Erika kam selber aus keinem schönen Elternhaus. Ihre Kindheit hatte ihr gewisse Narben verpasst, die sie dazu verleitet hatten, ihr Leben der Betreuung von Kindern zu widmen, deren Eltern nicht kompetent genug waren, um sie für die Welt fit zu machen. Seit ihrem 24. Lebensjahr war Erika als studierte Sozialpädagogin tätig. Gerade ein Jahr lang war sie Mutter, aber die Welt musste gerettet werden, also wartete Erika nicht lange, bis sie sich in die Arbeit stürzte. Die eigene Tochter Bianca wurde deftig „ferberisiert", und die Karriere rief. Damit machte sich Erika womöglich zu einer leichten Heuchlerin, ohne dass böse Absichten im Spiel waren.

Durch die vielen Jahre der Praxis besaß Erika bereits reichlich an Erfahrung und Kompetenz im Umgang mit schwierigen Jugendlichen. Sie wusste, wie man so manche stolze Nuss geknackt bekam.

In den drei Monaten seit Justins Einweisung hatte sie allmählich das Gefühl, dass er nicht einmal im Ansatz die

Kurve bekam. Dass niemand zu ihm durchdringen konnte. Und dies stellte eine Herausforderung dar.

So ließ sie sich etwas einfallen, was sie womöglich ihren Job kosten könnte. Dies sagte sie ihm sogar.

„Wo fahren wir hin?", fragte Justin, der passiv auf dem Beifahrersitz saß und vor sich hin starrte.

Es war mitten in der Nacht.

„Wir fahren ins Ghetto."

„Ins Ghetto?"

„Ja. Schon mal da gewesen?"

„Nö."

„Ich weiß. Deine Eltern verdienen gutes Geld, sie haben dir ein großes Zimmer hingestellt. Du musstest noch nie die Armut kennenlernen."

„Das ist auch das Mindeste. Ich bin ihr Kind. Sie müssen für mich sorgen."

„Und bist du der Meinung, dass du gegenüber deinen Eltern gar keine Pflichten hast?"

„Nö. Ich bin doch ein Kind. Die hetzen mich die ganze Zeit nur."

Erika schluckte und hielt inne.

„Und wie soll's denn weitergehen, wenn du erwachsen bist?", fragte sie. „Dann hast du doch sicher irgendwann ein paar Pflichten, oder? ich meine, du musst essen, du brauchst ein Dach überm Kopf."

„Ich tue mich mit Freunden zusammen."

„Willst du nicht irgendwann heiraten? Kinder kriegen?"

„Kotz. Wer will schon Kinder? Meine Eltern wollten mich damals auch nicht."

„Kinder sind unsere Zukunft", sagte Erika. „Aber egal, worauf ich hinauswollte, war eigentlich nur, dass du dir selbst gegenüber immer Verpflichtungen hast. Natürlich nur, wenn du auch leben willst. Du kannst ja auch von einer Brücke springen, und alles ist vorbei. Aber solange du irgendwo da drin, hinter all dem ganzen ,Fuck you' dann doch noch ein Fünkchen Selbsterhaltungstrieb hast, dann wirst du wissen, dass du täglich essen musst. Du musst schlafen. Noch einfacher, du musst atmen. Du musst dir selbst da draußen zu helfen wissen. Und weißt du was, ich stimme dir zu: Schule nervt. Alles in der Kreidezeit hängengeblieben."

„Ja, Mann! Was bringt mir das, irgendwelche schwulen Gedichte auswendig zu lernen?"

„Ich kann dich da total verstehen. Aber was du noch nicht verstanden hast, ist: Du lernst in dem Moment nicht das Gedicht. Du lernst das Lernen. Darauf kommt es an. Das ,schwule' Gedicht ist nur Mittel zum Zweck. Heutzutage überlebt der Schlauere. Nicht der Stärkere. Und Schule ist eine Generalprobe fürs Leben. Eine Muckibude für dein Gehirn. Und wenn du das verstanden hast, dann hast du erst eine Chance auf ein Abschlusszeugnis, mit dem du auf die Menschheit losgelassen werden kannst."

Justin rollte seine Augen genervt. Wieder stank es ihm penetrant nach Moralpredigt. Erika bemerkte es rechtzeitig und schwieg wieder.

Er sah sich um. Keine funkelnden Lichter von Hochhäusern und Schaufenstern. Sie hatten die Innenstadt verlassen und fuhren in die schmuddeligen Vororte, wo zu allem Überfluss die Straßenlaternen ein drückendes Gelb von sich gaben.

„Was machen wir hier draußen?", fragte Justin, und rückte unbehaglich in seinem gewärmten Sitz umher.

„Na ja, soviel steht fest: Ich riskiere meinen Job. Ob du mich verpfeifst, das hast du komplett alleine in der Hand."

„Ich verstehe nur Bahnhof, Alter."

„Mein Name ist Erika."

„Ich weiß, wie du heißt, Alter."

Erika ließ sich nicht provozieren. Immer durch die Nasenlöcher atmen. Tief einatmen, ausatmen. Zen.

„Jedenfalls will ich dir helfen. Da du gerade offensichtlich nicht in der Lage bist, dir selbst zu helfen. Überhaupt zu erkennen, dass du Hilfe brauchst. Und mein Job ist es, euch zu helfen."

„Euer Job ist es, uns auf die Eier zu gehen, weil wir nicht so werden wollen, wie ihr es gern hättet."

„Aha? Wie hätte ich dich denn gern?", entgegnete Erika.

Und damit brachte sie Justin zum Stocken. Er überlegte kurz, dann antwortete er, relativ staksig: „Na ja, also, ordentlich und gebildet und spießig und bla."

„Nö", antwortete Erika. „Spießig langweilt mich. Wie kommst du darauf, dass ich aus dir einen Spießer machen will?"

„Was willst du *denn* aus mir machen?"

„Gar nichts. Das ist es ja. Du sollst du bleiben. Wenn du deine Haare blau färben willst, dann mach es einfach, um Himmels Willen. Aber Haarfarbe musst du dir leisten können. In drei Jahren bist du erwachsen. Hast du einmal wirklich ernsthaft darüber nachgedacht, was du werden willst?"

Justin überlegte.

„Na, auf jeden Fall kein Spießer. Ich will ich bleiben."

„Schon klar", erwiderte Erika, „aber was willst du beruflich machen?"

„Irgendwas Geiles. Keine Ahnung. Was soll die Frage?"

„In spätestens drei Jahren solltest du dir die Frage einmal ernsthaft gestellt haben. Ich weiß, dass es nervt, sich plötzlich mit dem Ernst des Lebens auseinandersetzen zu müssen. Dabei fühlt man sich noch so jung. Glaub mir, ich habe auch eine Pubertät durchgemacht. Ich bin nicht der Feind."

Dazu hatte Justin nichts zu sagen. Was denn auch?

„Ich bin müde", waren seine nächsten Worte. Genervt, aufgewühlt, bockig. „Wann können wir umdrehen?" Erika sah ihn wortlos an. Diese Frage beantwortete sie ihm nicht. Zumindest nicht sofort.

Der Wagen hielt an einer noch relativ belebten S-Bahn-Station. Hier befanden sich viele Obdachlose, die meisten von ihnen waren betrunken. Erika war nebenberuflich in mehreren Stiftungen aktiv und wusste daher, unter welchen Umständen selbst in einer deutschen Großstadt einige Menschen lebten. Ein Teil davon war sogar freiwillig in dieser Lage, um nicht ins System zu geraten.

„Was machen wir hier?", fragte Justin beunruhigt.

Erika reichte ihm einen Zehn-Euro-Schein.

„Du gehst zum Späti da rein und holst bitte ein Sixpack Mineralwasser für den Gemeinschaftskühlschrank. Der ist alle."

„Dafür bist du ganz hier rausgefahren?"

„Ja, das Mineralwasser ist hier besonders gut."

„Du verarschst mich."

„Das würde ich nie tun."

„Was auch immer", murmelte Justin, öffnete die Beifahrertür und stieg aus. „Bleibst du hier?"

„Nein", antwortete Erika, zu seiner Überraschung. Justin war kurz davor, die Tür wieder zuzuknallen. Er sah sie perplex an.

„Wie? Wo fährst du hin?"

„Nach Hause. Ich möchte noch meine Tochter zu Bett bringen. Mein Kollege Günther hat heute bei euch die Nachtschicht."

„Du verarschst mich!"

„Nein. Um Mitternacht bist du spätestens bitte im Heim. Du nimmst die hintere Tür, die ist aufgeschlossen."

„Wie soll ich denn dahin zurückkommen?"

„Mit dem Restgeld nimmst du die Bahn zurück. Von der Station City Nord bis zum Heim ist ein kurzer Fußweg."

„Ich mach das nicht!"

„Um Punkt Mitternacht bist du wieder da. Wir haben jetzt 23:00 Uhr."

„Was soll das?"

„Du warst noch nie in dieser Gegend, oder?"

Auf diese Frage musste er nicht antworten. Sie wusste die Antwort.

„Du bist ohne Handy unterwegs. Du bist komplett runter vom Radar. Solltest du entscheiden wegzurennen, dann schau dich hier gut um, und überleg dir ein gemütliches Plätzchen. Solltest du aber entscheiden, mit dem Sixpack zu kommen und einen Dienst für die Wohngemeinschaft machen, wasche ich morgen für dich ab und gebe dir on top eine Extrastunde mit deinem Handy. Scheiß drauf, machen wir gleich zwei daraus."

Justin begann zu überlegen.

„Ich könnte einfach abhauen."

„Ja, das könntest du. Aber die Konsequenzen kennst du ja." Justin war nicht der Typ, der sich einschüchtern ließ, aber die Konsequenzen würden ihn definitiv zumindest nerven.

„Wie finde ich zurück?"

„Du fragst einfach irgendwen. City Nord, da musst du hin. Ich glaube, du musst nur einmal umsteigen, aber das kann dir einer erklären."

Justin schluckte. Er war nicht der kontaktfreudigste Mensch. Sprach er jemanden an, klang es grundsätzlich ein wenig wie Pöbelei.

Nun musste er sich unters Volk mischen, die Realität sehen, fühlen und riechen. Sein trotziger Zynismus war nun auf die Probe gestellt. Allein seine glänzend weißen Turnschuhe verrieten, dass der Junge kaum draußen gewesen war, geschweige denn in so einer Gegend.

„Also, was ist jetzt? Schaffst du das?"

Nach einem Moment antwortete Justin: „Ich denke schon. Zwei Stunden mehr am Handy, und ich muss nicht abwaschen, ja?"

„Dafür bist du um Punkt 0:00 Uhr wieder in deinem Zimmer und hast die Flaschen kaltgestellt."

„Deal."

Justin schloss die Beifahrertür und überquerte die Straße, Richtung Spätkauf. Erika sah ihm noch hinterher, und dachte intensiv über ihren Ansatz nach. War es das Richtige? Würde es irgendetwas bewirken?

Das Losfahren fiel ihr schwer, denn schließlich war sie

für einen Minderjährigen verantwortlich, den sie mal eben ganz am anderen Ende der Großstadt abgesetzt hatte. Und ja, die Möglichkeit war da, dass Justin zumindest versuchen würde, unterzutauchen – auch wenn Erika so ziemlich jede Adresse bekannt war, die er in so einem Szenario aufsuchen würde.

Unterwegs könnte ihm wiederum etwas passieren. Sie würde zur Verantwortung gezogen werden, und womöglich unfreiwillig ihre zwei Teammitglieder mit hineinziehen.

Aber auf der anderen Seite gab es Erikas Bauchgefühl. Dieses hatte sich in ihrem Leben öfter als eine Besonderheit erwiesen. Im Falle Justin hatte Erika im Bauch, dass ihm diese Schockbehandlung dazu verhelfen würde, sich Ziele zu setzen, und darauf zu verzichten, täglich high sein zu wollen.

Und am Ende des Tages war Erika selbst ein zielstrebiger Mensch, der ungern versagte. Ihre Quote war auffällig gut. Viele „Problemkinder" hatte sie bereits in den Griff bekommen und zu besseren Menschen gemacht.

Dies sicherte ihr eine hohe Position in ihrem Berufskreis.

So war es für sie keine Option, im Falle Justin zu versagen. Allein das war ihr gewisse Risiken wert.

Und selbstverständlich war es ihr schlichtweg ein Anliegen, diesem Jungen effektiv unter die Arme zu greifen.

So fuhr sie los, wenn auch schwer atmend.

Und anstatt nach Hause zu fahren, verschwand sie um eine Ecke und beobachtete Justin weiterhin. Sie sah ihn in den kleinen Laden verschwinden.

Minuten vergingen. Dies machte sie unsicher. Denn er könnte sich für das Geld genauso ein Sixpack Bier kaufen, vielleicht würde es auch noch für eine Schachtel Zigaretten reichen.

Aber zu ihrer Erleichterung kam Justin dann mit einem Sixpack Mineralwasser aus dem Laden und ging Richtung S-Bahn-Station. Er hielt bei einer Gruppe Punks an und sprach sie an. Erika sah genau zu. Einer der Punks begann mit dem Finger zu zeigen und zu erklären. Justin nickte und drehte sich weg.

Dann blieb er stehen, und sah etwas, was ihn zu packen schien. Erika lehnte sich am Steuer ihres Autos nach vorne, um zu sehen, was er anschaute. In seinem Sichtfeld konnte sie nur einen Obdachlosen erkennen, der in einer Decke eingewickelt dasaß und mit seinem Schäferhund die Reste eines weggeworfenen Omeletts teilte. Sonst konnte Erika nichts erkennen, was seinen Blick fangen könnte.

Am Mann gingen die Passanten vorbei, als würde er nicht existieren. Vielleicht war er wiederum für alle bereits ein selbstverständlicher Teil der Szenerie.

Justin sah dann hoch zu einer Straßenuhr und verschwand dann in der Station.

Mit einem leichten Lächeln fuhr Erika dann los. Dennoch blieb sie angespannt.

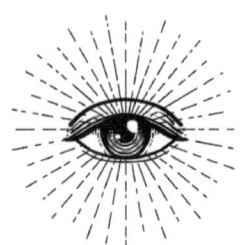

Erika parkte ihr Auto in der Tiefgarage ihres Wohnblocks, wo sie mit ihrem Mann Uwe und ihrer Tochter Bianca eine recht geräumige Vierzimmerwohnung im vierten Stock hatte. Jeden Abend nahm sie nach der Arbeit die Treppe, nie den Fahrstuhl. Sie mochte nicht das Gefühl, ausgeliefert zu sein. Abgekapselt. Abhängig von der Technik. Womöglich ein Grund, warum sie auch stets ohne Navi fuhr. Sie schloss ihre Tür auf und betrat die Wohnung. Es war relativ kühl, und dunkel. Nur über dem Herd in der offenen Küche brannte das Licht.

Erika schritt in den Wohnbereich und sah dort im Dunkeln das bläulich beleuchtete Gesicht ihrer Tochter Bianca. Diese lag auf der Couch und kitzelte mit ihrem Finger das Display ihres Handys.

„Noch wach?", fragte Erika, und nahm sich eine Trinkflasche Wasser aus dem Kühlschrank, die zwischen einer Pepsi Light und einer Fanta stand. Dazu nahm sie sich einen Apfel, um es sich gleich im Bett mit einer spannenden Nachtlektüre über Jugendpsychologie gemütlich zu machen.

Die Antwort von Bianca blieb aus.

„Hast du nicht morgen zur ersten?"

Immer noch keine Antwort.

Erika ging einige Schritte auf Bianca zu.

„Ist Papa schon da?"

Bianca äußerte einen bejahenden Laut.

Erika starrte für einen Augenblick auf das gestapelte schmutzige Geschirr im Waschbecken. Irritiert öffnete sie den Geschirrspüler und stellte fest, dass die Ladung blitzeblank gewaschen, und bereits abgekühlt war.

Sie schaltete die blinkenden Lichter aus, und stellte ihre Flasche und den Apfel auf die Arbeitsfläche. Dann schaltete sie das Deckenlicht an und begann den Geschirrspüler auszuräumen. Ihre demonstrative Lautstärke dabei erzielte nicht die von ihr gewünschte Wirkung. Nicht einmal Bianca, die wenige Meter entfernt war, bekam den Impuls, ihrer Mutter zu helfen.

Uwe lag bereits im Bett. Der Schlafzimmerfernseher war trotz geschlossener Tür zu hören.

Erika räumte die Tassen in den Schrank, dann die Gläser, dann die Teller. Dann sortierte sie das Besteck in die Schublade ein. Daraufhin spülte sie das schmutzige Geschirr ab, kratzte Essensreste von einigen Tellern und lud alles in den Geschirrspüler.

Wenige Minuten später schloss sie diesen, nahm ihre Flasche und den Apfel, und ging seufzend Richtung Bad.

„Geh nicht zu spät ins Bett, Bianca."

„Mmh."

Erika ging sich frisch machen. Sie putzte ihre Zähne, zog die Spange aus ihren Haaren und löste sie, um sie zu kämmen. Dann schminkte sie sich ab, und ging samt Proviant ins Schlafzimmer, wo Uwe im Bett lag und einen billigen Horrorfilm sah, in dem der Antagonist der leibhaftige Teufel war. Seine Vorboten waren alle möglichen kleinen, deformierten Ungetüme, viele davon in Rattengestalt.

Und Erika fürchtete Ratten. Sie sah seufzend zum Fernseher hoch und fragte sich, ob denn so etwas unbedingt zum Einschlafen geschaut werden musste. Ratten und Dämonen, ernsthaft?

Aber diese Frage stellte sie Uwe nicht so direkt.

„Kannst du die Lautstärke vielleicht etwas runtermachen?"

„Oh, zu laut? Na klar."

Uwe reduzierte die Lautstärke, dann sah er zu Erika, die unter ihre Decke kroch, die Nachttischlampe einschaltete und sich ihr Buch nahm. Darunter lag eine Bibel, in der sie ab und zu Dinge nachschlug.

„Das stört dich jetzt nicht, oder?", fragte er.

„Schon gut, Uwe. Die Lampe stört dich auch nicht, oder?"

„Normalerweise schon. Aber bei dem Film hier bin ich froh über ein Nachtlicht."

„Wieso, hast du etwa Angst? Guckst du wieder Spukzeugs?", lachte sie.

„Na ja, der Typ hat gedacht, nach diesem Dämon wäre Schicht im Schacht. Aber sein Endgegner war schon die ganze Zeit der Satan, oder Luzifer, oder was. Kein schöner Endgegner."

Obwohl Uwe eher lachte, starrte Erika abwesend vor sich hin. Sie seufzte: „Das stimmt."

Uwe wechselte das Thema: „Hast du gerade den Spüler vollgemacht?"

Erika zog das Lesezeichen heraus und öffnete das Buch. Dabei antwortete sie: „Voll nicht, ich hab nur das, was da rumstand, reingetan."

„Mensch, Schatz, ich wollte doch, dass wir mehr mit der Hand abwaschen. Jedes Jahr gehen die Stadtwerke hoch, Kleinvieh macht auch Mist."

„Ja. Hast recht. Tut mir leid."

Dies wäre ihr Moment zum Kontern gewesen. Sie hätte nur darauf hinweisen müssen, dass dann aber auch jemand so geistig anwesend sein muss, um dann auch abzuwaschen.

Aber sie kannte auch bereits die Antwort auf so eine Aussage. Uwe hätte ihr gesagt, dass er das in der Früh erledigen wollte. Und nicht, dass er es etwa sinnvoll finden würde, ihrer 16-jährigen Tochter die eine oder andere Verantwortung im Haushalt anzuvertrauen.

In diese Richtung ließ Erika diese eigentlich beiläufige, nächtliche Unterhaltung mit ihrem Ehemann gar nicht erst abdriften. Denn er war gerade dabei, einen Punkt zu machen, den sie durchaus respektieren wollte. Die Familie hatte insgesamt zu hohe Fixkosten. Und als Abteilungsleiter in einem Bettenladen war er offiziell der Hauptverdiener im Hause.

Dass das Geld trotz zweier Verdiener im Hause nicht reichte, obwohl er einen guten mittelständischen Job und einen unbefristeten Arbeitsvertrag hatte, das alles frustrierte Uwe. Er arbeitete, um der Familie einen guten Lebensstandard zu bieten, und nicht, um bloß Außenstände zu bezahlen.

Aber so schlecht hatte es diese kleine Familie nicht. Sie lebten durchaus in leicht besseren Verhältnissen als die meisten Menschen in ihrem Bekanntenkreis.

Und Erika, in ihrer Branche angesehen und erfolgreich, brachte nur ein Zweiteinkommen nach Hause und ordnete sich unter.

Sie beschloss zu lesen, nahm sich ihren Apfel und biss hinein. Sie kaute, schluckte herunter. Dann wanderte ihr Blick zu Uwe, und sie senkte ihr Buch wieder.

„Hast du übers Handy-Verbot nachgedacht?", fragte sie ihn, und wechselte nun selbst einmal das Thema. Um mit ihm in einem Gespräch zu bleiben.

„Für Bianca?"

„Ja, natürlich für Bianca."

„Das macht sie nicht mit."

„Sie kann das Ding doch für zwei Stunden am Abend haben. Ich sehe das immer wieder auf der Arbeit, die Kinder verlernen alles, sind ohne ihr Handy aufgeschmissen. Und die können nicht mal damit um, die hauen sich nur Müll rein. Das sollten wir ihr alles abtrainieren. Guck dir ihre Schulnoten an."

Uwe seufzte, schaltete den Fernseher auf stumm und drehte sich zu ihr.

„Das hatten wir schon alles durch. Ich weiß. Aber willst *du* Bianca beschäftigen? Kannst du sie momentan richtig fordern? *Willst* du das?"

„Na ja. Wir sind eine Familie, Uwe, und keine Pension. Wenn sie nicht mal ihren paar Pflichten im Leben nachkommt, dann ist das keine Familie. Dann will sie nur was zu essen und trinken, ein Klo, ein Bett und ein WLAN, ohne irgendetwas dafür zu geben. So funktioniert das doch nicht. Sie kann doch einige Sachen übernehmen. Zum Beispiel abwaschen."

Und schon war sie doch bei diesem Thema angekommen, obwohl es ihr eigentlich um ein Handy ging. Erika war nicht glücklich mit den Zuständen in ihrer Familie. Natürlich gab es tragischere Familienverhältnisse, aber Erika fürchtete die Konsequenzen von Inkonsequenz. Sie sah die Dinge schlimmer werden. Und es frustrierte sie innerlich, lauter fremde Kinder effektiv in den Griff zu bekommen, aber zu Hause hilflos zuzusehen, wie ihre eigene Tochter entgleiste.

„Schatz, die Kleine ist gerade in der Pubertät. Sie entdeckt sich gerade. Willst du dir ihre emotionalen Ausbrüche antun?"

Darauf hatte Erika keine Antwort. Sie biss wieder von ihrem Apfel ab.

Uwe fuhr fort: „Weißt du noch, als sie klein war und so rumschrie, da hab ich immer wieder gefragt, wo der Aus-Knopf ist. Jetzt hat der liebe Gott uns für diese Phase bei ihr einen super Aus-Knopf geschenkt. Es ist klein, flach, und hat hinten einen abgebissenen Apfel drauf."

Er lachte kurz auf und zeigte auf ihren Apfel.

Erika dachte nach, legte dann Buch und Apfel auf den Nachttisch. Sie schaltete das Licht aus, drehte sich von Uwe weg und schloss die Augen.

„Ich kann auch ausmachen", sagte er, „und dir was Gutes tun."

Und damit spielte er neckisch auf Sex an.

„Du tust mir schon was Gutes, *indem* du ausmachst. Du brauchst mir keine zwei Gefallen zu tun."

„Tue ich gerne."

„Gute Nacht, Schatz."

Uwe seufzte, und schaltete den Fernseher aus. Auch er drehte sich weg und schloss die Augen.

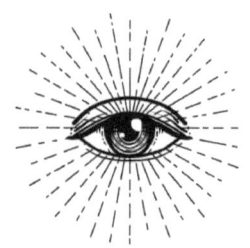

In dieser Nacht träumte sie etwas unruhig. Einige der dämonischen Eindrücke aus dem Horrorfilm, den Uwe geschaut hatte, schlichen sich in ihr Unterbewusstsein und wurden in ihrem Traum mit verarbeitet.

Vor allem die verfilzten, zähnefletschenden und von bösen Geistern besessenen Ratten aus dem B-Movie tauchten immer wieder auf und fühlten ihrer Psyche deftig auf den Zahn, da sie eine regelrechte Phobie vor diesen Tieren hatte.

Dann ertönte ein Geräusch in ihren Ohren, das alles im Traum überstieg.

Klopf, klopf.

Erika zuckte im Schlaf.

Dieses Klopfen war zu präsent und zu klar für den Traum.

Flüchtig wurde sie wach, und öffnete für einen Moment die Augen.

Sie sah dösig zur Schlafzimmertür, und wurde von Sekunde zu Sekunde wacher.

Klare Gedanken zu fassen, fiel ihr in ihrem schlaftrunkenen Zustand schwer. Es waren eher lose Fetzen. Sie fragte sich kurz, ob sie denn zur Tür rufen sollte.

Vielleicht hatte Bianca in Wirklichkeit geklopft. Aber diesen Gedanken verlor sie wieder, denn sie war zu müde. Wenn Bianca wirklich vor der Tür stand, würde sie schon ein zweites Mal klopfen.

So schloss Erika wieder die Augen, schlief schnell wieder ein, und hoffte dabei auf bessere Träume als die bisherigen dieser Nacht.

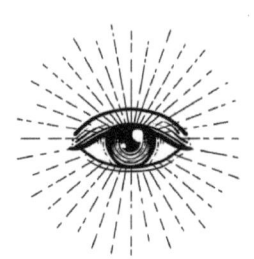

A m nächsten Morgen betrat Erika das Heim, in dem sie arbeitete. Es war ein zweistöckiges Haus mit insgesamt zehn Schlafzimmern, vier Badezimmern, einem geräumigen Gemeinschaftsbereich samt Küche, und einem eigenen Sportplatz. Neben dem Grundstück befand sich ein großer Stadtpark. Die Lage war ziemlich schön für diese City.

Die zwölf Jugendlichen waren alle wach. Zwei Mädchen stritten sich, ein Junge rappte Nonsens. Alle Badezimmer waren dauerbesetzt.

Ein paar Worte wurden mit dem 50-jährigen Günther gewechselt, der dann in seinen Feierabend ging. Nun war Erika wieder am Ruder. Als erstes galt es, die übliche Runde zu drehen, um überall nach dem Rechten zu schauen und ihre Anwesenheit kundzutun.

In der Küche stand ausgerechnet Justin, der in diesem Ensemble als besonders faul und trotzig auffiel. Er war in sich gekehrt, und hielt noch an einem Brocken Stolz fest. Aber seine Hände taten Dinge, die Erika nicht zuvor bei ihm gesehen hatte. Sie bereiteten für die gesamte Gruppe ein Frühstück aus Spiegeleiern und Toast zu. Der Tisch war bereits gedeckt.

Erika stand erstaunt und erfreut da. Ihre Augen funkelten. Scheinbar hatte ihr Bauchgefühl, diesen ignoranten Jungen für eine Stunde durch die Stadt zu schicken, erste gute Früchte getragen.

Erikas jüngere Kollegin, die Erzieherin Britta, kam dazu.

„Ja, das habe ich mir auch gedacht", sagte sie zu Erika. Dann drehte sie sich zu Justin und fragte scherzend: „Wer sind Sie, und was haben Sie mit Justin gemacht?"

„Abwaschen muss ich nicht", sagte er trotzig.

Erika öffnete den Kühlschrank und sah sechs Flaschen Mineralwasser, sauber und ordentlich einsortiert. Die Plastikverpackung war entsorgt.

„Ja, das stimmt", fügte sie dann hinzu, um auch Britta von ihrem Deal mit Justin in Kenntnis zu setzen. „Justin hat das Wasser besorgt, und dafür muss er nicht abwaschen."

„Und ich krieg mein Handy heute zwei Stunden länger", erinnerte er sie. An Freundlichkeit war nicht allzu viel zu erkennen.

„Aha", antwortete Britta, „kein schlechter Deal. Und worauf geht dieses Frühstück?"

Justin sah Erika flüchtig an und zuckte mit den Schultern.

„Nur so. Ist das jetzt ein Problem?"

„Nein. Kein Problem. Finde ich gut."

„Ich auch", fügte Erika hinzu.

Mit einem leichten Lächeln im Gesicht ging Erika dann zu ihrem persönlichen kleinen Schrank und legte ihren Autoschlüssel und ihr Mobiltelefon hinein. Handy-freie Zeitstrecken galten hier für alle.

Für einen Augenblick überlegte sie, dann zog sie das Handy wieder heraus und schrieb ihrem Mann eine Textnachricht: „Hat's heute Nacht bei uns geklopft?"

Sie schickte die Nachricht ab, und starrte aufs Display, bis aus einem grauen Häkchen zwei graue Häkchen wurden. Dann wartete sie darauf, dass diese blau wurden. Dass Uwe die Nachricht abhören würde.

Aber es passierte nichts.

Sie seufzte. Aber schließlich war Uwe auch auf der Arbeit, und genau wie sie, hatte er eine Vorbildfunktion in seinem Job. Da tippt man nicht am Handy herum.

Erika legte das Handy wieder in den Schrank. Diesen schloss sie ab.

Dann wanderte sie von Zimmertür zu Zimmertür, um nach ihren restlichen Schützlingen zu sehen. Und ja, zwischen den zwei Mädchen gab es noch einen Streit zu schlichten.

Ein neuer Tag auf der Arbeit.

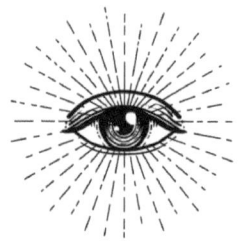

In der Mittagspause ging Britta rauchen, während Erika mit den zwölf Teenagern selbstgemachte Lasagne austeilte. Sie selber aß nur einen Salat, da sie Vegetarierin war. Zwar war sie nicht „Hardcore" vegan, aber Fleisch und Eier essen, das mochte sie nicht.

Zum Nachtisch gab es für alle Tiramisu, auch selbstgemacht, aber ohne Amaretto.

„Was haben die Italiener denn mit Schichten?", fragte Tarek, einer der Jungs. „Alles aufeinander gestapelt und so, Schicht Nudeln, Schicht Käse, Schicht Tomate, Schicht Löffelbiskuits, Schicht hier, Schicht da. Was los mit denen? Stehen da nur Fliesenleger in der Küche oder was?"

Die Runde lachte, mehr oder minder.

„Nee, Mann", mischte sich Kimberly ein, „die Itaker sind das Nudelvolk."

„Ja, Lasagne ist auch eine Nudelart", merkte Erika an, und schenkte sich Wasser ein. „Aber die Nudeln kommen eigentlich gar nicht aus Italien. Marco Polo hat sie im Mittelalter in China entdeckt, und nach Italien gebracht. Hab ich zumindest mal irgendwo gelesen. Man nennt es wohl ,die lange Reise der Nudel'."

„Nein, so nennt man die Pubertät bei den Jungs", spottete Sandra, die wohl Selbstbewussteste aus der Runde.

Einige der Mädchen lachten. Einige der Jungs reagierten mit einem Stinkefinger.

Erika hatte die Teenager gut unter Kontrolle, sie nahm an ihren banalen Gesprächen teil, gab ihnen immer ein Häppchen Grundwissen mit, aber nahm Abstand von offensichtlichen Belehrungen. Sie sprach die Sprache der Jugendlichen.

Nach dem Essen wurde gemeinsam abgeräumt. Es gab immer noch einige, die sich vor der Arbeit drückten. Plötzlich musste man dringend aufs Klo, oder man hatte irgendwelche Schmerzen, war müde, oder was noch so an Ausreden getestet werden konnte.

Aber Erika durchschaute so ziemlich jede Ausrede, und hatte stets eine clevere, gar charmante Art, diese auszuheben. Bei ihr hatte man keine Chance zu flüchten. Aber über ein Seufzen gingen die Reaktionen nicht hinaus. Erika hatte es sich erfolgreich erarbeitet, dass man sie respektierte. Dass man sie mochte.

Auf der Arbeit war Erika keine Heuchlerin. Sie ließ die Jugendlichen nicht ackern, ohne selbst mit anzupacken, und das rechnete man ihr im stillen Kämmerlein hoch an.

Erikas Heuchelei war anderweitig zu finden. Sie strahlte in ihrem Beruf eine Kompetenz aus, die ihr aber zu

Hause nichts brachte. Denn zu Hause hatte sie keine Kontrolle. Sie ließ ihre Tochter entgleisen und erwartete von ihrem Mann, dass er dies als Vaterfigur kompensieren würde.

Der Schuster hat eben die schlechtesten Schuhe.

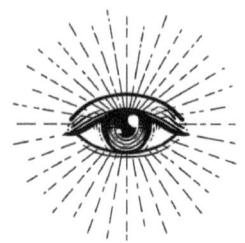

Nach dem Abräumen und Abwaschen nahm sie sich eine Auszeit von zehn Minuten, als Florian und Britta für sie einsprangen. Und obwohl Justin eigentlich heute vom Abwaschen befreit war, half er mit.

Erika nahm sich ihr Handy aus dem Schrank, und hoffte auf eine Antwort von Uwe. Denn dieses Klopfen von heute Nacht war so präsent gewesen, dass dieses Fragezeichen nicht aus ihrem Kopf wegging.

War es Bianca gewesen?

Gab es Schlafwandler in der Familie?

Oder war die Wohnung nicht einbruchssicher, und jemand hatte sich Zutritt verschafft?

Oder bildete sie sich etwa Dinge ein, oder hatte zu lebhafte Träume?

Erika ging mit ihrem Handy nach draußen in die

Raucherecke, obwohl sie keine Raucherin war. Sie hörte ihre Sprachnachrichten ab, bestätigte einen Arzttermin und fand einen entgangenen Anruf vor. Die Telefonnummer konnte sie nicht zuordnen. Auf der Mailbox war keine Nachricht hinterlassen.

Zu ihrer Enttäuschung gab es keine Nachricht von Uwe. Keine Antwort auf ihre kleine, banale Frage, die sie dennoch nervte.

Aber gut, abwarten.

Erika rief die unbekannte Nummer zurück und wartete, während sie von einer fetzige Musikschleife und einer freundlichen aufgezeichneten Frauenstimme hingehalten wurde, die ihr verriet, mit einer Produktionsfirma namens „Borderline Film" verbunden zu sein.

Dann klingelte es. Daraufhin wurde sie von einer jungen männlichen Stimme freundlich begrüßt.

„Äh, hallo. Riemann mein Name, Sie hatten mich heute um 10:30 Uhr angerufen."

„Wie war noch mal der Name?"

„Riemann. Erika Riemann."

„Augenblick kurz, Riemann, Riemann..."

Erika konnte hören, wie Tasten gedrückt wurden. Dann meldete sich der junge Mann wieder zu Wort: „Ah, da. Richtig. Oh. Das war unser Redakteur persönlich. Soll ich Sie denn mal direkt zu Herrn Wolff durchstellen?"

Erika hatte keinen Schimmer, wer Herr Wolff denn war, geschweige denn, was man überhaupt von ihr wollte.

„Äh, ja. Sie können mich durchstellen. Worum geht es aber überhaupt?"

„Das erklärt Ihnen Herr Wolff lieber selber, der scheint was Größeres mit Ihnen vorzuhaben."

„Aha?"

„Warten Sie mal."

25

Und wieder ertönte die Musikschleife, verbunden mit der höflichen Bitte, sich noch einen Augenblick zu gedulden. Erika blickte durch das Fenster ins Gebäude, um nach den Jugendlichen zu sehen. Alles war im Lot.

„Wolff?", ertönte eine tiefe männliche Stimme am anderen Ende der Leitung.

„Erika Riemann hier, Sie hatten mich vorhin angerufen?"

„Ah, Frau Riemann, ja! Schön, dass Sie zurückrufen. Hören Sie, ich würde Sie gern so bald wie möglich treffen. Wann hätten Sie denn Zeit?"

„Äh... Worum geht es denn eigentlich?"

„Wie ich höre, haben Sie in Ihrem Beruf eine bemerkenswerte Erfolgsquote, weil sie ihre eigenen Methoden entwickelt haben, die sich als sehr effektiv herausgestellt haben. Ist das richtig?"

„Wenn Sie es sagen. Ich würde einfach sagen, dass ich pragmatisch rangehe. Ich schlage nicht ein Buch auf, wenn mir ein Problem begegnet, sondern mache mich an die Lösung."

„Das klingt gut. Sehr gut. So etwas suchen wir gerade. Sagen Sie mal, sind Sie kamerascheu?"

„Eigentlich nicht, wieso?"

„Ich komme mal zur Sache. Es geht um ein neues Sendeformat, das bald in Produktion gehen soll. Es hat mit schwer erziehbaren Kindern zu tun."

„Hm. Hört sich grundsätzlich interessant an."

„Fein. Wann und wo treffen?"

Herr Wolff machte Nägel mit Köpfen.

Sie einigten sich auf eine relativ edle Sushi-Bar in der Innenstadt. Er beruhigte sie direkt mit der Info, dass er sie selbstverständlich einladen wollte.

Und stattfinden sollte dieses Essen direkt heute Abend.

Wozu denn Zeit verlieren. Der Mann hatte scheinbar eine ernsthafte Anfrage an sie.

Während des Telefonats vibrierte Erikas Handy einmal. Nach dem Auflegen schaute sie in ihre erhaltenen Nachrichten, um festzustellen, dass sie nun endlich eine Antwort von Uwe auf die Frage erhalten hatte, ob es denn heute Nacht bei Ihnen geklopft hätte.

„Hab nix gehört."

Sie sah, dass Uwe gerade aktuell noch online war. So tippte sie eine nächste Nachricht an ihn und versendete sie: „Sicher?"

Nach wenigen Augenblicken bekam sie eine neue Antwort: „Ziemlich. Ich war die meiste Zeit noch wach."

Nun war sie perplex. War es etwa wirklich geträumt? Auch wenn Erika sogar durch dieses Geräusch aus dem Traum geweckt worden war?

Nun ja, es gab auch die Variante, dass Uwe mit ihr spielte, gerade weil er diesen verstörenden Film gesehen hatte. Vielleicht wollte er ihr aus Spaß etwas Schreck einjagen. Denn schließlich war sie evangelisch gläubig, aber keine Verfechterin der Glaubhaftigkeit von irgendwelchen „klischeehaften Berichten über paranormale Ereignisse", wie sie es formuliert hätte. Gerne nannte sie es auch „Spukzeugs".

Uwe hatte immer wieder während ihrer Ehe Spaß daran, seine Frau an sich selbst zweifeln zu lassen – solange es einen spaßigen und oberflächlichen Rahmen behielt.

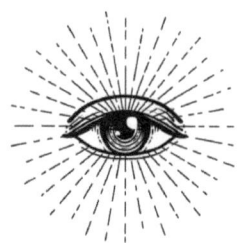

Am Abend rief Erika ihren Ehemann Uwe an und informierte ihn, dass sie wieder spät nach Hause kommen würde. Über das Klopfen sprach sie nicht mehr. Wozu auch?

„Na, wo geht's heute hin?", fragte Uwe. „Wieder ein Kind irgendwo aussetzen?"

Erika wurde flüchtig flau im Magen.

„Was? Nein. Eine Verabredung. Wie kommst du denn auf so etwas?"

Die Aktion von letzter Nacht war geheimgehalten worden. Nicht einmal Uwe hatte sie davon erzählt.

„Du solltest deine Sprachnachrichten leiser abschicken, während du dich frisch machst", scherzte er. „Ist der Junge denn wenigstens zurückgekommen?"

„Ja, das ist er", antwortete sie, etwas erschrocken über ihren eigenen Mangel an Vorsicht.

„Bitte kein Wort, zu niemandem, Uwe. Das kann mich wirklich meinen Job kosten. Und Flo und Britta auch."

„Die auch? Du bist doch ihre Vorgesetzte. Es reicht doch, wenn *dein* Kopf rollt, oder nicht?"

„Was?"

Erika war verunsichert, aber Uwe löste die Spannung mit einem Lachen.

„Wenn ich nur mitlachen könnte."

„Ach, entspann dich. Hat's denn wenigstens was gebracht?"

„Ich denke schon."

„Und du bist heute zu einer Verabredung raus?"

„Ja."

„Alles klar."

„Willst du denn gar nicht wissen, was für eine Verabredung?", fragte Erika. Sie mochte es, wenn ihr Partner sich ein wenig für sie interessierte.

„Wird schon klappen, was du da machst. Bianca macht ihr Ding, hier läuft alles."

Also lief zu Hause nichts. Zumindest nichts nachhaltig Gutes. Der übliche Trott.

Das Ehepaar mit der eingestaubten Liebesbeziehung verabschiedete sich mit einigen trivialen Worten voneinander und legte auf.

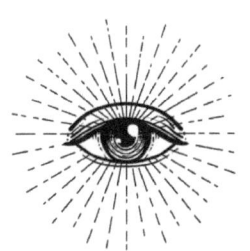

E rika schritt dann in die Sushi-Bar, wo ein edel gekleideter, hübscher Mann, Mitte 40, an einem der Tische saß und auf sie wartete. Er winkte ihr zu, und sie ging zum Tisch.

Erika ging direkt auf ihn zu. Er stand auf und reichte ihr seine Hand. Der Mann war groß, seine Muskeln waren gut betont. Er roch außerdem gut, war extrem charmant und hatte einen Blick, mit dem er Gedanken zu lesen schien. Erika lebte derzeit in Abstinenz und war leichte Beute für die Anziehungskraft, die dieser gut gebaute Schönling auf sie ausübte, ohne dass sie etwas dagegen tun konnte.

„Frau Riemann."

„Herr Wolff."

„Ich halte nicht so viel von diesem ganzen Gesieze, wollen wir uns duzen? Eigentlich sollte die Frau das anbieten. Ist das okay?"

„Na klar. Gern."

„Ich bin Konstantin."

„Erika."

„Erika, setz dich."

Erika und Konstantin setzten sich und bekamen relativ schnell von einer japanischen Kellnerin je eine Speisekarte gereicht. Sie bestellten ihre Getränke und klappten die Karten auf.

„Du magst Sushi, ja?"

„Na klar", antwortete Erika, „ist gesund, vital. Proteine."

„Gibt's denn bestimmte Sachen, die du lieber magst?"

Irgendwie fühlte sich diese Frage wie ein Flirt an. Aber Erika blieb höflich und zurückhaltend, obwohl es in ihrem Bauch kitzelte. Aber der flüchtige Gedanke, sich diesem hübschen Fremden vernaschen zu lassen, war nicht abzustreiten.

„Hauptsache, viel Lachs und Avocado", blieb ihre Antwort.

„Gute Wahl. Darf ich einen Vorschlag machen?"

Erika sah Konstantin fragend an.

Er zeigte auf eine der etwas größeren Platten und sagte: „Die 66 hat eine gute Mischung von allem."

„Ist ein bisschen zu viel für mich."

„Ja, für mich wäre das auch zu viel. Mein Vorschlag, obwohl wir natürlich kein Pärchen sind, wäre es dennoch, den... wie heißt er denn... ‚Lovers Plate' zu nehmen. So kann jeder frei von allem probieren."

Wieder fühlte es sich für sie so an, als wäre längst nicht mehr von Sushi die Rede. Aber vielleicht war es auch nur ihre eigene Wahrnehmung.

Dennoch einigten sie sich auf Gedeck 66, und die Kellnerin nahm die Bestellung auf, während die die Getränke austeilte.

Dann ging es endlich ins Eingemachte. Konstantin begann zu erklären: „Ich führe eine Produktionsfirma, wie du vielleicht schon weißt. Wir machen verschiedene Formate für Fernsehen und Web. Und unser heißestes Projekt geht gerade in die Startlöcher. Dafür suche ich eine Protagonistin."

„Sie meinen für so etwas wie Reality TV?"

„Wir waren doch beim Du."

„Ach so, verzeihe. Stimmt."

„Alles gut, aber ja, so ungefähr wie Reality TV. Dieses Baby ist mein Herzensprojekt, das hat wohl mit meinem früheren Beruf zu tun. Ich war früher mal Sozialpädagoge, so wie du."

Erika trank einen Schluck von ihrem Mangosaft und wurde neugieriger.

„Worum geht es in deiner Sendung?"

„Pass auf. Arbeitstitel: ‚Heim auf der Hallig'. Stell dir eine Mischung aus ‚Big Brother' und ‚Die strengsten Eltern der Welt' vor. Plus ein bisschen Survival à la Bear Grylls.

Eine abgelegene Location, rund um die Uhr mit Multicam ausgestattet, alles wird gefilmt. Eine zusammengewürfelte Familie aus sechs schwer erziehbaren Jugendlichen und zwei Pädagogen. Für einen Monat müssen sie gemeinsam autark klarkommen, back to the roots, kolonial. Millenials ohne jede Technik. Nix Discounter, dein Huhn musst du schlachten. Deinen Salat musst du ernten. Die Location ist nämlich eine Herberge mit Bauernhof auf einer Hallig. Wie es der Titel schon andeutet."

Der Gedanke, ein Tier zu schlachten, bereitete Erika Kummer, denn sie war Vegetarierin.

„Auf einer Hallig?"

„Du weißt schon, diese flachen kleinen Marschinseln rund um Pellworm."

„Ich weiß schon, was eine Hallig ist. Die Nordseeluft ist wunderschön. Gut für den Geist."

Konstantin nickte bewundernd, und kam zur Sache: „Na ja, wie du dir jedenfalls inzwischen denken kannst, würde ich mir dich als die ‚Mutter' in der ersten Staffel wünschen. Die Regie trifft die großen Entscheidungen, aber du machst einfach deinen Job, und zwar so gut, wie du ihn sonst machst. Und das wäre auch schon die Überleitung: Mir ist bewusst, dass du berufstätig bist. Nur damit du's weißt, die Produktion würde eine Ersatzkraft in deinem Heim komplett bezahlen, damit du frei bist."

„Ich kann aber nicht ersetzt werden. Die Jugendlichen haben einen starken Bezug zu mir."

„Wie viele sind es?"

„Zwölf."

„Wow, deine zwölf Apostel", scherzte Konstantin.

Erika lachte mit: „Ja, könnte man sagen."

„Meinst du, man kann mit ihnen reden?"

„Geht so. Genau deswegen sind sie ja bei mir."

„Ja, das verstehe ich. Aber glaubst du wirklich, deine Kids könnten einen Monat auf dich verzichten?"

Erika grübelte.

„Das müsste ich mit der Geschäftsleitung, und auch mit den Kindern besprechen."

„Aber natürlich vorausgesetzt, du hättest überhaupt Interesse, dabei zu sein."

Und ja, Interesse hatte Erika. Sie profilierte sich gern, denn sie schämte sich nicht um ihren Beruf. Das, was sie tat, war durchaus ein Dienst an der Menschheit. Warum also nicht etwas mehr Anerkennung dafür bekommen?

„Du hast gesagt, ich wäre in diesem Container sozusagen eine Art Mutter. Wer wäre denn der ‚Vater'?"

„Ich selbst", antwortete Konstantin.

„Du? Bist du nicht der Produzent?"

„Natürlich, aber das heißt nicht, dass ich nicht vor die Kamera kann, oder findest du nicht, dass ich telegen bin?"

„Äh, doch, klar. Das bist du sicherlich."

Er lockerte die Stimmung mit einem Lachen.

„Ich mache Scherze, ich bin nicht eitel oder so was. Ich würde es gern selber machen, weil ich den Beruf damals auch wirklich gelebt und geliebt habe. Und ich brenne wirklich für dieses Projekt, ich liebe Kinder. Ich glaube, ich fühle mich einfach besser, wenn ich das Ruder behalte."

„Du hast dann auch die Regie? Du stellst wahrscheinlich Regeln auf und alles?"

„Ja. Aber wir beide würden uns vor Ort absprechen, zu guten Entscheidungen finden. Die Hausregeln sind aber Teil des Skripts."

Erika nahm dies hin, denn sie war an etwas Anderem interessiert.

„Du hast gesagt, dass du deinen alten Beruf geliebt hast. Was hat sich geändert?"

Konstantin stockte für einen Augenblick.

„Du meinst, warum übe ich den Beruf nicht mehr aus?"

„Wenn ich fragen darf. Ich will dir nicht zu nahe treten."

„Kein Problem", antwortete er, „Ich liebte einfach schon immer das Fernsehen. Aber es war mir nie in den Sinn gekommen, Fernsehen mit Beruf zu verbinden. Aber als ich sah, wie viel Schrott im TV läuft, wollte ich mal den Laden aufmischen und ein paar Konzepte auf den Tisch legen, die etwas mehr Substanz haben als irgendeine Kochshow oder Comedy-Gedöns."

„Und das liebtest du dann mehr, als Kinder fit fürs Leben zu machen?"

Eine kurze Pause entstand. Dann lachte Erika los.

„Nun musste ich dich auch mal verarschen."

„Ha. Gut gemacht."

Konstantin lachte mit. Er erklärte dann, dass sein Heim damals geschlossen worden war, und er die Gelegenheit dann ergriff, sich neu zu orientieren.

Erika nahm seine Aussagen hin und begann ihre Fragen zu stellen.

„Was für Teenager sind das denn? Kommen die aus Heimen?"

„Nein, nein. Das würde keinen Sinn machen. Das sind komplette Erstlinge. Wir suchen uns sechs interessante Charaktere aus einem Pool von Bewerbungen aus."

„Die Teenager haben sich bei euch beworben?"

„Nein, ihre Eltern."

„Verstehe. Also du, ich, und sechs Fälle. Ein Monat auf einer Hallig", fasste Erika zusammen.

„Genau."

„Das heißt für mich, wir sind von der Außenwelt ziemlich abgekapselt."

„Das stimmt. Der Handy-Empfang ist dort gen Null. Das Haus hat ein Satellitentelefon. Die Insel ist nicht besonders groß. Etwa 300 Meter Durchmesser. Ein Bauernhof ohne Strom, ohne Internet, alle schlafen unter einem Dach, lernen die Ressourcen der Insel zu nutzen, bilden ein Team."

„Ziemlich interessant. Und was ist das Ziel?"

„Am Ende gewinnt das Kind, das die wenigsten Verstöße gegen die Hausregeln begangen hat. Das wird am Tagesende immer gecheckt, wer steht gerade wo, wer hat wie viele Verstöße, und so weiter. Der Sieger, oder die Siegerin, kann sich dann auf 3.000 Euro freuen."

„Eine Art Challenge also?"

„Ja, wenn man so will. Das wäre wohl eher das Wort, das die jungen Leute verstehen."

„Was sind das für Hausregeln?"

„Überwiegend das offensichtliche Zeug. Das ist, wie gesagt, bereits Teil vom Drehbuch."

„Sind da Fallen?"

„Nein. Zumindest nicht, wenn man charakterlich clean ist. Und genau das wollen wir den Leuten antrainieren."

„Aber du machst einen Wettbewerb um Geld daraus, wer die wenigsten Verstöße hinlegt. Du gehst also davon aus, dass nicht alle Kinder alle Hausregeln einhalten. Zumindest setzt du darauf, damit die Show funktioniert. Oder?"

Diese Vorstellung war nicht besonders konstruktiv in Erikas Augen, denn schließlich sollte man darauf setzen, dass man *alle* geläutert bekommen würde.

„Na ja", lautete Konstantins Antwort, „Ich gehe ganz stark davon aus, dass es Verstöße geben wird, aber das kommuniziere ich ja natürlich nicht. Wir wollen ja an das Gute glauben. Sollten aber wirklich alle sechs Kinder gegen keine einzige Regel verstoßen, dann ist jeder ein Sieger, und wir würden den Preis aufteilen müssen, aber die Wahrscheinlichkeit ist natürlich sehr gering. Wir suchen uns schon ziemlich harte Fälle heraus. Es soll ja auch spannend bleiben."

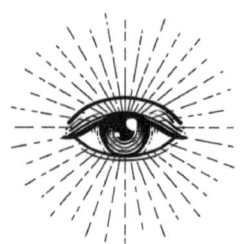

Erika fragte nicht weiter nach den Hausregeln, da sie von einfachen, normalen Regeln ausging. Aber in diesem Fall bezogen sich einige der Hausregeln auf dieses spezielle Gebäude selbst. Denn das alte Reetdachhaus auf der Hallig war hier und da speziell.

„Welcher Sender wird die Show zeigen?"

„Der, der am meisten bietet", scherzte Konstantin lakonisch. „Wir sind derzeit mit zwei im Gespräch."

„Ach so."

Erika fragte nicht weiter, dann kam auch schon die Kellnerin mit einer üppigen Sushi-Platte zum Tisch. Alle vier Augen sahen auf die vielen bunten Leckereien, arrangiert auf saftig grünen Salatblättern.

„Sorry, Erika", sagte Konstantin und nahm sich seine Stäbchen. „Ich kann gerade nicht mehr übers Geschäft reden. Das hier muss erst mal weg."

Erika lachte und füllte sich Sojasoße in ihre kleine Schale. Konstantin rührte die giftgrüne Wasabi-Paste in seine Sojasoße und stippte sein Sushi in diesen feurig scharfen Brei. Beide aßen genüsslich und hatten sich für einen Augenblick nichts zu sagen. Für Erika war diese Mahlzeit ein Ausflug ins Paradies, denn obwohl sie mitten in der Großstadt wohnte, ging sie extrem selten essen. Die Familie und die „Apostel" wurden bekocht, generell achtete die Familie Riemann sehr aufs Portemonnaie.

Heute war sie zu einer Mahlzeit eingeladen, die sie selbst nicht zubereiten musste. Und die eine erfrischende Abwechslung zur täglichen Hausmannskost darstellte.

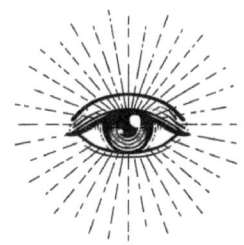

N ach dem Aufessen bezahlte Konstantin die Rechnung, gab ein großzügiges Trinkgeld und forderte nicht einmal einen Bewirtungsbeleg ein. Erika bat um etwas Bedenkzeit, bekundete aber ein grundsätzliches Interesse an seinem Angebot.

Was sie in diesem Gespräch niemals gesagt hätte: Die Gage war ein sehr attraktives Argument für die Sache, denn das Geld wäre gegenwärtig eine große Hilfe für Erikas Familie.

Was sie Konstantin noch weniger gesagt hätte: Durch einen TV-Auftritt, in dem sie in ihrem Beruf glänzte, und durch den sie auch noch 10.000 Euro für bloß einen Monat Arbeit bekam, würde ihr Ansehen zu Hause, besonders bei Uwe, sicherlich deutlich steigen. Und es gab auch noch die Aussicht auf weitere Staffeln, wenn die Einschaltquote gut wäre.

Und was sie sich selbst nicht eingestehen wollte: Die Vorstellung, mit so einem attraktiven Mann auf einer Insel zu sein, hatte einen Reiz.

Generell hatte Erika aber gelernt, keine Entscheidung zu treffen, ohne mindestens eine Nacht darüber zu schlafen.

Konstantin zeigte sich bei der Verabschiedung verständnisvoll, und sprach seine Hoffnung aus, sehr bald wieder von ihr zu hören. Die Dreharbeiten sollten erst im Oktober anfangen. Es war noch August, so gab es noch genügend Zeit.

„Ich würde mich sehr freuen, wenn wir beide das Ding rocken. Ich glaube, wir können mit coolen, frischen pädagogischen Ansätzen vor laufenden Kameras ein paar Rotzlöffel in richtig ordentliche Vorzeigekinder verwandeln."

„Ja, das kann gut sein", nickte Erika.

„Aber lass es dir in Ruhe durch den Kopf gehen. Alles kann, nichts muss. Ach ja, und ganz wichtig: Bitte nicht an die große Glocke hängen."

„Also, ich wollte mir schon ein paar Meinungen dazu einholen."

„Ja, das ist auch okay, aber es soll auch nicht jeder schon die Sendung gespoilert kriegen, wenn du verstehst, was ich meine. Geheimhaltung ist ein ganz großer Teil der Branche."

„Ich verstehe."

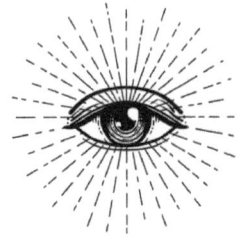

In dieser Nacht ging Erika nicht sofort zu Uwe ins Bett, als sie die Wohnung betrat. Dabei war es im Schlafzimmer mucksmäuschenstill, so dass sie schnell in Ruhe hätte einschlafen können.

Stattdessen verbrachte sie einige Stunden auf der Couch mit ihrem Laptop auf dem Schoß, das die einzige Lichtquelle im Wohnbereich bildete.

Hin und wieder lauschte sie dabei auf, wenn sie nächtliche Geräusche hörte. Diese hatten aber immer eine Erklärung. Entweder betrat oder verließ ein Nachbar seine Wohnung, oder draußen fuhr ein Auto mit aufgedrehter Musikanlage vorbei. Alles an Geräuschen drang durch die Fenstergläser oder durch die Wände. Aber in der Wohnung war es still.

Erika recherchierte das Thema, sowie die Produktionsfirma „Borderline Film", über die es allerdings im Netz nur spärliche Infos gab. Die Website hatte nur einige allgemeine Eckdaten, kein Kontaktformular. Schnell stellte Erika fest, dass viele große, namhafte Produktionsfirmen scheinbar die Mühe scheuten, online zu werben. Wozu denn auch, wenn sie nicht auf der Suche nach Stoffen oder Geldgebern waren?

Konstantin Wolff war auch nicht großartig im Internet zu finden. Es gab vereinzelte Bilder, aber der Mann schien unter dem Radar zu fliegen.

Erika hatte erste leichte Zweifel. Andererseits fragte sie sich, ob es denn heutzutage gang und gäbe sei, sich online bestmöglich zu profilieren. War dies nicht schließlich etwas, was sie nur allzu gern bei den vielen Instagram-Photos ihrer Tochter Bianca kritisierte?

Vielleicht hatte Konstantin es schlichtweg nicht nötig, Anfragen irgendeiner Art zu bekommen. Immerhin sah er nach Geld aus.

D ann googelte sie „Hallig" und informierte sich so gut wie möglich über diese kleinen Marschinseln an der deutschen und dänischen Nordseeküste. Zwischen Amrum, Föhr und Pellworm gab es etliche Halligen, die manchmal kaum größer waren als ein Fußballplatz. Einige waren mit mehreren Häusern bebaut, einige nur mit einem Haus. Einige waren komplett unbewohnt.

Die Fotos unter den Suchergebnissen waren teilweise

sehr einladend und idyllisch, teilweise wiederum auch unheimlich. Denn ein einzelnes Reetdachhaus auf einer extrem kleinen Landfläche, rundum von explosiver Brandung umgeben und ohne jede Fluchtmöglichkeit, das war für Erika dann doch eine ziemlich schaurige Vorstellung.

Da Halligen extrem flach waren, und auf ihnen keine Deiche existierten, konnte es zwischendurch bei Sturmfluten dazu kommen, dass diese komplett unter Wasser standen.

So war es einer von Erikas ersten Impulsen, nach den Wetteraussichten für diesen Herbst zu schauen. Waren Stürme zu erwarten? Oder war vielleicht mit einem milden Oktober zu rechnen?

Erika überlegte auch für einen Augenblick, ob es denn Sinn machen würde, ihre eigene Tochter Bianca als Kandidatin vorzuschlagen. Aber irgendwas sagte ihr, sie sollte es lieber lassen. Zum einen war es kein fremdes oder neutrales Verhältnis mehr, wenn Mutter und Tochter in der Sendung zu sehen wären. Und hinzu kam, dass Erika ihre Tochter Bianca in keinster Weise vorführen wollte.

Eventuelle Gefahren waren aber kein Thema. Dass Erika nach den Gezeiten schaute, das lag nur daran, dass sie selber lieber zu vorsichtig war als zu leichtfertig. Was sollte schon auf einer Hallig passieren? Giftige Schlangen gab es nicht, und mit Haiangriffen war auch nicht zu rechnen.

Darüber hinaus fielen Erika keine Bedrohungen ein, die ein Monat auf einer Hallig mit sich bringen könnte.

Irgendwann, nach einer langen Recherche, gähnte Erika und ließ ihre Augen schwer werden. Ihre Zähne waren nicht geputzt, und sie trug noch keine Schlafkleidung, aber sie war heute wiederum zu faul zum Aufstehen.

So schlief sie auf der Couch ein, und träumte nur Schönes.

Heute Nacht gab es kein Klopfen.

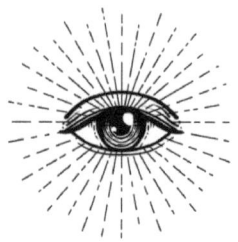

Am Frühstückstisch vor der Arbeit, noch in der blauen Stunde vor Sonnenaufgang, erzählte Erika ihrem Ehemann von Konstantins Angebot. Uwe zeigte sich zunächst interessiert, dann stutzig.

„Wieso wollen die ausgerechnet dich?", fragte er. „Du hast ja mal gar keine Erfahrungen mit Fernsehen."

„Na ja, dafür bin ich aber gut in meinem Job. Das war der Grund, warum sie mich kontaktiert haben."

„Und meinst du, das ist dein Ding? Die ganze Zeit auf dem Präsentierteller, die filmen dich beim Schlafen, beim Zähneputzen. Ist das wirklich deins?"

„Na ja", stockte Erika, „der Fokus ist ja bei den Teenagern. Nicht bei uns."

„Uns?"

„Ja, ich würde mit einem männlichen Kollegen die Führung haben."

„Ist ja spannend", antwortete Uwe, und öffnete den Kühlschrank. Und schon wechselte er wieder einmal das Thema: „Du, wann schaffst du denn wieder einen Großeinkauf? Ich hab diese Woche ziemlich lange Tage, wir haben

Inventur im Lager, aber hier fehlen schon etliche Sachen. Kaffeesahne, Balsamico, meine Pinienkerne. Wäre super, wenn wir das mal aufstocken könnten."

„Ja, ich kümmere mich drum", seufzte Erika. „Ich hab die Sachen auf die Einkaufsliste eingetragen, die mir aufgefallen sind. Kannst ja schauen, ob ich was vergessen habe. Du hast das alles besser im Überblick."

Uwe trank seinen Kaffee aus, blätterte durch die Zeitung und stellte seine Tasse in der Spüle ab. Erika warf ihm einen erinnernden Blick zu, den er nicht sofort wahrnahm.

So musste sie ihm unter die Arme greifen. Durch die Zähne summte sie leise: „Abspülen."

„Was?"

„Die Tasse. Wir wollen nicht, dass sich das alles anhäuft."

„Ich komme langsam zu spät."

„Das geht schnell, Uwe."

Nun war er mit dem Seufzen dran. Er spülte schnell, und nicht allzu gründlich seine Tasse ab und stellte sie zum Trocknen hin.

„Das nennst du sauber?", fragte sie mit angehobener Braue.

„Ist ja eh meine Tasse. Was ist denn heute los mit dir? Du schreist ja richtig nach Ärger. Vielleicht muss ich dir später mal gehörig den Hintern versohlen, du Frechdachs."

Dieser Flirt hatte keinerlei Wirkung auf Erika.

Und das war generell kein gutes Zeichen.

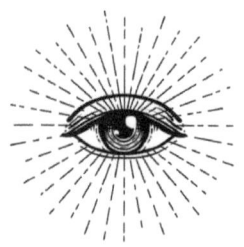

Erika war zwar eine umweltbewusste Person, aber sie fuhr mit dem Auto zur Arbeit. Die öffentlichen Verkehrsmittel waren ihr zu heikel. Immer wieder las man von Belästigungen oder gar Angriffen in der U-Bahn. Mit problematischen Menschen war sie im Beruf genug konfrontiert.

Bei der Fahrt durch die Stadt am frühen Morgen starrte sie nachdenklich die Menschen an, die ihr entgegenkamen. Besonders die Passanten fingen immer ihren Blick. Einige waren müde, einige hellwach. Einige waren motiviert, andere vom Leben leergesaugt und nur noch dösig.

Erika fragte sich, was denn von jedem einzelnen Passanten die Geschichte war, was jeder von ihnen so alles erlebt hatte, nur um hier und jetzt an ihr vorbeizusausen.

Wo gerade jeder hin wollte.

Woran jeder gerade dachte.

Wie viele Realitäten es um sie herum gab, die sicherlich teilweise weit von ihrer eigenen abwichen.

Durch welche Brille sahen diese vielen verschiedenen Seelen die Welt?

Je mehr Erika auf die vielen Menschen starrte, desto stärker wurde aber dann in ihr das Gefühl, dass bald immer mehr Augen auf sie gerichtet wurden.

Sie fühlte sich beobachtet.

Aber von wem?

Oder war es die Vorstellung, dass sie womöglich bald von vielen Menschen im Fernsehen, auf Netflix, oder wo auch immer, gesehen werden würde. Dass viele Menschen an ihrer Person, an ihrer Arbeit teilhaben würden.

War dies ein schöner Gedanke? Oder eher nicht?

Langsam kam das Tageslicht über die Dächer der Großstadt gekrochen. Das allgegenwärtige Rauschen von unzähligen Reifen auf Teer nahm minütlich an Lautstärke zu.

Erika parkte ihren Wagen auf dem Teamparkplatz des Heims neben dem großen Stadtpark. Sie stieg aus und schloss das Auto ab.

Beim Schreiten auf das Gebäude zu zückte sie ihren Schlüssel. Dann blieb sie langsam stehen.

Ein kalter Schauer lief ihren Rücken herunter, sie spürte ein elektrisches Kitzeln in ihren Körperhaaren. Ihr Herz begann zu pumpen.

Ein schauriges Gefühl überkam sie, als würde ihr

jemand wiederholt auf den Rücken hauchen, und auf den Hinterkopf starren.

Langsam drehte sie sich um, aber nur um festzustellen, dass sie allein war.

Dann schüttelte sie den Kopf und lachte über sich selbst. Erst dieses dämliche Klopfen, und nun ließ sie die lächerlichsten Gedanken zu.

Es musste dieser bescheuerte Dämonenfilm gewesen sein. Klarer Fall.

„Was für Quatsch", sagte sie sich, und lief weiter.

Und damit wurde dieses kleine, kurze, womöglich völlig bedeutungslose Ereignis abgetan und vergessen.

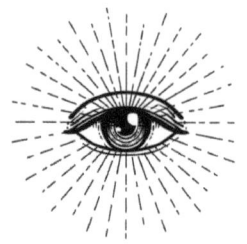

G leich um 8:00 Uhr auf der Arbeit ging das heiße Thema „Heim auf der Hallig" weiter. In ruhiger Runde im Teambüro des Heims erzählte sie Britta und Florian davon, während die „Apostel" allmählich wach wurden. Beide waren deutlich begeisterter als Uwe zu Hause.

„Wie heißt der Typ nochmal?", fragte Florian, und zückte sein Handy.

„Konstantin Wolff. Aber du findest kaum was von dem online."

„Wieso das denn nicht?", fragte Britta.

Erika zuckte mit den Schultern. „Vielleicht läuft der Laden bei denen so gut, dass sie keine fette Internetpräsenz brauchen."

„Aha, und wo haben sich die Eltern denn dann beworben?", fragte Florian skeptisch.

Gute Frage. Erika grübelte.

„Vielleicht beim Sender, wo das ausgestrahlt werden soll?", mutmaßte Britta.

„Nein. Er sagte, die verhandeln noch mit Sendern."

„Irgendwas über Social Media?", warf Florian in die Runde und drehte über Facebook, Instagram und Twitter seine Runde, aber dort wurde er nicht fündig.

„Das ist merkwürdig", war man sich einig.

„Soll ich das vielleicht lieber lassen? Meint ihr, die sind vielleicht nicht koscher?"

„Na, so weit würde ich auch nicht direkt gehen", ruderte Florian zurück. „Die sind beim Film. Da haben sie eh alle eine Macke. Wer weiß, wo sie die Kids rekrutiert haben. Vielleicht in irgendeiner Zeitschrift, die keiner von uns drei liest. Wer weiß das schon."

„Das stimmt", schloss sich Britta an, „und die Hauptsache ist, dass die Idee gar nicht schlecht ist. Da könntest du richtig glänzen, Erika. Das, was du jeden Tag tust, im Fernsehen machen. Da könnten bestimmt viele von dir was lernen."

„Na ja, danke für die Blumen, Britta, aber ich würde das in erster Linie machen, um auch wirklich den sechs Kindern zu helfen."

„Und es wäre für dich ein Kinderspiel", fügte Florian

hinzu, „das ist gerade mal die Hälfte von dem, was du täglich hast."

Erika ließ sich alles noch einmal durch den Kopf gehen. Dann sah sie die Beiden an.

„Also: Ihr würdet das unterstützen, ja? Dann wäre ich einen ganzen Monat raus."

„Na ja", sagte Florian, „der Wolff sagte, er bezahlt eine Vertretung. Das ist doch gut."

Britta warf ein, dass womöglich keine Vertretung unbedingt nötig wäre, wenn in dieser Zeitperiode keine neuen Jugendlichen hinzukommen würden. „Diese Truppe haben wir doch inzwischen gut im Griff."

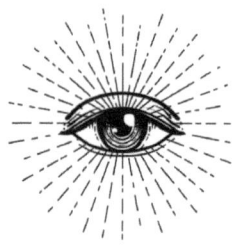

**K**lopf, klopf.

Erika zuckte kurz, ihr Herz setzte einen Schlag aus.

„Erika?", fragte eine junge männliche Stimme. Alle drehten sich zur Tür, wo Matze, einer der „Apostel", mit einer leeren Milchtüte stand.

Erika atmete kurz auf.

„Ja, Matze, was ist?", fragte Erika höflich. Aber mit

ihrem Unterton deutete sie an, dass er gerade eine Besprechung unterbrach. An dieser Stelle wendete Matze ein Häppchen Wissen an, das er von Erika gelernt hatte: Nicht annehmen, dass die Welt sich nur um einen selbst dreht, und einfach seinen Mitmenschen sein Anliegen um die Ohren hauen, sondern erst eine Brücke bauen. Wenn man eine Besprechung stört, sich dessen bewusst sein, und dies seinem Gegenüber sofort mitteilen. Erst Rücksicht signalisieren, um dann erst auf sein Anliegen zu kommen.

„Sorry, wollte nicht stören und so."

„Kein Problem. Du störst nie. Was hast du denn?"

„Ist das hier blaue Tonne oder gelber Sack?", fragte Matze, und hielt die Milchtüte hoch.

„Na ja, gute Frage", antwortete Erika, „da machst du eigentlich echt ein Thema auf."

„Thema? Was für Thema?"

„Das Ding besteht aus Kunststoff, Papier und Alu. Gehört also in verschiedene Eimer. Aber du kriegst das nicht getrennt."

„Schere?"

„Nein", lachte sie, „das reicht nicht. Das wäre eine richtige Fummelei, die Zeit haben wir gar nicht."

Das Eis war für heute zwischen Erika und Matze gebrochen. Aber die Frage blieb: „Und wo tue ich das jetzt rein?"

„Nimm mal heute Gelb", antwortete sie zwinkernd.

„Okay."

Matze verschwand wieder in den Flur.

Erika sah ihm hinterher und wurde nachdenklich.

„Na? Woran denkst du?", fragte Britta.

„Ehrlich gesagt, habe ich gerade an Epheser 6:12 gedacht."

„An was?", fragte Florian perplex.

„Epheser 6:12. ‚Denn wir kämpfen nicht gegen Fleisch und Blut, sondern gegen Gewalten, gegen geistige Mächte, gegen die Herrscher der Finsternis auf dieser Welt.‘ Starker Vers."

„Ja, schon mal gehört", antwortete Britta. „Wie kommst du denn gerade auf eine Bibelpassage?"

„Na ja. Unser Job ist genau das. Dämonen aus dem Geist von Kindern vertreiben."

„Na ja, glaubst du wirklich, dass Dämonen von Kindern Besitz ergreifen können?", seufzte Florian. „Von Menschen überhaupt? Die Kontrolle übernehmen, sie steuern, zu bösen Dingen verleiten? I don't know, Erika. Ein bisschen kitschig, oder?"

„Ich würde kaum abstreiten wollen, dass es Dämonen gibt. Wir sehen sie täglich. Natürlich nicht in gehörnter Form oder mit Mistforke in der Hand. Wir sollten uns da nicht an Terminologie aufhängen. Was sind Begriffe schon? Die sollen uns nur helfen, Dinge zuzuordnen. Ganz unabhängig davon, wie wir etwas nennen, gibt es böse höhere Gewalten, wie es auch gute gibt. Das ist doch irgendwo Fakt. Und diese Gewalten sorgen dafür, dass Leute abrutschen und schlechte Dinge tun. Das würde ich meinen."

„Also, ich würde das einfach Charakterschwäche nennen", so Florian.

Und nach einer kleinen theologischen Debatte zwischen einer gläubigen Christin und einem Agnostiker ging der Arbeitstag los. Keine großartigen Zwischenfälle außer dem gelegentlichen Zickenterror, alles im grünen Bereich. Nach dem gemeinsamen Frühstück und der „Laberrunde", wie die Jugendlichen den Gesprächskreis nur zu gern nannten, wurde draußen eine Partie Basketball gespielt. Dann wurde zum Mittag Spaghetti Bolognese gekocht, und am Nachmittag war im kleinen Atelier im Anbau Werken angesagt.

Erika, die sich wieder einen veganen Salat zur Arbeit mitgenommen hatte, war immer wieder leicht abwesend, was man sonst nicht von ihr kannte. Innerlich hin- und hergerissen, ging sie im Kopf alle möglichen Pros und Kontras durch. Bei Konstantin zusagen oder nicht?

Eine große Sorge bei der ganzen Sache hätte sie niemals über die Lippen gebracht, keiner Menschenseele gegenüber: Erika könnte sich in diesem Monat der Isolation von der Außenwelt zu Konstantin sexuell hingezogen fühlen.

Und wenn so ein Verlangen auf Gegenseitigkeit beruhen würde, dann wäre ihre eheliche Treue ernsthaft gefährdet. Und diese war durchaus angreifbar, denn zu Hause lief das Sexleben zwischen Erika und Uwe nicht gerade blendend.

Dass Erika bereits an Sex mit dem attraktiven Konstantin gedacht hatte, war laut Bibel bereits eine Art von Ehebruch. Aber es war nur in Gedanken.

Musste sie sich schuldig fühlen?

Gab es einen Weg, diesen Gedanken loszuwerden, aus ihrem Kopf zu verbannen?

Immerhin empfand Erika die Tatsache als gutes Zeichen, dass sie überhaupt besorgt war. Die Vorstellung eines Seitensprungs war für sie nicht einfach ein Reiz ohne jegliche Nebenwirkung. Die Vorstellung war eine ernsthafte Sorge.

In Erikas Gedankenwelt gab es also noch Hoffnung, dass die guten Mächte die finsteren Mächte weiterhin im Schach halten würden.

Vielleicht konnte sie einer eventuellen Versuchung standhalten.

Vielleicht machte sie sich zu viele Sorgen.

Dieser Zustand des Überlegens zog sich dennoch über zwei ganze Wochen hin, bis sie sich endlich mit einer Entscheidung bei ihm melden konnte.

Konstantin zeigte sich verständnisvoll: „Gut, dass du es dir gründlich überlegt hast. Ich respektiere das. Schließlich ist das ja dein erstes Mal. Da musst du gucken, ob du das alles abkannst, auch mit den eventuellen Konsequenzen. Was bedeutet das für dich und dein Leben, all diese Fragen."

Konstantin sprach natürlich über Erikas ersten TV-Auftritt. Und Erika bemühte sich, genau dies zu beherzigen.

Dann teilte sie ihre Entscheidung mit.

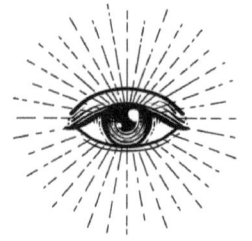

Über die nächsten Wochen schaltete Erika häufiger das Fernsehen ein. Sie sah sich einige Sendungen an, die mehr oder weniger mit dem anstehenden Format von „Borderline Film" verglichen werden konnten.

Sie sah sich öfter als sonst im Spiegel an, drehte sich nach links, drehte sich nach rechts, suchte ihre Schokoladenseite. Sie probierte einmal sogar verschiedene Arten aus, ihre Haare hochzustecken.

Sie stellte sich die vielen, vielen Augen vor, die womöglich auf sie gerichtet werden würden.

Welcher Sender würde die Show zeigen? Wie viele Menschen würden einschalten, und ihr beim Ausüben ihres Jobs zuschauen?

Einmal sah sie auf dem Heimweg sogar nachts zum Himmel hoch, als die Sterne trotz der Straßenlaternen einigermaßen zu erkennen waren.

Sie versuchte zu schätzen, wie viele Sterne sie gerade ansah. Dann fragte sie sich, ob auch so viele Augenpaare sie ansehen würden.

Und wenn es viele werden würden, würde dies auf irgendeine Art ihren Charakter verändern?

Florian sah sich in diesen Wochen immer wieder im Internet nach Konstantin Wolff um, doch es gab nach wie vor kaum brauchbare Suchergebnisse. Er verstand sich immer ein wenig als Erikas Stimme der Vernunft, obwohl er selber gerade erst 23 war. Was er eher durch sein gelegentliches Handeln andeutete, als jemals über die Lippen zu bringen, war, dass er seine Chefin Erika sehr mochte. Aber sie hatte immer wieder eine positive Anziehungskraft auf ihre Mitmenschen.

Erika hatte sich entschieden, mitzumachen.

Zu Hause wurde das Thema sogar für Bianca interessant. Diese stellte auch eines Abends am Esstisch die Frage, auf die Erika bereits geradezu gewartet hatte:

„Warum hast du mich da nicht mit reingenommen? Ich hätte voll Bock, im Fernsehen zu sein und so."

Aber Erikas Antwort war relativ deutlich: „Ich kann nicht für die anderen Eltern sprechen, aber ich persönlich habe nicht vor, meine eigene Tochter als schwer erziehbar vorzuführen. Würdest du das etwa gut finden?"

„Ist doch egal, Hauptsache Fernsehen. Da kann ich voll angeben und so."

„Angeben?"

„Ja, dann bin ich Fame."

Erika seufzte.

„Schätzchen, die Kinder, mit denen ich mich da in der Sendung beschäftige, sind keine Rockstars, sondern brauchen Hilfe. Und ich nehme sie auch hart ran. Willst du, dass ich das vor laufenden Kameras bei dir mache?"

„Ich muss ja nicht auf dich hören", antwortete Bianca neckisch. „Bisschen Spannung reinbringen."

„Du bist zu Hause spannend genug. Hast du deine Hausaufgaben gemacht?"

„Mmh."

„Mmh? Was heißt das? Ist das ein ‚Ja'?"

„Mmh."

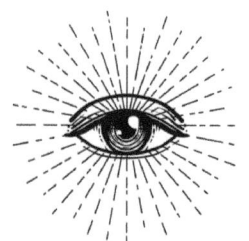

Im September verabredete sich Konstantin erneut mit Erika zum Abendessen, um mit ihr das Vertragliche zu „Heim auf der Hallig" abzuschließen und den Ablauf der Dreharbeiten zu besprechen. An diesem Tag nieselte es draußen.

Erika hatte von einem Anwalt ihres Vertrauens die Absolution erhalten, dass Konstantins Vertragsentwurf legitim und branchenüblich war. Dass Erika nirgendwo das letzte Wort hatte, stieß soweit nicht übel auf, da sie hier nicht mehr Chefin war, sondern die Produktion. Genauer gesagt, Konstantin. So verstand sie sich eher als Beraterin, als Armverlängerung. Damit konnte sie umgehen. Sollte auf pädagogischer Ebene irgendetwas passieren, was ihr nicht gefiel, würde sie dies eh zu Wort bringen. Dies war kein Problem für sie.

So konnte sie ohne großartige Bedenken unterschreiben, und kontaktierte Konstantin. Die Regel, dass angeblich die besten Geschäfte bei einem Dinner abgeschlossen werden, sollte an diesem Tag nicht gebrochen werden.

Sie trafen sich erneut in der Innenstadt. Dieses Mal einigten sie sich auf ein koreanisches Restaurant. Wieder bekam sie keinen Firmensitz zu sehen. Nur seine Person, diesmal in Begleitung von seinem Medienanwalt Rainer und seiner Aufnahmeleiterin Petra, die lange Dreadlocks und kunterbunte Ökokleidung trug. Beide waren sympathisch und aufgeschlossen. Die Runde verstand sich gut. Zuerst wurden banale Themen durchgekaut. Wie schön der Sommer war, wie die Wahlen laufen würden, was aktuell so im Fernsehen und Kino lief.

Dann ging es ans Eingemachte. Rainer erklärte ihr die Vertragswerke: „Das Meiste ist der übliche Standardkram, Abtretung aller Bild- und Tonrechte während der Aufzeichnungszeit, weltweit, auf immer und ewig, bla, bla. Auf gut Deutsch: Wir müssen die Sendung auch ausstrahlen dürfen. Dann Gage, die war besprochen, ja?"

„Konstantin hat sie erwähnt."

„10.000 Euro, plus Märchensteuer, wenn du sie mit drauflegen musst. Da oben brauchen wir deine Steuernummer, da unten eine Bankverbindung. Einfach die IBAN reicht."

Erika begann, ihre Bankverbindung einzutragen. Diese hatte sie im Kopf. Dabei schweifte ihr Blick über das viele Kleingedruckte. Produzentenlatein, die Klärung aller möglichen Rechte, Pflichten oder Eventualitäten.

„Das Meiste davon kommt sowieso nie zum Tragen", versicherte ihr Rainer. „Du bekommst von allem eine Kopie für deine Unterlagen mit."

„Ist schon in Ordnung."

Erika unterzeichnete den Vertrag, mit dem sie sich zu diesem Auftritt verpflichtete. Dann gab man sich die Hand, und bestellte Essen. Die Stimmung war feierlich.

Petra klärte Erika als nächstes über die technischen und logistischen Aspekte der Dreharbeiten auf.

„Also, generell wollen wir da wirklich das absolute Gefühl der Abgeschiedenheit generieren. Deswegen werden vor der Anreise alle Handys eingesammelt, ganz abgesehen davon, dass man da draußen auf der Hallig so gut wie null Empfang hat. Wir haben im Haus ein Satellitentelefon für Notfälle, aber ansonsten wollen wir uns da als Filmteam möglichst komplett raushalten. Die Kameras und Mikros sind alle gut versteckt, und sie bespielen vor Ort einen Datenspeicher. Alles autark, alles offline, ihr braucht euch um nichts kümmern. Interviews und O-Töne holen wir einmal vorher, sauber in einem Rutsch, und dann abschließend nach dem Monat."

„Verstehe. Klingt alles gut organisiert."

„Ist im Grunde jedes Mal dasselbe, immer nur eine andere Show."

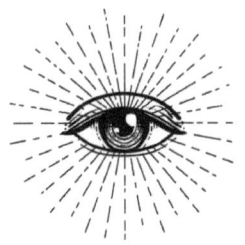

D ann bekam Erika einen Anruf von Florian. Aber anstatt ranzugehen, stellte sie ihr Handy lautlos. „Sorry, ich muss es anlassen. Meine Kollegen haben gerade Schicht im Heim. Man weiß nie, was da in meiner Abwesenheit passiert."

„Kein Problem", antwortete Konstantin. „Ist das denn ein Kollege?"

„Ja, das ist der Flo."

„Willst du dann nicht rangehen?"

Nach einem Moment nahm sie das Handy in die Hand und ging ran. Dabei stand sie auf, um den Tisch zu verlassen.

„Na, Flo, was gibt's? Wer macht Ärger?"

Dabei blickte sie zu Konstantin, der ihr aber mit einer Geste signalisierte, dass sie nicht weggehen musste, um zu telefonieren. Aber am anderen Ende der Leitung hatte Florian ein völlig anderes Thema anzusprechen, als etwa Problemkinder.

Im Restaurant war es relativ laut, viele Gespräche an vielen Tischen. Erika steckte sich einen Finger ins andere Ohr und konzentrierte sich.

„Hey, Erika. Hör mal, ich hab mal mit ein paar anderen Heimen gesprochen, eigentlich nur wegen diesem großen Fortbildungsseminar nächste Woche."

Sie fiel ihm ins Wort mit der Frage, ob das denn jetzt gerade so wichtig sei. „Ich bin mitten im Gespräch, du."

„Ja, hör mir zu. Das Thema Konstantin Wolff kam auf."

Sie wurde hellhörig. Und sah zu Konstantin auf, der geduldig dasaß, geflankt von Rainer und Petra.

„Aha, und was ist mit ihm?", fragte sie direkt. Sie hielt die Hand kurz über den Hörer und fragte in die Runde: „Das stört jetzt wirklich nicht, oder? Geht schnell."

Alle Drei schüttelten versichernd den Kopf.

Sie steckte ihren Finger wieder in ihr freies Ohr, und widmete sich wieder Florian.

„Erzähl."

Florian fuhr fort: „Die Eltern haben sich nicht beworben, um ihre Kinder in diese komische Sendung zu kriegen, sondern der Typ hat die Heime einzeln abgegrast, und sich seine Kandidaten persönlich rausgepickt."

Erika ließ es kurz sacken. Sie versuchte, sich nichts anmerken zu lassen. Denn schließlich saß sie direkt gegenüber von Konstantin.

„Okay. Und was heißt das?"

„Das heißt, er hat dich eiskalt angelogen. Vielleicht ist da gar kein Sender im Spiel. Vielleicht gibt's kein Geld, vielleicht ist das alles eine große Blase."

Erika hielt sich unauffällig den Hörer so fest ans Ohr wie möglich, damit bloß niemand am Tisch mithören konnte.

„Ähm..."

Erikas Blick wanderte hin und her. Wie konnte sie sich frei ausdrücken, ohne am Tisch Verdacht zu erwecken? So sah sie die Drei an, hob den Finger und flüsterte beim Aufstehen: „Bin gleich wieder da. Denen brennt gerade die Hütte, muss da mal ein paar Ansagen machen."

Konstantin lachte.

„Bleib dran, Flo. Ich muss mal kurz hier raus, ich kann kaum meine eigenen Gedanken hören."

Erika stand auf, und ging durch das Restaurant, bis zur Eingangstür. Diese öffnete sie, und verließ den Laden. Aber draußen war es noch lauter als drin.

„So, jetzt von vorne. Der Konstantin hat also keine Werbung geschaltet und zwischen Bewerbern ausgewählt, sondern der ist um die Häuser gezogen und hat sich seine sechs Teilnehmer selber gesucht. Habe ich das richtig verstanden?"

„Ganz genau. Das haben mir mindestens drei Kollegen aus anderen Städten bestätigt, als ich anfing rumzutelefonieren. Die sagten, der Typ war voll penetrant, und übertrieben nett und charmant."

„Flo, das klingt alles gerade nicht nach einer Todsünde. Sorry, ich meine, ich finde es ja sehr nett von dir, dass du da auf mich aufpassen willst und deine Erkundigungen anstellst, obwohl ich dich nie darum gebeten habe, aber was soll mir das jetzt sagen, was du rausgefunden hast? Was willst du mir damit sagen? Wenn das alles eine Blase sein soll, dann erklär mir mal bitte, wozu? Was wäre ihr Ziel?"

„Erika, der hat dich eiskalt angelogen! Findest du das etwa normal? Ich meine, überleg mal, was du unseren Patienten übers Lügen alles sagst. Und in diesem Fall ist das für dich einfach okay?"

„Es ist eine Kleinigkeit, Flo. Ich persönlich finde es völlig egal, wie er seine Leute zusammenbekommen hat.

Die sind vom Film. Da macht man so einiges, um die perfekte Besetzung für sein Zeugs zu kriegen. Na, und?"

„Sei nicht naiv, Erika."

„Und sei du nicht dummdreist. Immerhin bin ich noch deine Vorgesetzte. Ich habe deine Infos zur Kenntnis genommen, und werde ihn mal darauf ansprechen. Ich weiß nur noch nicht, wie. ‚Hey, mein eifriger sozialpädagogischer Assistent hat mal rumgeschnüffelt und was über dich rausbekommen.' Das macht sich sicher gut."

„Warum nicht? Dann weiß er wenigstens, dass du ordentlich deine Hausaufgaben machst."

„Das ist meine Sache. Wie läuft's mit den Aposteln?"

„Mit wem?"

„Den Kids. Alles im Lot?"

„Ja, die spielen noch ein paar Brettspiele, und Günther hat vorhin reingeschaut. Die gehen demnächst auf ihre Zimmer, und das war's für heute dann auch wieder."

„Fein. Dann bis später, Flo. Und danke für den Anruf."

„Jo. Klar."

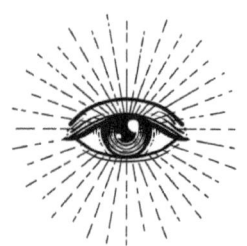

Erika betrat wieder das Restaurant und steckte ihr Handy weg. Sie kämpfte durch, bis zu ihrem Tisch, wo sie sich wieder zu Konstantin, Rainer und Petra setzte. Inzwischen waren die bestellten Getränke schon da, aber noch kein Essen.

Erneut war ein Same der Skepsis in Erikas Hinterkopf gepflanzt worden. Doch nun war alles anders. Nun war der Vertrag frisch unterschrieben.

Dies musste also umgehend geklärt werden.

Aber wie?

„Na, Pflaster und Salbe nicht gefunden oder was?", fragte Petra schmunzelnd.

„Bitte was?"

„Dein Kollege. Ich hab vorhin das Wort ‚Blase' rausgehört. Hat eines eurer Kinder eine Blase gehabt?"

Erika schluckte. Und fragte sich, ob denn auch mehr von Florians Worten in der Runde gehört worden war.

Aber Erika beschloss, sich nun nicht damit verrückt machen zu lassen. Sie redete sich ein, dass, wenn jemand, dann eher Konstantin sich Sorgen machen müsste, wenn er sie in irgendeiner Hinsicht anlog. Diesen neuen Zweifel hatte Erika vor, noch am selben Abend auszuräumen, so ließ sie es sich egal sein, auch wenn jeder am Tisch jedes Wort verstanden hätte.

„Nein, nicht so eine Blase", scherzte sie. „Ausgerechnet der Älteste aus der Truppe hat das Bett genässt."

Damit sorgte Erika für Gelächter. Sie lachte nicht mit, sondern trank einen Schluck von ihrem Saft und sah dabei Konstantin an.

„Na, hoffentlich können die alle wirklich für vier Wochen auf dich verzichten", kommentierte Petra. „Wenn die schon ins Bett machen, weil du nicht da bist."

„Keine Sorge, das packen die. Ich bin auch nicht durchgehend da, ich mache generell nur noch die Tagschichten." Dann kam das üppige koreanische Essen. Viele kleine Schälchen mit den diversesten Kostbarkeiten.

„Voll mein Ding", freute sich Petra, und breitete ihre Serviette auf ihrem Schoß aus.

Erika konnte kaum ihre Augen von Konstantin lassen. Sie stellte sich etliche Fragen über ihn. Und immer noch war ein Teil von ihr gereizt, dass er so geheimnisvoll war.

Und innerlich musste sie sich selbst wieder einmal für solche schmutzigen Gedanken geißeln.

Aber es nützte nichts. Das Ganze war für sie ein Abenteuer. Und zu sagen, dass es ihr keinen Spaß machte, das wäre schlichtweg gelogen gewesen.

Dennoch blieb Erika konsequent, und zog Konstantin nach dem Essen beiseite, als alle dabei waren, sich voneinander zu verabschieden.

„Kannst du noch kurz unter vier Augen sprechen?"

„Klar. Ist alles in Ordnung?"

„Das gilt es rauszufinden."

„Puh. Du machst einen ja neugierig."

Rainer ging zu seinem Mercedes Benz, und Petra stieg in die Straßenbahn. Zurück blieben Erika und Konstantin vor dem Restaurant.

„Okay. Hör zu. Ich bin ein ganz großer Fan von gnadenloser Ehrlichkeit, direkt ins Gesicht, voll auf die Zwölf."

„Das gefällt mir", entgegnete Konstantin grinsend.

„Gut. Gefällt mir, dass dir das gefällt."

„Also, was hast du auf dem Herzen?"

„Ja. Das war vorhin mein Mitarbeiter Florian. Der hat einen ziemlich ausgeprägten Aufpasser-Instinkt, und er hat mir die Info gegeben, dass du angeblich aktiv die sechs

Kandidaten aus Heimen gepickt hast, anstatt Bewerbungen anzunehmen."

„Das hat er dir erzählt?"

„Ja. Er hatte wohl mit einigen Kollegen gesprochen."

„Hm."

Ein Moment der Stille. Konstantin grübelte. Erika sah ihn fragend an.

„Hast du denn jetzt ein blödes Bauchgefühl?"

„Das weiß ich noch nicht", antwortete Erika. „Ich meine, immerhin ist es eine Kleinigkeit."

„Aber du fragst dich, wieso ich mit so einer Kleinigkeit lügen würde."

„Genau."

„Das kann ich verstehen. Ich hab einfach ein bisschen mehr auf dicke Hose machen wollen, wenn ich gnadenlos ehrlich sein soll."

„Ich verstehe nicht."

„Weißt du, ich kenne eine Produktionsfirma, die heute sehr erfolgreich ist, aber vor fünf Jahren so hart an der Grenze war, dass die beiden Gründer die Sparschweine ihrer Kinder plündern mussten, um über die Runden zu kommen. Ihren ersten Film hatten die damals komplett mit einem Bluff zurechtgeschustert. Sie hatten kein Geld, sie hatten keine Darsteller, kein Team, keinen Verleih, nichts. Bloß ein abgefahrenes Drehbuch, das sie unbedingt verfilmen wollten. Sie glaubten an ihre Vision. Also, was taten sie? Sie taten überall so, als sei alles in trockenen Tüchern gewesen. Sie holten Schauspieler an Bord, und kommunizierten schon einen Drehtermin. Sie aktivierten die Presse, um Butz zu generieren. Castings liefen, Proben liefen, und es war immer noch kein Geld auf dem Konto."

„Oh mein Gott, ihr seid pleite", seufzte Erika.

„Was? Nein, ich rede nicht von uns, ich rede von dieser anderen Firma."

„Ach so. Man redet ja oft in dritter Person, weil's einem so leichter fällt."

„Nein, das ist schon jemand anders, von dem ich spreche. Jedenfalls haben diese verrückten Kerle ihr Budget pünktlich zu Drehbeginn zusammenbekommen, weil sich auf den ganzen Hype mehrere potenzielle Geldgeber meldeten und fragten, ob sie denn noch einsteigen könnten. Und jetzt kommt's: Die zwei Banausen haben nicht einmal alle Investoren genommen. Einige haben sie eiskalt nach Hause geschickt. Voll auf dicke Hose gemacht, und sie haben ihren Film gedreht bekommen. Alles kam so, wie sie es von Anfang an wollten."

Erika hörte interessiert zu, suchte aber immer noch den Zusammenhang zu Konstantins Lüge.

Er sah sie an, seufzte, und veränderte seinen Ton. Er wurde demütiger, natürlicher. Echter.

„Wir haben noch keinen Sender für ‚Heim auf der Hallig'. Wir sind mit einigen im Gespräch, und es sieht alles gut aus. Aber gegenwärtiger Status ist, dass wir einfach auf Sieg setzen, weil wir an diese Format glauben. Wir glauben dran, dass wir diese Kids in einem Monat umdrehen können. Was meinst du, warum ich mein eigenes Gesicht da reinhänge, als Geschäftsführer von dem ganzen Zirkus? Wir haben beschlossen durchzumarschieren, bis wir im Fernsehen, oder meinetwegen irgendwo vernünftig im Netz laufen. Allerletzte Lösung: Wir stellen das Ding auf YouTube. Aber wir greifen erst mal nach den Sternen, und glauben dran. Und so eine Haltung muss sich belohnen, das steht sogar in der Bibel."

„Das stimmt", antwortete Erika, und lachte ein wenig in sich hinein. „Du hast also gedacht, dass es bei mir besseren Eindruck macht, wenn für euch schon Fernseh-werbung und Castings und all das im großen Stil laufen, oder wie?"

„Genau. Ich wollte dich sicher eintüten, denn ohne zwei starke Protagonisten kann man das Ganze knicken. Wiederum wollen die aber irgendeine Sicherheit, dass wir hochwertiges Fernsehen machen und breit rausgehen. Aber das ist manchmal so ein fieser Teufelskreis."

„Ja, ich verstehe. Aber du solltest eines von mir wissen: Ich kann immer die Wahrheit am besten vertragen."

„Na ja, jetzt weiß ich das", seufzte Konstantin.

Erika fügte hinzu: „Guck mal, du bist schon viel netter, wenn du einfach geerdet redest und nicht so, als würdest du dein Gegenüber mit deinen charmanten Augen zum Schmelzen bringen wollen."

„Na, danke für die Blumen. Meine Augen sind charmant."

„Ha, ich bedanke mich auch immer für Blumen", lachte sie. „Aber jetzt im Ernst, ich muss gefragt haben. Habt ihr meine Gage denn überhaupt?"

„Keine Angst, wir haben etwas Budget. Aber es fehlen noch einige Puzzleteile zum Erfolg. Und die kriegen wir noch."

Erika sah Konstantin an, und zum ersten Mal fühlte sie sich eher wie eine Mentorin, anstatt von seinem Charme eingeschüchtert.

„Tipp von mir: Bleib immer bei der Wahrheit. Du brauchst nicht hoch zu stapeln. Die Show ist eine super Idee, und sie wird funktionieren."

„Danke."

Und damit war dieses Thema auch endlich beerdigt.

Fortan bereitete Erika sich, ihre Familie und ihre

Kollegen ernsthaft darauf vor, dass sie im Oktober für einen Monat komplett ausfallen würde.

Ein Minimum an Sachen war zu packen.

Für alle Fälle war eine Rundum-Untersuchung zu machen.

Die sechs Jugendlichen waren vor Drehbeginn bewusst nicht kennenzulernen.

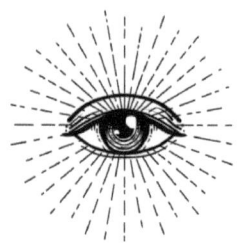

# 2

## ISOLATION

D ie saftig grünen Blätter verblassten zu einem blassen Gelb. Bei dem durchgehenden grauen Wolkenhimmel sah nichts nach einem „goldenen Oktober" aus. Immer wieder Regen, gelegentlich Gewitter. Immerhin war man in dieser Großstadt relativ windgeschützt.

Erika hatte bereits ihre O-Töne abgegeben, und sich Fotos sowie „Steckbriefe" der sechs Kandidaten angesehen, für die sie auf der Hallig, zusammen mit Konstantin, die Verantwortung übernehmen würde.

Es handelte sich um drei Jungen und drei Mädchen. Alle kamen aus schwierigen Familienverhältnissen. Einige der betroffenen Eltern waren verzweifelt und seelisch zerknirscht, andere wiederum waren selbst größere Problemkinder als ihr Nachwuchs, und sicherlich ein großer Teil des Gesamtproblems.

Der Fisch fängt üblicherweise am Kopf an zu stinken.

Erika wurde gründlich über die Hintergründe der sechs Kinder gebrieft, damit sie bestens vorbereitet in die Dreharbeiten ging.

Alle Kids waren 15 Jahre alt, und wurden von ihren Eltern als untragbar gestuft. Sie selbst teilten die Einstellung, dass sie von ihren Eltern weder geliebt noch gewollt wurden. In einigen der Fälle traf dies auch leider zu. Und einem Kind zu signalisieren, dass man es eigentlich nicht haben wollte, ist Gift für die Seele, und das auf Lebenszeit.

Bei einigen der Teenager war der Orkan der Pubertät noch nicht ganz vorübergezogen. Alle hatten ihre Berührungen mit Mobbing. Einige waren Opfer, andere Täter. Bei keinem der Kids lief das Privatleben zu Hause rund. Die Welt dieser sechs Teenager stand Kopf.

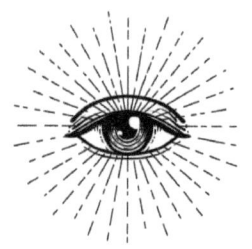

**B**jarne stammte aus einem wohlhabenden Elternhaus und war stinkfaul. Er trank und kiffte lieber, als sich ernsthaft um seinen Schulabschluss zu kümmern. Und dabei war er ein ziemlich intelligenter Bursche voller schräger Gedanken, die man in eine positive Richtung hätte lenken können. Aber er verfiel immer mehr dem Nihilismus, und stellte das System infrage, nahm nichts als gegeben hin. Dazu verschlief er, verabredete sich ohne die Genehmigung seiner Eltern, tauchte manchmal für mehrere Tage unter. Für Erika war er ein klarer Fall eines von Anfang an falsch gelegten Fundaments. Er war verhätschelt und vernachlässigt worden, und nun hatten die Eltern die Quittung dafür bekommen.

Yusuf hatte ein Aggressionsproblem. Er hasste jede Verantwortung, jede Verpflichtung. Er hatte täglichen Kontakt zu Drogen, Gewalt und Verbrechen, da sich in seinem Viertel der Stadt mehrere Gangs gebildet hatten. Seine Mutter und seine vier jüngeren Geschwister waren um ihn verzweifelt. Sein Vater hatte ihn immer wieder verdroschen, um ihn auf die rechte Bahn zu bringen. Aber eines Tages schlug Yusuf zurück, und das gleich siebenmal hintereinander mit seiner rechten Faust.

Guido war auf die rechte Bahn abgerutscht, und das aufgrund von zwei Dingen: seinem Mangel an Bildung und Erziehung sowie einer ordentlichen und konstanten Vaterfigur in seinem Leben, und schlechten Erfahrungen mit Menschen wie Yusuf. Guido war für mehrere Angriffe auf Flüchtlinge verantwortlich, mal allein, mal in der Gruppe. Geprägt von Hass, Ignoranz und Unzufriedenheit.

Und nun zu den Damen.

Miriam war pummelig, schweigsam und depressiv. Sie hatte auf nichts Lust, und ihre Mutter, die allein für ihre

Erziehung zuständig war, wusste nicht zu ihr durchzudringen. Sie sprach kaum mit ihrer Mutter, und wenn doch, dann schrie sie laut. Ihre Gefühlswelt war eine einzige Achterbahn. Was man über ihren Vater wissen musste: Dieser war ein Alkoholiker gewesen, der seit ihrer frühen Kindheit mehrfach Gewalt gegen sie ausgeübt hatte. Und nicht nur gegen sie, sondern auch gegen ihre Mutter – bis er beide dann im Stich ließ, als sie zwölf Jahre alt war.

Dunja war, ähnlich wie Miriam, ebenfalls emotional labil. Sie kannte ihre leiblichen Eltern nicht, und war in einer Pflegefamilie aufgewachsen. In Dunjas Augen war die ganze Welt gegen sie. Immer wieder war sie von hysterischer Paranoia angetrieben, machte absurde Vorwürfe, schloss weit hergeholte Zusammenhänge. Dunja war gern das Opfer von allem.

Shirin war die lauteste der sechs Jugendlichen. Entweder war sie überschwänglich gut drauf und feierte sich wie einen Rockstar, oder sie war unerträglich cholerisch und zickig. In der Schule hänselte sie ihre Mitschülerinnen, häufig war sie in Rangeleien und sogar Schlägereien mit anderen Mädchen verwickelt. Sie lebte mit ihrer Mutter und ihrem Stiefvater zusammen, und es funktionierte vorn und hinten nicht. Hin und wieder zeigte sie sich sogar gegenüber Erwachsenen gewaltbereit, zum Beispiel gegenüber ihrem Stiefvater.

Alle sechs Jugendlichen befanden sich an einem ähnlichen Punkt in ihrem Leben, als Konstantin auf sie aufmerksam geworden war. Die Eltern, oder Pflegeeltern, waren dabei, das Handtuch zu werfen. Man war mit Heimen im Dialog. Und genau hier schnappte Konstantin zu.

Die Teenager wussten nichts vom anstehenden Aufenthalt auf der Hallig. Da sie minderjährig waren, wurde das

Vertragliche vorweg mit ihren Vormunden geregelt. Und sie glaubten, eine Urlaubsreise gewonnen zu haben. Ein Kamerateam begleitete die junge Gruppe zum Bahnhof, wo die Teenager mit Sack und Pack in einen Zug nach Norden stiegen, raus aus der Stadt, raus aufs Flachland, Richtung Nordsee.

Die Stimmung bei den Teenagern war feierlich, gelassen, und natürlich rotzig. Darauf war Verlass.

Das alles sollte sich bald ändern.

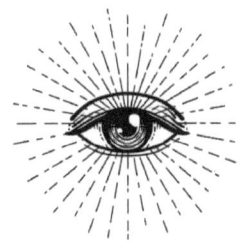

**W**as man über die Nordsee generell wissen sollte: Hier liegen um die 50.000 Schiffswracks. Ein gefährlicher Ort, mit Gezeiten und Unwettern. Keine Karibik.

Der Tag der Anreise war leicht stürmisch. Immer wieder zogen Sturmfronten über die Nordsee. Platzregen, Gewitter, alles war dabei. Ein üblicher Herbst an der Nordsee, wo das unberechenbare Wetter stündlich komplett umspringen konnte.

Die Windstärken ließen an diesem Tag trotzdem zu, dass der Hubschrauber starten konnte, der Erika und Konstantin vor den Teenagern zur Insel befördern sollte. So gab es keine nervigen Verzögerungen, dafür aber einen aufregenden Flug – und das nicht unbedingt im positiven Sinne, da Erika kein besonders großer Fan des Fliegens war. Erika war an diesem Tag sehr aufgeregt und hatte in der Nacht vor dem Beginn dieses Abenteuers so gut wie gar nicht geschlafen. Aber das alles sollte ihr kleines Geheimnis bleiben. Pokerface und professionelle Erscheinung, das war ihre Strategie.

Am kleinen Flughafen auf dem Festland gab sie einem Produktionsassistenten ihr Handy, nachdem sie sich in der Familiengruppe mit einer Sprachnachricht verabschiedet hatte: „So, ihr Lieben, ich bin jetzt raus. Mein Handy ist offiziell abgegeben. Also, wenn was ist, schnackt miteinander. Dass mir in einem Monat keine Klagen kommen. So, ich hab euch lieb. Bis dann."

Und ab jetzt hieß es absolute Abgeschiedenheit. Das war ein großer Teil dieses Abenteuers.

Die ausgewählte Hallig hatte einen Durchmesser von etwa 300 Metern, so war eine Hubschrauberlandung hier kein besonderes Problem, außer für den Adrenalinspiegel der Tiere. Außer dem zweistöckigen Reetdachhaus und dem anliegenden kleinen Bauernhof befand sich auf dieser flachen, ovalen Insel nichts weiter als Marschland, lediglich mit meterhohem Strandhafer und Schilf bewachsen, umringt von einem kleinen Sandstrand, wo man sich bei gutem Wetter sicherlich guten Badeurlaub gönnen konnte. Und das sogar in jeder Himmelsrichtung. Die Hallig war zwar flach, aber wie eine Art Plateau. Ringsum gab es einen leichten Abstieg zum Sandstrand, der bei Flut komplett verschwand. Bei Ebbe wiederum konnte man Sandburgen bauen. Bei Sturmflut erreichte der Meeresspiegel sogar die bewohnte Fläche, und diese stand dann unter Wasser. Dies geschah allerdings äußerst selten. Glücklicherweise.

Beim Flug am frühen Nachmittag hielt sich Erika an Konstantins Oberarm fest, und versuchte ihre inoffizielle Flugangst zu verstecken. Draußen war nichts außer Wasser zu sehen: das tobende Meer und der Regenschauer, durch den sich der Hubschrauber immer wieder kämpfte. Zwischendurch tauchten vereinzelte Silhouetten von Möwen auf, die das ruppige Wetter anscheinend zelebrierten. Ansonsten weit und breit keine Spur von Leben an diesem ungemütlichen Ort.

Dann verlor der Hubschrauber an Höhe, und ihn aller Plötzlichkeit war im Regen die gesamte Insel von oben zu sehen, wie ein Muttermal im Wattenmeer.

Der Hubschrauber näherte sich einer Fläche, die am dünnsten bewachsen war, und wirbelte die Halme kräftig auf, so dass sie nun inzwischen genauso tanzten wie die Brandung.

Touchdown um 15:00 Uhr.

Erika wischte sich die Haare aus dem Gesicht, die im lauten Wind herumwirbelten, und atmete erleichtert auf, dass der abenteuerliche Flug vorbei war. Nun würde es vier Wochen dauern, bis sie wieder in einen Hubschrauber steigen müsste. Und das war für sie ein Grund zum Aufatmen.

Beim Aussteigen aus dem ohrenbetäubend lauten Hubschrauber bekam Erika ihren Koffer ausgehändigt und schritt zusammen mit Konstantin in geduckter Haltung weg von der Landestelle. Beide trugen Regenjacken und zogen sich jeweils die Kapuze über den Kopf, um trocken zu bleiben. In sicherer Entfernung wank Konstantin noch einmal zum Piloten. Dieser hob dann mit der Maschine wieder ab und flog im Regen davon. Das Geräusch des Hubschraubers wurde immer leiser, bis nur noch das Rauschen der Brandung zu hören war.

Nun waren Konstantin und Erika allein. Umgeben von nichts außer Wasser, undurchsichtigen Regenschauern und kühler, jodhaltiger Oktoberluft, die sich anfühlte wie eine Lungentherapie. Auf gewisse Art war der Moment magisch, wenn auch ungemütlich.

Erika sah sich um und ließ es sacken, während die Regentropfen auf ihre Kapuze klopften. Für einige Minuten sprach beide nicht.

„Gute Luft hier draußen", merkte Konstantin an, um das Schweigen zu brechen.

Sie nickte nur.

„Also, die Truppe kommt um etwa 14:00 Uhr mit dem Boot hier an. Ich würde sagen, ich zeige dir vorher alles, und du richtest schon mal dein Zimmer ein. Was sagst du?"

Erika schwieg immer noch.

„Erika?"

„Wie kam das Gras hier überhaupt auf die Insel?"

„Bitte?"

Erika zeigte auf das hohe nasse Gras, mit dem die

gesamte Hochebene der Insel bewachsen war. Hier und dort gab es dünner bewachsene Stellen und Lichtungen.

„Wir sind hier von Wasser umgeben. Wie kam das Gras hierher? Das habe ich mich gerade gefragt."

„Das ist überwiegend Strandhafer. Ich glaube, da ist etwas Dünengras dabei, ich weiß den Unterschied nicht so genau. Und na ja, die Hallig ist ja nicht einfach aus dem Nichts entstanden. Im Gegenteil, die Nordsee holt sich immer mehr zurück. Sylt, Helgoland, alles war mal größer. Egal, auf jeden Fall, um deine Frage zu beantworten: Das hier war alles mal Festland."

„Ach so", antwortete Erika. „Mann, die Luft hier ist ja frisch. Das fühlt sich so an, als würde man beim Einatmen komplett durchgespült werden.

„Ja, viele Urlauber kommen nur wegen der Luft hier hoch. Kein Vergleich zur Großstadt, oder?"

„Auf keinen Fall."

„Wollen wir uns dann mal umsehen?"

„Äh... Ja, klar."

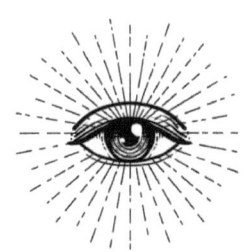

In der Regel wohnte im Haus ein alter, einsamer Mann, der sein Geld mit dem Vermieten von Zimmern an Urlauber verdiente. Gegen eine attraktive Bezahlung wurde der Hausbesitzer aber für die Dauer der Dreharbeiten auf dem Festland untergebracht, damit die Hallig komplett als Kulisse dienen konnte. Konstantin steckte Erika die Information, dass der Mann etwas verrückt war. „Da du ihn vielleicht noch nach der Produktion kennenlernen könntest, wollte ich dich da einfach mal vorwarnen."

„Wie, verrückt?"

„Na ja, ein Leben hier draußen am Arsch der Welt kann einen dann doch etwas verändern."

„Inwiefern?"

„In fast jeder Hinsicht. Der Mann erscheint mir etwas weltfremd. Paranoid. Nicht falsch verstehen, er hat auch gute Seiten. Zum Beispiel ist er genügsam. Was er sich hier teilweise aus Resten gebaut hat, das reicht ihm völlig zum Leben. Aber wenn dein Kosmos aus einer überschaubaren Hallig besteht, dann können die Leute, die dir eigentlich Geld bringen, trotzdem wie Eindringlinge daherkommen."

„Er empfindet uns als Eindringlinge?"

„Na ja, manchmal war er schon mal komisch zu Gästen. Aber ganz unabhängig davon, über die Jahre ist der alte Mann dafür am beliebtesten geworden, dass er immer wieder behauptet hat, in einem verfluchten Haus zu leben. Er sagte, dass ab und zu der Teufel persönlich seine Hallig aufsucht. Ich weiß, nicht gerade die beste Werbung, um fünf Sterne zu bekommen. Aber einige müssen gerade auf so etwas gestanden haben."

Erika schluckte. Sie müsste die Vorstellung eigentlich

albern finden, aber der Teufel war für sie ein echtes Thema. Ein fast wundes Thema.

„Der Teufel? Also Satan?"

„Genau. Ist natürlich alles Humbug, wenn du mich fragst. Versteht sich."

„Ja. Klar."

Auf dem kleinen Bauernhof wurden einige Hühner und Ziegen gehalten. Zudem gab es eine kleine Erdfläche, wo verschiedene Gemüsearten angebaut wurden.

Daneben gab es eine Wäscheleine mit alten hölzernen Wäscheklammern. Gewaschen wurde per Hand. Eine Dusche gab es nicht. Man badete im Meer, oder wusch sich am Waschbecken.

Das Haus hatte eine autarke Wasserversorgung, und der Mann lebte grundsätzlich ohne Strom, kochte mit einem Gasherd, leuchtete mit Kerzen, Teelichtern und Öllampen. Diese Atmosphäre sollte auch nun für die Teenager generiert werden, die es gewohnt waren, jederzeit essen, trinken, duschen und auf dem Handy surfen zu können, ohne etwas dafür leisten zu müssen.

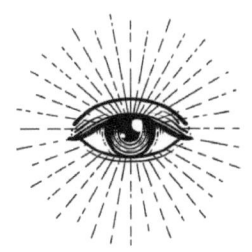

K onstantin und Erika näherten sich dem Haus, als
Erika dann von einem merkwürdigen, schaurigen
Gefühl überkommen wurde. Sie blieb stehen, und
konnte jedes Körperhaar spüren. Dieses Gefühl kam ihr
inzwischen bekannt vor. Waren ihr die Worte des Hausbesitzers bereits zu sehr unter die Haut gekrochen?

„Ist alles in Ordnung?“, fragte Konstantin.

Nach einem Augenblick nickte sie und ging weiter.

An der Haustür war ein alter, kupferner Türklopfer
befestigt, ähnlich wie aus der Weihnachtsgeschichte von
Charles Dickens. Ein unheimlicher Löwenkopf mit furchteinflößender Miene, mit einem losen Ring im Mund, den
man zum Klopfen benutzte. Das grimmige Gesicht des
Tiers war bereits türkis verfärbt.

Erika blieb kurz stehen und sah das Löwengesicht an,
irritiert und nachdenklich.

„Das Ding passt ja mal gar nicht auf eine Hallig“,
raunte sie.

„Ja, der gute alte Löwenkopf“, merkte Konstantin an,
„den hat der Hausbesitzer irgendwann auf einem englischen Flohmarkt gekauft und hier rangebaut. Hab ich
zumindest gehört. Der steht wohl auf solche Sachen. Warte
ab, bis du ins Haus reinkommst.“

„Oh, wird’s noch schlimmer?“

„Schlimm nicht unbedingt. Sperrig, das trifft’s eher.“

Konstantin öffnete mit einem Schlüssel an seinem Bund
die massive, hölzerne Haustür und betrat mit Erika den
Wohnbereich, wo das einzige Geräusch das dumpfe Knistern des Reetdachs durch den Regen war.

Sie zogen sich hier die nassen Jacken aus, schüttelten an
der Tür die Tropfen herunter und legten sie beiseite.

Die Einrichtung des Hauses war altbacken und bieder,

aber irgendwie gemütlich. Es roch überwiegend nach Holz, aber insgesamt einfach nach „Alt". Antike Teppiche mit Orient-Muster, verziertes Geschirr und kleine gerahmte Ölgemälde von Schiffen, Stränden, Stillleben oder Gesichtern an den Wänden, sowie einige Haigebisse oder Fischernetze als Deko. Einige unheimliche Skulpturen, die dem Türklopfer ähnelten. Kleine, trübe Stallfenster, wenig Tageslicht, rustikale Möbel. Geleuchtet wurde im Haus mit Kerzen, und gewärmt wurde mit einem Steinkamin, für den es beim Hühnerstall einen üppigen Holzvorrat gab, der zweimal im Jahr vom Hausbesitzer aufgestockt wurde. Das Holz musste vom Festland hierher geliefert werden.

An der Wand über dem Esstisch prangte ein verblasstes, besonders aufwendig gerahmtes Ölporträt eines alten bärtigen Mannes mit krummer Hakennase, tiefen dunklen Augenhöhlen und hellgrauem, fusseligem Haar. Das Bild zog auf unheimliche Weise die Blicke von Menschen in seinen Bann und schien eine größere Bedeutung zu haben als alle anderen Bilder im Haus. Der Mann trug eine Mütze und Arbeiterkleidung. Sein langes, von Erfahrungen geprägtes Leben war an den vielen Falten in seinem geheimnisvollen Gesicht messbar.

„Ist er das?", fragte Erika.

„Wie bitte?"

„Der Mann da in dem Bild. Ist das der Hausbesitzer?"
Konstantin sah hin.

„Ja, das könnte er sein."

„Irgendwie creepy. Man muss das Bild ansehen."

„Ja, es ist schon ein seltsamer Hingucker", stimmte Konstantin ihr zu.

„Ziemlich frisch hier drin", sagte Erika, und rieb sich die Oberarme. Durch das Wandern im hohen Gras waren ihre Hosenbeine nass. Sie stellte sich an den Kamin.

„Ja, ich kümmere mich gleich ums Holz", antwortete Konstantin.

Erika sah sich im Wohnbereich um und bemerkte, dass es in der offenen Küche weder Kühlschrank noch Mikrowelle gab, sondern nur einen Holzkohleofen und einen Gasherd. Aber so etwas fand sie spannend. Sie war anpassungsfähig.

„Du hast keine Witze gemacht. Das hier ist alles wirklich Oldschool."

„Ja, ne?"

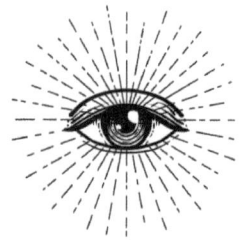

Konstantin gab Erika dann die Führung durch das alte Haus, und zeigte ihr die vier Schlafzimmer, die normalerweise zu vermieten waren. Zwei Zimmer befanden sich unten, zwei oben. Sie hatten alle je ein Hochbett für zwei Personen, einen Nachttisch mit Öllampe und Stuhl, und einen Eichenschrank für Kleidung. Die Bettwäsche trug rotweiß karierte Bezüge, und pro Bett lagen je zwei gefaltete Handtücher bereit.

Konstantin ging mit Erika nach oben, um ihr die zwei Zimmer unter den Dachschrägen zu zeigen. Überall gab es unheimliche Malereien oder Skulpturen, die nicht besonders förderlich fürs Wohlgefühl waren. Die vielen abschreckenden Gesichter gaben einem das Gefühl, hier nicht willkommen zu sein.

Es gab oben ein fünftes Zimmer, das jedoch abgeschlossen war. Konstantin erklärte, dass dies das private Gemach des Hausbesitzers war.

„Der Raum ist für alle tabu. Und das passt auch ganz gut, denn dort steht unsere Technik und sammelt das ganze Filmmaterial live ein. Die Kids sollen während ihres Aufenthalts keine Technik sehen."

„Ich wollte schon fast fragen, wo denn die Kameras oder Mikrofone sind. Ich habe keine einzige entdecken können", wunderte sich Erika.

„Überall, du. In der Demo, in den Ventilen. Das Team hat sie gut versteckt, und wir brauchen uns kein Stück um sie kümmern. Wir machen einfach unser Programm."

„Werden wir denn jetzt schon aufgezeichnet?"

„Nein. Wenn das Boot hier anlegt, dann kommt kurz ein Techniker mit rein und startet alles."

„Verstehe. Also sind es aber dann vier Zimmer insgesamt?"

„Ja, wir sind acht Leute", antwortete Konstantin. „Zwei pro Zimmer. Das wird für die Kids noch die eine oder andere Herausforderung mitbringen."

„Ja, für uns aber auch."

„Wieso?"

„Weil das heißt, dass wir beide uns auch ein Zimmer teilen."

„Nicht zwingend. Wir sind insgesamt vier Männlein und vier Weiblein. Wir können auch ganz klassisch nach Geschlecht aufteilen."

Dies war auch keine optimale Variante für Erika. Sie war ihren „Aposteln" durchaus nah, aber sie schlief nicht mit ihnen im gleichen Zimmer. Es gab noch eine Grenze. Was war ihr also nun hier lieber? Mit einem fremden Mädchen ein Zimmer zu teilen, oder mit Konstantin?

„Wir können ja nachher gucken, wie wir die Zimmer aufteilen", sagte sie, und hielt sich alle Optionen offen.

„Aber irgendwie fehlt hier ein Bad."

„Ah, ja. Das Bad."

„Ich habe mich nämlich langsam gefragt, wo ich mich frisch machen kann, bevor die Kids ankommen."

Konstantin begann zu lachen.

Erika sah ihn stutzig an.

„Wieso lachst du?"

„Ach, nur so. Das Bad. Mir nach."

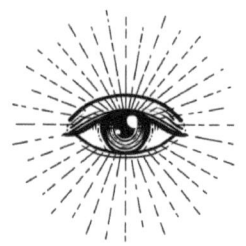

**K**onstantin führte Erika die Treppe wieder hinunter und Richtung Haustür. Als er sie öffnete, vergewisserte er sich, dass er seinen Schlüsselbund dabei hatte.

„Von innen kannst du die Tür aufmachen, von außen nur mit Schlüssel. Hier draußen willst du dich nicht aussperren."

„Warum gehen wir raus?"

„Na ja, weil das Bad im Anbau ist."

„Oh nein, das ist ja richtig Horror-Klischee."

„Ja", lachte Konstantin, „nur drehen wir hier keinen Horror. Zum Glück."

„Bis auf diese vielen alten Gemälde. Und dieser Löwenkopf macht mir auch irgendwie Angst. Wer schraubt sich so etwas an die Haustür?"

Beide zogen sich ihre Regenjacken an und gingen in den Regen hinaus, der allmählich weniger wurde.

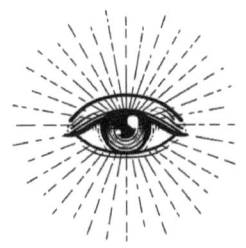

K onstantin zeigte Erika einen kleinen Anbau am Haus, außen um die Ecke. Dort befand sich eine alte, stellenweise morsche Holztür, die er dann öffnete.

Erika betrat das kleine, rotbraun gekachelte Badezimmer, und ein Geruch von alter Seife drang in ihre Nase. Keine Dusche. Ein Waschbecken ohne Spiegel. Auf dem Spülkasten der Toilette klebte ein alter, vergilbter Zettel, auf dem „defekt" stand. Neben der Toilette ruhte ein alter weißer Plastikeimer, dessen Etikett, das einst in bunten Farben für Frittierfett geworben hatte, längst verblasst war.

Alles sah aus, wie aus alten Ersatzteilen zusammengebastelt.

„Perfekt", freute sich Erika.

Dies war bei weitem kein Luxusklo, sondern viel eher das krasse Gegenteil. Und das war auch gut so. Das war Teil der Schocktherapie.

Da das Badezimmer nicht beheizt war, konnte Erika annehmen, dass niemand sich allzu lange hier aufhalten würde. Und das war ebenfalls gut. Denn sich aufs Klo zu verdrücken, wenn Arbeit anstand, war ein Klassiker, der ihr gut vertraut war.

Erika verließ das Badezimmer und schloss es wieder. Sie folgte dann Konstantin durch den Regen zurück zur Haustür mit dem abschreckenden Löwengesicht, aus dessen Maul der Ring baumelte. Mittlerweile trug Konstantin einen Korb mit gehacktem Brennholz, das er sich auf die Schnelle vom Vorrat des alten Hausbesitzers geholt hatte.

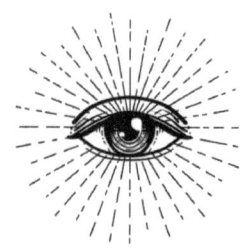

Konstantin schloss die Haustür auf und ging direkt zum Kamin, um ihn zu füllen, damit die Jugendlichen mit einer Grundwärme begrüßt werden konnten. Beide behielten ihre Jacken an, da ihnen kalt war.

Neben dem Kamin lag eine Packung lange Streichhölzer. Konstantin zündete eines an, zerknüllte ein Stück Papier und legte dieses unters Holz. Dann zündete er das Papier an, und das Feuer ging los. Langsam begann das Holz zu brennen und zu knistern.

Erika sah in die Küchenschränke und verschaffte sich ein Bild vom Lebensmittelvorrat. Es gab eine satte Menge an Zerealien, Reis, Toastbrot, Butter, Honig, Trinkwasser, Nudeln und Konserven. Hühnersuppen, Dosengemüse, Dosenfrüchte. Salz, Pfeffer und Zucker waren auch vorhanden.

Und das alles unter der Beobachtung des unheimlichen alten Mannes auf dem Ölporträt mit dem prunkvoll verzierten Holzrahmen.

„Die Ziegen liefern täglich frische Milch", sagte Konstantin, und kam zur Küche. „Das Gemüsebeet hat Kartoffeln, Möhren, Salat, Kohl und einige Gewürze zu bieten. Eier kriegt man von den Hühnern, und wir dürfen zwei sogar schlachten. Das will ich noch zum richtigen Zeitpunkt geschehen lassen."

Erika schluckte. Die Vorstellung, Tiere zu schlachten, war für sie als Vegetarierin nicht besonders ermunternd.

„Wen willst du das machen lassen?"

„Mal schauen."

Sie schmunzelte und fragte, ob sie Mitspracherecht bekommen würde. Daraufhin versicherte er ihr, dass er sie zu keinem Zeitpunkt übergehen würde.

„Schließlich sollen wir hier intakte Eltern verkörpern. Du hast doch eine Tochter, du weißt doch, wie es geht.“

Und damit traf er unbewusst einen wunden Punkt, denn Erika war, gelinde gesagt, nicht zufrieden mit der aktuellen Situation um Biancas Erziehung. Uwe und sie zogen bei weitem nicht an einem Strang. Dann wurde sie neugierig und erkannte, dass sie Konstantin eine wesentliche Frage noch gar nicht gestellt hatte.

„Hast du eigentlich Kinder, Konstantin?“

„Ich selber? Nein.“

„Nein?“

„Ich hatte noch nicht das Glück, die richtige Frau dafür zu finden. Wie viele Kinder sind sogenannte Unfälle, oder geraten in einer Akte im Jugendamt, weil ihre Eltern, die gar nicht erst hätten heiraten dürfen, sich nun scheiden und die Haare rausreißen?“

„Das stimmt auch wieder. Aber damit bist du dann sozusagen der Ungelernte, und ich die Expertin“, sagte Erika und begann zu lachen. Konstantin stimmte nickend zu und lachte mit.

„Ich mache nur Spaß.“

„Schon okay“, antwortete er, und konterte dann lachend: „Aber vergiss nicht, dass ich früher Erzieher wurde.“

„Ich bin aber heute noch Erzieherin, plus Mutter.“

„Ich ergebe mich.“

Beide lachten gemeinsam herzhaft.

Dann, als ihr Lachen ausklang, wurde es ruhig. Sie sahen sich an, und dann aus dem Fenster. Außer dem Rauschen der Wellen und einem gelegentlichen Glucken der Hühner herrschte absolute Stille. Und es war wie Musik für Erikas Ohren.

„Wann habe ich das letzte Mal so eine Stille gehört?"

Konstantin nickte und seufzte. „Ja, in der Großstadt gewöhnt man sich an die ganze Geräuschkulisse, irgendwann ist ein bestimmter Lärmpegel die neue Stille. Dann kommt man hier raus, und es fühlt sich so an, als würden einem die Ohren in einen Schlafmodus gehen."

„Ja, es ist irgendwie surreal."

Erika begann über das nachzudenken, was ihr bevorstand. Sie hatte ein wenig Muffensausen, aber sie setzte innerlich sehr auf ihre eigene Kompetenz. Wäre Michelangelo nervös geworden, wenn man ihn beim Malen gefilmt hätte?

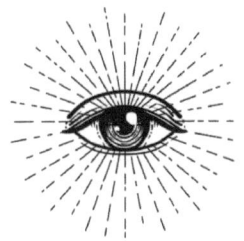

**D**raußen schlich sich langsam ein kühles Blau ins schwindende Tageslicht. Konstantin sah auf. Und näherte sich der trüben, mit Regentropfen übersäten Glasscheibe des Stallfensters, das ins Haus gebaut war. Er wischte den Staub von der Innenseite der Scheibe und sah hindurch.

Dann sah er auf seine Armbanduhr.

„Ich glaube, sie sind hier."

„Die Kinder?"

„Ja."

Er ging zur Tür und öffnete sie Erika. Diese schritt dankend an ihm vorbei nach draußen. Am mahnenden Löwengesicht vorbei, in die frische Nordseeluft, die förmlich nach Meersalz schmeckte.

Als dann eine frische, nasse Brise Erika traf, zog sie ihre Jacke zu und zog den Reißverschluss hoch.

Konstantin, durch die Tür schreitend, drehte sich dann schlagartig um und befummelte sich an allen Taschen, den Fuß noch in der Tür. Erst als er in seiner Hosentasche den Schlüsselbund spürte, ließ er die Haustür mit einem dumpfen Klicken zugehen.

„Wo siehst du die denn?", fragte Erika, und sah sich überall um. Das leicht aufgewühlte Meer war aufgrund des Regens nicht besonders klar erkennbar.

„Da vorne."

„Wo?"

Konstantin zeigte auf eine Reihe von dunklen Punkten im Nebel aus fallenden Regentropfen, weiter dahinter ein großes dunkles Gebilde. Es sah fast aus wie eine Gedankenblase.

„Was ist das?", fragte sie.

„Komm mit."

Beide schritten quer durch den kleinen Bauernhof, an der Wäscheleine vorbei, über das nasse Grün und Richtung Wasser. Dabei wurde immer klarer erkennbar, was diese dunklen Gebilde waren.

Etwa 200 Meter von der Insel entfernt, war ein Kutter zu sehen, das aufgrund des seichten Wassers nicht näher an die Hallig herankam. Gerade war Ebbe, und es musste sich beeilt werden, denn die Gezeiten der Nordsee waren skrupellos. Die kleinen Punkte vor dem Kutter stellten sich als sieben Menschen heraus. Sechs schlecht gelaunte Jugendliche und ein Produktionsassistent trugen wasserdichte rote Fischeranzüge und kämpften sich durch den Regen und die Wellen des knietiefen Wassers. Die sechs Jugendlichen schleppten je einen verschlossenen großen Plastikbeutel mit Klamotten und Kulturtasche.

„Verfickte Fotzen! Ich steche euch ab!"

„Immer weiter, Leute, bevor die Strömung zurückkehrt", sprach die erwachsene Stimme aus der Gruppe.

Erika schluckte. Diese männliche Stimme, die durch den Regen hallte, war die erste Begrüßung. Dann konnte sie ein weibliches Weinen hören.

„Na, das wird ja mal spannend", sagte sie leise zu sich.

„Nun hör auf zu heulen, Mädchen", schimpfte eine andere männliche Stimme. „Das macht die Kacke hier auch nicht besser, hörst du? Wir gehen da jetzt hin und hauen dem aufs Maul, der die Scheiße hier gemacht hat, und rufen die Scheißbullen an."

„Das ist eine fucking Entführung, ich schwöre", meckerte eine weibliche Stimme.

Erika drehte sich zu Konstantin und sah ihn schweigend an. Dies war ihre letzte Ruhe vor dem Sturm.

Immer lauter wurden die Stimmen und das Geplätscher. Das Wasser wurde um die 15-Jährigen immer flacher, je näher sie kamen.

Konstantin holte noch einmal tief Luft.

„Bist du aufgeregt?", fragte ihn Erika.

„Ich freue mich."

„Du freust dich?"

„Ja. Es geht endlich los."

Erika konnte Konstantins Freude, sofern sie nicht gelogen war, nicht gerade teilen. Obwohl sie jahrelange Praxis in ihrem Beruf hatte, war ein neuer „Fall" immer für sie am Anfang deutlich kräftezehrender, als sie es jemals zugegeben hätte. Ein Teil von ihr fragte sich jedes Mal aufs Neue, wie man nur so abrutschen konnte.

Wie konnte man seine Eltern verprügeln?

Sich in Drogen und Nihilismus verlieren?

Die Welt brennen sehen wollen?

„Da, da sind zwei", sprach einer der Jugendlichen.

„Das sind Konstantin und Erika", mischte sich der Produktionsassistent ein, als er hinaufsah. „Da lang, da gehen wir hin."

„Das sind die beiden Ficker?"

„Du Hure, hast du uns gelinkt?", rief eine Stimme Erika zu.

Konstantin ging einige Schritte auf die Gruppe zu, die nun keine 20 Meter entfernt war.

„Willkommen im Heim auf der Hallig, ihr Lieben.

Kommt an Land, und ich werde all eure Fragen beantworten."

„Halt's Maul", bellte einer.

„Ihr habt uns reingelegt", nörgelte eine der weiblichen Stimmen, „ von wegen Urlaub und so. Nur damit das klar ist, ich werde euch alle anzeigen."

„Ich auch."

„Und ob, Digga, wir verklagen ihre Ärsche."

„Ich will nach Hause."

„Hör auf zu heulen, Bitch."

Konstantin führte Bjarne, Yusuf, Guido, Miriam, Dunja und Shirin über den Strand und hinauf auf die Hochfläche der Insel, die bei normaler Flut über Wasser blieb. Sie wanderten durch den meterhohen nassen Strandhafer, kamen hin und wieder durch eine Lichtung.

Die Teenager waren alles grundverschiedene Persönlichkeiten, aber mit elementaren Gemeinsamkeiten. In den Fischeranzügen sahen sie relativ gleich aus, aber darunter steckten sechs Individuen, die gerade in der heißen Phase der Selbstfindung waren, und sich optisch sehr voneinander differenzierten.

Bjarne hatte verfilzte dunkelblonde Haare und trug einen Ohrring.

Yusuf war dunkelhäutig, stämmig gebaut und hatte eine Tätowierung am Hals.

Guido hatte kurzgeschorene Haare und etwas restlichen Babyspeck. Er trug englische Marken wie Lonsdale und Fred Perry.

Miriam war pummelig, trug schlichte Klamotten und hatte dunkelbraune Haare, die zu einem Zopf gebunden waren.

Dunja hatte ein Piercing in der Unterlippe, trug generell keine Schminke, dafür stets eine Schirmmütze, einen Kapuzenpulli und lässige Schlabberhosen. Und Shirin wiederum trug viel Schmuck, Schminke und figurbetonte Kleidung. Sie hatte lange, blonde Haare, die sie über alles liebte.

Über alles.

Der Produktionsassistent gab Konstantin die Hand, und sie wechselten einige leise Worte.

„Silvio. Lief alles gut?"

„Na ja, die sind ‚not amused', wie du sicher hören kannst."

„Das ist normal. Wärst du gerade an ihrer Stelle ‚amused'?"

„Vermutlich nicht. Ich gehe die Genny, Cams und den Ton anschmeißen, das dauert nicht lange."

„Alles klar. Verlier den nicht."

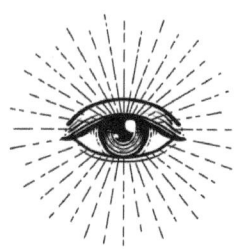

Konstantin gab dem Produktionsassistenten Silvio seinen Schlüsselbund, dieser joggte dann zum Haus. Das Meerwasser und der Regen tropften von seinem roten Fischeranzug.

Konstantin und Erika drehten sich zur Gruppe um, die noch am Schimpfen war. Dunja war noch am Weinen. „Darf ich um eure Aufmerksamkeit bitten?", fragte Konstantin mit lauter Stimme.

„Nein, darfst du nicht", entgegnete Shirin.

„Danke für deine Aufmerksamkeit, Shirin. Also, ihr habt sicher tausend Fragen, ich habe Antworten. Ihr seid wütend, weil eure Eltern, oder Pflegeeltern, euch reingelegt haben. Ihr dachtet, ihr hättet eine Urlaubsreise gewonnen. Nun, da allein hättet ihr stutzig werden müssen. Ihr seid ja helle Köpfe. Aber man kann nie was gewinnen, ohne was einzusetzen. Habt ihr an irgendeinem Gewinnspiel bei irgendeinem Fernsehsender teilgenommen?"

Die Runde sah sich gegenseitig an. Die Mehrheit war sich relativ sicher, dass dies nicht der Fall war.

„Da seht ihr. Ihr hättet darauf kommen müssen, dass da was faul war. Aber ihr habt die Vorstellung gemocht, von einem Kamerateam auf eine tropische Insel begleitet zu werden, Instagram-Storys unter Palmen zu machen. Euch von eurem schweren Alltag zu erholen. Aber ich habe gute Nachrichten für euch. Ihr seid auf einer offiziellen Urlaubsinsel gelandet, nicht in einem Bootcamp. Es gibt hier zwar keine Palmen, aber bei besserem Wetter ist das hier ein ziemlich hübscher Ort. Und das hier wird für euch eine Art Urlaub, denn wir werden nichts anderes tun, als einen schönen Familienurlaub hier zu machen. Einzige wirkliche Lüge ist, dass wir gar keine echte Familie sind. Wir sind zusammengewürfelt. Aber stellt euch vor, wir wären eine echte Familie, auf einem Urlaub in irgendeiner dänischen Ferienhütte. Man hat unterm Strich eine schöne Zeit, und mal fällt, wie zu Hause auch, etwas Arbeit an, damit der Urlaub auch schön bleibt. Aber das besprechen wir alles genauer drin."

Doch bevor sich Konstantin wegdrehte, um die Gruppe zum Haus zu führen, stellte er sich mit seinem Namen vor. Dann zeigte er auf Erika, die sich ebenfalls höflich vorstellte. Sie fragte nach den Namen der Jugendlichen. Doch diese pöbelten nur zurück. Niemand wollte seinen Namen sagen.

Erika sah dann zur pummeligen, introvertierten Miriam, die mit verschränkten Armen und zitternd dastand. Als Einzige hatte dieses schweigsame, zitternde Mädchen keinen Ton gesagt, sondern starrte nur aufgewühlt und erschöpft nach unten. Meerwasser tropfte von ihren Haaren.

Erika ging einen Schritt auf sie zu und sah sie wartend an.

„Bist du Miriam?"

Miriam nickte.

Erika wanderte dann weiter zu Shirin, und nannte sie ebenfalls beim Namen. Dann Guido. Dann Yusuf. Dann Dunja, die wütend schluchzte: „Ich will nach Hause!"

Zuletzt ging sie zu Bjarne, der grundsätzlich aussah, als wäre er im Halbschlaf. Doch dieser kam ihr zuvor: „Ja, vermutlich weißt du dann wohl, dass ich Bjarne heiße. Trommelwirbel, fuck you."

Fast alle Jugendlichen lachten.

Guido motzte: „Na, dann haben wir fast raus, wer hier wer ist. Du der Clown, da die Heulsuse, da der Kanake."

Yusuf bäumte sich auf und schubste Guido.

„Was hast du gesagt? Wie nennst du mich, du Hurensohn? Hast du Problem? Hast du Problem?"

Guido schubste zurück und spottete: „Ja, isch haben Problem! Lern mal Deutsch. Hier draußen kannst du deine ganzen Cousins nicht holen, Mustafa."

Yusuf schlug Guido ins Gesicht, Guido griff nach ihm.

Konstantin mischte sich blitzschnell ein und löste gekonnt die Rangelei, als würde er einen Knoten im Schnürsenkel öffnen. Er ging danach nicht einmal auf sie ein, sondern führte die Gruppe gelassen weiter zum Reetdachhaus. „Da vorn ist die Tür. Schön folgen, ihr wollt sicherlich langsam ins Trockene."

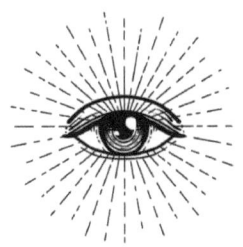

Draußen kehrte allmählich die blaue Stunde ein, und der Regen verdünnte sich zu einem leichten Nieseln. Inzwischen war es 16:00 Uhr. Die Wolkenschicht über der Nordsee war so dick, dass man nicht einmal im Ansatz sehen konnte, wo sich gerade die Sonne befand.

Silvio kam wieder heraus, zog sich die Kapuze über den Kopf, zeigte ein Daumen hoch, und reichte Konstantin, der die Tür für die Gruppe aufhielt, den Schlüsselbund zurück.

„Alles scharf. Ich bin dann mal wieder weg."

„Gute Arbeit."

„Danke. Euch viel Erfolg, wir sehen uns in einem Monat."

„Bis dann."

„Ciao", antwortete Erika.

Silvio wanderte dann über die Hallig, und wieder Richtung Boot. Seine plätschernde Schritte durchs Wasser wurden in der Ferne immer leiser.

Die sechs Jugendlichen betraten widerwillig das Haus, gefolgt von Erika. Ihre roten Fischeranzüge tropften. Der Löwenkopf an der Tür schien keinen von ihnen zu interessieren, wie vorhin Erika.

„Bleibt bitte auf dem Teppich da", wies Konstantin an, „dann könnt ihr erst mal die Stiefel anlassen."

Er betrat das Haus, steckte sich den Schlüsselbund weg und ließ die Tür zugehen.

„Das muffelt hier drin voll", beschwerte sich Shirin.

„Voll, ne?", reagierte Yusuf.

Konstantin ergriff das Wort: „So. Schön, dass alle Küken im Nest sind. Ich begrüße euch zu diesem Traumurlaub im Heim auf der Hallig. Gleich als Erstes möchte ich gern die Hausregeln mit euch durchgehen, damit der nächste Monat für uns ein schönes Miteinander wird."

„Laberst du immer so viel Dünschiss?", fragte Shirin.

„Ich sehe schon, wir werden Spaß haben", antwortete ihr Konstantin, und fuhr fort: „Also, ihr seid alle hier, weil es zu Hause nicht rund läuft. Eure Eltern sind an euch schon verzweifelt und wussten nicht weiter. Aber wisst ihr was, ich unterstelle mal was: Eure Eltern sind gerade nicht Teil der Lösung, sondern Teil des Problems. Nur deswegen seid ihr hier."

„Ja, Mann", motzte Yusuf.

„Eltern sind scheiße", fügte Shirin hinzu.

„Gut, das hätten wir dann geklärt", antwortete Konstantin, der mindestens einen Kopf größer war als alle Anwesenden. „Und deswegen kriegt ihr ja einen Monat Urlaub von euren Eltern, mit uns. Aber es gibt da so einen Spruch:

,Schlechte Eltern sind gute Eltern, und gute Eltern sind schlechte Eltern'. Wer kann mir sagen, was das heißt?"

„Dass alle Eltern kacke sind", murrte Guido.

„Nicht ganz."

Erika kannte diesen Spruch und nutze die Gelegenheit, um sich nun auch mit einigen Worten einzubringen: „Das heißt, dass eure Eltern eigentlich gute Eltern sind, weil sie sich für schlechte Eltern halten. Sie haben Hilfe gesucht. Ihr seid ihnen nicht scheißegal. Und das ist ein gutes Zeichen. Eltern, die immer der Meinung sind, dass alles rund läuft und nichts verändert werden muss, weil sie ja so verdammt gut sind, das sind meistens schlechte Eltern."

Damit war der Raum still. Denn keines der Teenager hatte gleichgültige Eltern, auch wenn auf vielen Ebenen durchaus von Versagen die Rede sein durfte. Die Ankunft der Teenager auf dieser Hallig war letztendlich das Produkt irgendeiner Verzweiflung, eine drastische Maßnahme. Ein letzter Strohhalm.

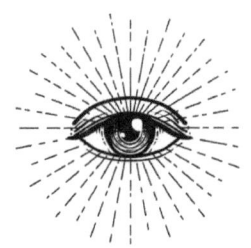

Zurück zum Geschäft.

„Also", führte Konstantin fort, „Erika und ich sind ab jetzt für genau einen Monat eure Eltern, und ihr seid unsere Kinder. Wir leben hier zusammen, und jeder wird seinen Teil zu einem gesunden Familienleben beitragen. Aber dieser Aufenthalt ist mehr als ein Urlaub. Er ist auch eine Challenge. Es gibt hier nämlich sieben Hausregeln, und wer bis Monatsende die wenigsten Verstöße hat, gewinnt stolze 3.000 Euro."

Augen wurden groß. Kommentare kamen zurück, durcheinander. Die Reaktionen waren gemischt.

„Laber!"

„Du machst Witze, Alter."

„Das ist ja voll Dschungelcamp, ey."

„Nee, da kriegen die mehr. 10.000 oder so."

„Da werden wir voll fame!", freute sich Shirin.

„Ja, das kann definitiv eine Nebenwirkung sein", antwortete Konstantin. „Die Nation wird euch sicher kennen."

„Der verarscht uns, ich schwöre", sagte ein skeptischer Yusuf. „Drei Riesen Bestechungsgeld, damit wir lieb sind, der war gut."

„Was kriegt ihr zwei eigentlich?", fragte Bjarne skeptisch.

Konstantin ging nicht auf die Frage ein, sondern fuhr fort: „Ich kann euch versichern, dass ich euch nicht verarsche. Wir werden rund um die Uhr beobachtet, außer in den Schlafzimmern. Überall im Haus sind Kameras und Mikrofone versteckt, und wir werden euch tagsüber gut im Auge behalten. Big Brother is watching you. Das gesamte Material wird ausgewertet, die Verstöße werden gezählt, und am Ende wird auf dem Festland genau abgerechnet.

Der Gewinner geht dann mit einem guten Taschengeld hier raus. Ihr könnt das Geld natürlich verprassen und versaufen, oder aber auch für einen Führerschein sparen, für ein Auto oder was auch immer."

Erika fügte hinzu: „Aber wir wollen natürlich, dass keiner gegen die Hausregeln verstößt. Wir wollen alle als Sieger sehen."

Bjarne wurde stutzig und stellte dann die goldene Frage, was denn passieren würde, wenn es am Ende Gleichstand zwischen allen geben würde.

„Na ja, antwortete Konstantin, „dann würden wir das Geld aufteilen. Wären dann theoretisch 500 Euro für jeden von euch."

„Das ist ja kacke", murmelte Bjarne. „Ich will die Kohle für mich."

„Aber es gewinnen auch nicht mehrere Leute den Lotto-Jackpot, also bin ich schon zuversichtlich, dass ein Ergebnis herauskommen wird. Und damit wären wir bei den Hausregeln", leitete Konstantin ein. „Und ich will, dass jeder von euch sie bis morgen Abend auswendig kann. Im Schlaf. Vielleicht testen wir das. Die erste lautet: Hier wird nicht geschrien. Wir heben gegeneinander nicht die Stimme. Wir reden miteinander. Niemand ist taub. Regel Nummer 2: Jeder erfüllt seine Aufgaben. Niemand lässt die Familie hängen."

„Was denn für scheiß Aufgaben jetzt?", knurrte Guido.

„Dazu kommen wir gleich. Regel Nummer 3: Wir hinterlassen keine Spuren. Egal, was wir tun. Wisst ihr, wen die Raubtiere in der Wildnis am schnellsten finden?"

Gelangweilte Blicke waren die Antwort.

„Sie finden die, die Spuren hinterlassen. Stellt euch also vor, es geht ums blanke Überleben. Räumt euren Müll auf, lasst nichts herumliegen, achtet auf Sauberkeit. Behandelt diese Hallig mit Respekt."

Guido schnaubte kräftig, und spuckte auf den Teppich, auf dem er stand. Einige der Jugendlichen kicherten. Es wurde still im Raum.

Konstantin ging einige Schritte auf Guido zu, und sah ihm tief in die Augen, durchbohrte ihn mit Blicken.

„Was los, wirst du jetzt zum Hulk? Willst du mich bestrafen? Du darfst mich nicht anfassen."

„Das muss ich gar nicht", erwiderte Konstantin gelassen. „Ich wette aber, dass mindestens Yusuf hier schon richtig Bock auf dich hat, mit deinem Lonsdale-Pulli und deiner ganzen rechten Einstellung. Und wenn du mich fragst, der Junge ist stärker als du. Ich kann die Augen nicht immer überall haben, und die Kameras können nicht eingreifen. Wir sind hier komplett allein. Willst du nachts schlafen?"

„Drohst du mir, du Nigger?"

„Nein, das würde ich nie. Ich denke nur um die Ecke. Damit solltest du auch langsam anfangen, du bist 15 Jahre alt und kein Kleinkind mehr. Du solltest dich mal zusammenreißen. Mach dir ein paar Freunde."

Guido beschloss zu schweigen. Die souveräne, stoische Art von Konstantin machte ihn schwer zu durchschauen, gewissermaßen unberechenbar. Dadurch wussten die Teenager nicht, wie weit sie mit ihm gehen konnten.

„Regel Nummer 4: Das abgeschlossene Zimmer im ersten Stock ist für jeden tabu."

„Was ist drin?", fragte Dunja.

„Das interessiert uns nicht, denn das Zimmer ist für uns tabu", antwortete Konstantin.

„Regel Nummer 5: Wer das Klopfen zuerst hört, der macht die Haustür auf."

Stutzig sahen die Teenager Konstantin an.

„Wie?", fragte Shirin, mit einem Blick der Entgeisterung.

„Richtig, falls sich einer von uns aussperrt", erklärte Erika. „Die Tür kann man nämlich nur von innen öffnen, außen ist nur ein Knauf. Da braucht man den Schlüssel."

„Und den werde ich stets behalten", fügte Konstantin hinzu. „Denn ich bin für uns alle verantwortlich. Also, solltet ihr euch aussperren, einfach den Türklopfer benutzen. Und wer's zuerst hört, der macht auf. Ganz einfach."

Bjarne fiel Konstantin ins Wort: „Ey, das macht ja mal gar keinen Sinn, was du da gefaselt hast."

„Welcher Teil?"

„Na, wer das Klopfen zuerst hört und so."

„Wieso?"

„Das Geräusch wandert doch nicht von Ohr zu Ohr, Alter. Wenn's klopft, hören wir das Klopfen alle auf einmal."

Wieder gab es Gelächter in der Gruppe.

„Da wage ich zu widersprechen", antwortete Konstantin gelassen, „die Aufmerksamkeitsspanne variiert bei jedem von euch. Mal schläft einer, mal ist einer weiter weg von der Tür. Wer klar und deutlich das Klopfen hört, schaut sich daher nicht großartig um und überlegt, wer an seiner Stelle hingehen kann, um die Aufgabe zu übernehmen, nein. Wer das Klopfen hört, ergreift die Initiative und öffnet. Haben wir das Thema nun langsam geklärt? Oder bist du gern draußen bei Regen ausgesperrt?"

Bjarne schwieg und zuckte mit den Schultern.

Erika war innerlich etwas aufgewühlt, da sie vor nicht allzu langer Zeit ihre eigene unangenehme Erfahrung mit einem Klopfen gemacht hatte, das mitten in der Nacht zu hören war und bis heute keine Erklärung bekommen hatte. Aber sie tat es für sich ab.

„Regel Nummer 6: Die Wahrheit macht euch frei. Ihr alle schleppt eine Menge Dämonen mit euch rum", erklärte Konstantin den Jugendlichen, und sah dabei Erika an.

„Was für Dämonen?", fragte Dunja.

„Böse Geister", antwortete Erika. „Angst, Frust, Wut, Verwirrung. Diese Gefühle bekommen eine Menge Kontrolle über euch, sie steuern euer Handeln. Einige sagen, dass das Dämonen sind, die euch wie lästige Fliegen belagern. Wir wollen sie gemeinsam verjagen, euch von ihnen befreien. Und es fängt an mit Wahrheit. Wenn ihr euch also doof fühlt, oder wegen irgendwas sauer seid, oder euch ungerecht behandelt fühlt, oder was auch immer, dann raus damit."

„Auf die Zwölf", ergänzte Konstantin. „Gnadenlose Ehrlichkeit. Das ist zehnmal besser als zu lügen."

„Gut, ich finde euch beide zum Kotzen", knurrte Shirin, und versuchte ihre blonden Haare zu richten.

„Sehr gut!", freute sich Konstantin. „So können wir arbeiten! Und dann, last but not least, Regel Nummer 7: Immer oder nie, alle oder gar keiner."

Die genervten Blicke der Teenager wurden perplex.

„Häh?", fragte dann Bjarne. „Was das für'n Mist?"

Konstantin erklärte: „Wir tun nichts einmal, was wir nicht immer tun würden."

Erika fühlte sich unterschwellig angesprochen, denn eine Affäre mit Konstantin war schon längst eine unterdrückte Fantasie in der leisesten, dunkelsten Ecke ihres Hinterkopfs. Und als gläubige Christin wusste sie, dass dies schlichtweg falsch wäre.

Konstantin fuhr fort: „Und wir tun nichts, was nicht auch alle tun können. Wir tun keinem was, was keiner uns selber tun soll. Wenn also einer von euch das Bedürfnis bekommt, einen Anderen zu hauen, zu kratzen, zu beißen, ihm die Haare zu ziehen, dann gilt das für alle. Dann darf jeder mitmachen, ich mache auch mit. Dann ist Massenschlägerei. Oder aber wir lassen uns alle gegenseitig unversehrt. Ich persönlich fände das schöner. Wie seht ihr das so?"

Konstantin sah fragend in die Runde.

Alle waren nach wie vor teilnahmslos, aber keiner schien besonders Lust auf eine Massenschlägerei zu haben. Und die Vorstellung, den großen, muskulösen Konstantin beim Mitmischen zu erleben, war für niemanden etwas, worauf man sich freuen könnte. Ob es im legalen Rahmen gewesen wäre, das fragte sich gerade keiner, außer Erika.

K onstantin überließ es den Teenagern, diese Regeln sacken zu lassen. „Denkt drüber nach", riet er ihnen, „ihr braucht auch nicht sofort zu antworten. Ich werde es ja sehen, wie ihr es gern hättet. Ihr wisst ja drum."

„Ich hab da wieder eine Frage", meldete sich Bjarne zu Wort. Er war bekanntlich zwar träge und nihilistisch, aber ein durchaus helles Köpfchen. Er hinterfragte alles. „Wenn du sagst, alle oder gar keiner, dann betrifft das ja auch euch. Oder?"

„Das stimmt", antwortete Konstantin.

„Dann seid ihr mit in dieser Challenge am Start, und ihr spielt mit. Dann gewinnt ihr am Ende, und ihr behaltet die Kohle, oder? Das ist doch totale Abzocke."

„Wer sagt, dass wir gewinnen?", fragte Erika.

„Das habt ihr dann falsch verstanden. Wir spielen natürlich auch nach Regeln mit, aber wir sind keine Teilnehmer des Wettbewerbs", antwortete Konstantin, „wir begleiten euch durch den Monat, und können euch hoffentlich eine Hilfe sein. Aber wir sind keine Konkurrenz für euch."

„Also kriegt ihr gar nichts?", fragte Bjarne.

„Das habe ich nicht gesagt."

„Was kriegt ihr denn? Bestimmt mehr als die drei Riesen, oder?"

„Über Geld spricht man nicht."

„Aha, und was machen wir hier die halbe Zeit?"

Bjarne war immer wieder in der Lage, seinen Mitmenschen auf intellektueller Ebene die Stirn zu bieten, erst recht den Erwachsenen. So wechselte Konstantin einfach das Thema, anstatt darauf einzugehen.

„Als nächstes will ich mit euch den Tagesablauf auf dieser Hallig durchgehen. Habt ihr denn bisher irgendwelche Fragen?"

Nach einem Augenblick fragte Shirin: „Was ist, wenn wir gegen eine Regel verstoßen und so? Was passiert dann?"

Konstantin schüttelte zuversichtlich den Kopf und antwortete: „Vielleicht kommen wir mal komplett von der Variante weg, dass es Verstöße geben wird. Ihr werdet alle

Regeln einhalten. Wir glauben an euch. Wie klingt das denn?"

„Klingt scheiße", motzte Guido, „ich will die ganze Kohle für mich."

Yusuf konterte: „Und dennoch werde ich die Kohle einsacken. Ätsch."

Konstantin hielt sich aus diesem Tauziehen raus.

„Habt ihr denn sonst noch Fragen?"

Zuerst herrschte Stille. Aber dann ging bei den Teenagern das Denken langsam los.

„Gibt's hier Internet?", fragte Bjarne.

„Nein, und das weißt du", antwortete Konstantin.

„Auch nicht in dem abgeschlossenen Top-Secret-Raum da oben?"

„Und wenn es da drin Internet geben würde, oder eine Million Euro in bar, oder gar eine Person, die permanent nach Hilfe schreit, dieser Raum ist für euch absolut tabu."

Diese Bemerkung eckte bei Erika ebenfalls an, denn dies war nicht unbedingt die richtige Botschaft an die Jugendlichen. Sie dachte für einen Augenblick an das weltbekannte Milgram-Experiment, und wollte den Teenagern nicht das gesunde Denken und Handeln wegnehmen.

„Den letzten Nebensatz hat er da ein wenig übertrieben, damit ihr versteht, was er meint. Natürlich sollt ihr auf Hilferufe reagieren."

Erika erntete einen ausdruckslosen Blick von Konstantin, den sie nicht zu deuten wusste.

„Ich verstehe nicht, was ihr meint", stänkerte Bjarne. „Also, wenn ich da wen ‚Hilfe, Hilfe' rufen höre, sagt er, ich soll nichts tun. Und du sagst, ich soll die Tür eintreten, ja? Welche Regel von beiden gilt denn nun?"

Konstantin seufzte, und antwortete: „Ihr werdet aus diesem Raum keine Hilferufe hören, den Nebensatz nehme ich raus. Der Raum ist für euch tabu, und ihr werdet keinen Anlass haben, ihn zu betreten. Alles klar?"

Bjarne machte eine genervte Fratze.

„Wann gibt's was zu fressen?", fragte der Neonazi Guido.

„Das klären wir alles gleich im Tagesablauf, Guido. Du magst keine Kanaken, richtig?"

Yusuf wurde laut: „Was laberst du da?"

Konstantin blieb stoisch: „Guido ist ein italienischer Name. Hast du Vorfahren aus Italien, Guido?"

Blicke wanderten zu Guido. Dieser zuckte verdutzt mit den Schultern.

„Du weißt es nicht mal?", fragte Konstantin überrascht.

„Das heißt, vielleicht bist du auch ein Kanake", scherzte Bjarne und lachte. „Aufschlussreicher Tag, Alter."

Shirin lachte mit.

„Schön, dass ihr alle so viel Spaß habt", motzte Dunja, die Augen noch glasig von ihrer Heulerei, „aber ich hab keinen Bock auf die Scheiße, ich will nach Hause."

„Hoffentlich hast du Seepferdchen im Schwimmen",

maulte Yusuf.

„Schnauze!"

Konstantin ließ sich scheinbar von nichts aus der Ruhe bringen. Er blieb beim Thema Terminologie und belehrte Guido: „Eigentlich bist du definitiv ein Kanake, wie ich auch, wie jeder hier."

„Ja, Mann, wir sind alle Kanaken", scherzte Shirin feierlich.

„Das kommt nämlich vom hawaiianischen Wort ‚kanaka', und dieses bedeutet ‚Mensch'. Man nannte zum Beispiel die polynesischen Ureinwohner die Kanaken Neukaledoniens. Da die polynesischen Seeleute bei uns in Deutschland im 19. Jahrhundert für ihre Loyalität und Kompetenz sehr beliebt waren, war das Wort ‚Kannakermann' nicht ein Schimpfwort, sondern ein Ehrentitel. Aber das weißt du sicher alles, Guido, da du ja mit dem Wort so um dich wirfst. Du sprichst ja sicher nur von Dingen, über die du informiert bist, oder?"

„Versuchst du mich gerade zu provozieren?"

„Provoziere ich dich, indem ich dir gerade Wissen und Intelligenz unterstelle?"

Yusuf lachte Guido aus. Und dann wanderte Konstantins Blick zu Yusuf, der dann wieder leise wurde. In sauberem, akzentfreiem Türkisch nannte er Yusuf einen kurzsichtigen Idioten und sagte, dass er dessen Akte kannte. Er machte Yusuf darauf aufmerksam, dass unter anderem genau wegen solcher Stereotypen nunmehr eine rechte Partei im Bundestag sitzen würde. „Deine Familie betreibt einen Laden und ein Restaurant. Ihr habt einen Ruf zu verlieren. Denkst du kein Stück nach? Hast du keine Ehre? Was würde dein großer Bruder sagen, wenn er heute vor dir stehen würde?"

Damit traf er Yusuf. Von einem fremden Deutschen in

seiner eigenen Sprache so den Kopf gewaschen zu bekommen, das hatte eine kleine Wirkung auf Yusuf.

Erika verstand von alledem kein Wort, war aber, wie auch der Rest der Gruppe, etwas erstaunt darüber, dass Konstantin fließend Türkisch konnte.

„War das Thema so scheiße, wie das geklungen hat?", fragte Guido, und zog sich den Fischeranzug aus.

Gute Idee. Der Rest machte mit. Die nassen Anzüge fielen zu Boden. Shirin stieg aus den Stiefeln und ging zur Sitzecke. Nach und nach folgten die anderen Jugendlichen.

Konstantin setzte sich mit an den Tisch, und dann wurde der Tagesablauf besprochen. Alle durften mitreden, nichts wurde von einer einzelnen Person entschieden. Man einigte sich auf 8:00 Uhr als Zeit zum Aufstehen. Es wurde ein Tagesplan entworfen, und die Gruppe wurde eingeteilt. Miriam und Bjarne waren in der ersten Woche fürs Putzen zuständig, Shirin und Yusuf für den Abwasch und die Wäsche der Klamotten, Dunja und Guido für den Bauernhof, Konstantin und Erika fürs Kochen. Wöchentlich wechselten die Gruppen, so dass bis zum Ende des Aufenthalts jede Gruppe in jedem Bereich tätig gewesen sein sollte.

Es gab noch jede Menge Gemecker und Gefluche, aber als die Teenager erkannten, dass sie gerade keine richtigen Optionen hatten, fügten sie sich der Situation.

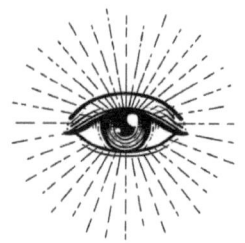

Zunächst wurden die Zimmer bezogen. Dunja und Miriam nahmen sich das erste Zimmer im Erdgeschoss, und das ohne großartige Zickereien. Dass Guido sich kein Zimmer mit Yusuf teilen wollte, lag natürlich auf der Hand. So bekam er, im zweiten Zimmer des Erdgeschosses, Shirin als Zimmerpartnerin. Begeistert war keiner von beiden. Hiermit hatte Erika ihre Probleme, da sie es nicht besonders korrekt fand, einen Jungen und ein Mädchen in ein Zimmer zu legen – ganz abgesehen von der Rechtslage. Aber Guido war mit keinem der Jungs kompatibel. Und als Erzieher mit einem Kind ein Zimmer zu teilen, war auch keine besonders tolle Vorstellung. Konstantin versicherte Erika, dass es von rechtlicher Seite keine Probleme geben würde. Angeblich war die Sendung bestens abgesichert.

Und dann, als Yusuf und Bjarne sich freiwillig in einem der obigen Zimmer zusammentaten, wurde Erika nun endgültig klar, dass sie im ersten Stock ein Zimmer mit Konstantin teilen würde. Im stillen Kämmerlein eine reizende Vorstellung, aber deswegen auch beunruhigend.

„Da sind wirklich keine Kameras oder Tonaufnahmegeräte drin, ja?", fragte sie Konstantin leise, während alle ihre Sachen auspackten und in die Schränke räumten.

„Nein. Wieso fragst du?"

„Ich will nicht, dass mein Mann sich später im Fernsehen anschauen muss, wie ich ein Schlafzimmer mit einem Anderen teile."

„Verstehe. Aber keine Angst. Es ist kein Ehebett, sondern ein Hochbett. Also immer locker bleiben."

Konstantin zwinkerte ihr zu, und räumte seine Unterwäsche in den Schrank. Beruhigt war sie aber nicht, denn sie fühlte sich zu ihm hingezogen. Aber sie beschloss, es für sich zu behalten. Das zu einem Thema zu machen, würde alles nur verschlimmern.

„Kannst du wirklich pädagogisch hinter allem stehen, was du heute mit den Kids besprochen hast?", fragte sie stattdessen. Denn dieses Thema war ihr auch nicht unwichtig.

„Worauf beziehst du dich speziell?"

„Na ja. Das mit dem ganzen Wettbewerb um Geld, das weißt du ja eh schon, dass ich das nicht ganz optimal finde."

Konstantin fiel ihr ins Wort: „Aber Menschen sind nun mal käuflich, sonst wärst du ja auch nicht hier. Richtig?"

Und damit traf er den Nerv, denn er hatte recht.

„Nicht falsch verstehen", ruderte Erika zurück, „ich finde das Ganze ja toll. Sonst wäre ich nicht dabei."

Nein, Erika hatte zu Hause finanzielle Engpässe, und mit der Gage beabsichtigte sie einige Außenstände in den Griff zu bekommen, um Uwe zu entlasten. Geld war der Hauptgrund für ihre Teilnahme. An zweiter Stelle war der Reiz, den Konstantin auf sie ausübte. Dann die Vorstellung, mit fachlicher und sozialer Kompetenz im Fernsehen vor einem Millionenpublikum zu glänzen.

Zu Late-Night-Shows eingeladen zu werden.

Schlagzeilen zu machen.

Dann irgendwann kam das Konzept selbst.

„Ich finde es wirklich super, den ganzen Ansatz, wirklich. Nur habe ich hier und da ein paar Bedenken."

„Was für Bedenken?", fragte Konstantin, während er seine letzten Kleidungsstücke in den Schrank räumte.

Aber ehe sie antworten konnte, hörte man bereits den ersten Streit irgendwo im Haus. Erika sah zu Konstantin.

„Ich wollte eh jetzt eine Runde drehen und die Leute näher kennenlernen."

Erika ging Richtung Tür, drehte sich dann zu Konstantin um und fragte: „Die Kinder wissen nichts vom Satellitentelefon, richtig? Das willst du so beibehalten, ja?"

„Das ist korrekt. Das dürfte dabei helfen, dass sie sich zusammenreißen. Wir wollen ja keine Notfälle hier draußen."

„Und wenn es einen geben sollte, wo befindet sich das Satellitentelefon?"

„Na, im verbotenen Raum, zusammen mit der Technik."

Erika nickte, und verschwand aus dem Raum.

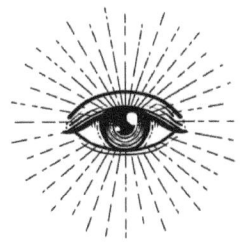

Sie wanderte durch den schmalen, dunklen Flur, und folgte den lauten Stimmen. Eine war männlich, eine weiblich. Sie ging die knarrende Holztreppe hinunter.

Beim Laufen warf sie einen flüchtigen Blick nach oben zur Decke und fragte sich wieder einmal, wo denn diese Kameras und Mikrofone versteckt waren. Sie wusste, dass sie beobachtet wurde. Es fühlte sich alles anders an als im Heim in der Großstadt. Dort war es Beruf, hier war es bezahlte Selbstdarstellung.

Sie war leicht neugierig, sich von Konstantin Zutritt zum verbotenen Raum geben zu lassen, um zu sehen, welche Kameraeinstellungen aufgezeichnet wurden. Falls man es dort überhaupt auf irgendeinem Bildschirm sehen konnte.

„Geh mir aus der Sonne, du blöde Fotze!"

„Ich nerv dich den ganzen Abend, du Loser."

„Dann hau ich dir in deine hässliche Kack-Fresse."

„Mach doch. Dann wird dir Yusuf zeigen, wie Hauen geht."

Erika erreichte im Erdgeschoss das Zimmer, aus dem der Streit kam. Hier fand sie Guido und Shirin vor, die sich nicht einigen konnten, wer oben schlafen würde.

„Leute, beruhigt euch doch", mischte sich Erika ein, aber nur, um von Guido noch lauter angefahren zu werden. Sie musste sogar einen Schritt zurückweichen.

Konstantin kam dazu, und ein lachender Bjarne ließ sich das Spektakel auch nicht entgehen.

„Ha, gerade mal am Auspacken, und schon gegen Regel Nummer 1 verstoßen, ihr Loser", spottete er. „Das kommt bestimmt in die Sendung. Fame weil Loser, ha!"

„Halt dein Maul und verpiss dich wieder", brüllte Guido.

Dann begann Konstantin überraschenderweise noch lauter zu brüllen. Alle möglichen Schimpfwörter strömten ihm in bemerkenswerter Geschwindigkeit aus dem Mund. Er stiftete sogar die Anderen an, mitzumachen und sich die Seele aus dem Leib zu schreien.

Irgendwann waren Guido und Shirin die Stillsten im Haus. Sie starrten nur noch fassungslos auf Konstantin und schüttelten den Kopf.

Dann wurde es insgesamt wieder ruhiger.

„Seid ihr Kleinkinder?", fragte ausgerechnet Shirin.

„Sag du es mir", erwiderte Konstantin, und wandte sich dann an die Gruppe, die inzwischen komplett anwesend war und teilweise lachte.

„Und damit haben wir einen sehr interessanten Fall gehabt. Regel Nummer 1 wurde gebrochen. Guido, wie lautete sie nochmals?"

Guido schwieg. Seine Augen sagten Konstantin, er solle sich ins Knie ficken.

„Nicht schreien und so", antwortete dann ausgerechnet die pummelige Miriam im Zimmer nebenan, die seid der Ankunft auf der Hallig keinen Ton gesprochen hatte. Erika sah hinüber und zeigte sich beeindruckt. Dunja und Miriam standen im Türrahmen und hatten den Streit verfolgt.

„Sehr gut, Miriam", lobte Konstantin.

„Streberin", schob Shirin hinterher.

„Du musst deine dämliche Fresse zu jedem kleinen Scheiß aufmachen, was?", sagte Guido zu Shirin.

Doch ehe es wieder eskalieren konnte, ergriff Konstantin wieder das Wort: „Wir sind gerade mal eine Stunde hier beisammen, also habe ich nicht allzu hohe Erwartungen. Das wird schon mit der Zeit."

„Ich will nach Hause", jammerte Dunja.

„Aber wenn so etwas vorkommt", fuhr Konstantin fort, „greift immer Regel Nummer 7. Miriam, kannst du sie uns auch sagen?"

Alles schaute zu Miriam, die verschüchtert nach unten sah. Sie war keine besonders leidenschaftliche Rednerin.

„Äh... Alle oder keiner. Immer oder nie."

„Richtig, Miriam."

Erika sah die anderen Jugendlichen an: „War noch einer von euch so schnell wie sie und hat alles auswendig gelernt?"

Eine verneinende Stille zog sich durch den Raum.

„Gut, ihr habt noch bis morgen Abend", erinnerte Konstantin, „und ich denke, ihr seid nun langsam mit dem Beziehen eurer Zimmer fertig, wenn ihr schon Zeit zum Streiten habt. Also, wir teilen uns jetzt ein, damit wir um 19:00 Uhr alle warmes Essen haben. Guido, du und Miriam macht den Essbereich schon mal schier und deckt an. Shirin und Yusuf, ihr wascht nach dem Essen ab, also habt ihr jetzt etwas Pause."

„Yeah!"

„Dunja, du und Bjarne geht bitte nach draußen und erntet eine Ladung Kartoffeln für alle, und Erika und ich werden dazu etwas Gemüse kochen."

„Gibt's hier kein Meckes?", scherzte Shirin. „Ich will keine Bio-Kacke fressen."

„Dann wirst du noch reichlich abnehmen. Also, alle an die Arbeit."

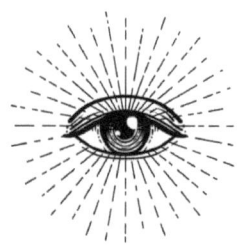

Alles ging seines Weges und begann zu arbeiten, wenn auch immer noch überwiegend widerwillig und voller Fäkalsprache. Erika holte sich von Konstantin die Absolution ab, von

Gruppe zu Gruppe zu wandern und mit allen Teenagern einzeln ins Gespräch zu kommen. So übernahm Konstantin den Herd, und begann einige Konserven zu öffnen. Zunächst begleitete sie Dunja und Guido hinaus zum Bauernhof. Dafür zogen sie sich ihre dicksten Jacken an, denn die nasse Kälte des frühen Abends war extrem ungemütlich. Erika nahm sich eine Taschenlampe mit und schaltete sie ein. Sämtliche Regentropfen, die durch den Lichtkegel sausten, leuchteten wie Sprühfunken.

Draußen war der Himmel bereits dunkelblau, und die dicke Wolkenschicht blitzte gelegentlich auf. Ein Gewitter schien aufzuziehen. Pfeifende Winde nahmen allmählich zu und vertrieben den Nebel, so dass die teilweise pechschwarze Sturmfront sichtbar wurde.

Dunja, Guido und Erika wanderten mit einem Sieb zum Bauernhof. Das hohe Gras auf der Hallig wehte einheitlich im Wind, wie die Haare eines Kindes, das den Kopf aus dem offenen Fenster eines fahrenden Autos steckte. Die Ziegen wanderten unruhig in ihrem Stall umher. Die Hühner hockten eng zusammen in einer Ecke von ihrem Gehege.

Dunja jammerte permanent, dass sie von dieser Insel weg wollte. „Alles Scheiße hier, ich will nicht mehr!"

Doch Erika suchte mit ihr und Guido das Gespräch, stellte Fragen über ihre Familien, und blieb hartnäckig. Sie ließ sich von keinen Beleidigungen oder Beschwerden beirren, sondern stellte weiter ihre Fragen. Und irgendwann bekam sie Antworten.

Dunja war bekanntlich in einer Pflegefamilie groß geworden, und Guido war vaterlos. Beide waren also von Menschen verlassen worden, die für ihre Entwicklung wichtig waren. Beide fühlten sich verstoßen, weggeworfen, ungewünscht. Erika hatte keine Probleme, dieses relativ schnell herauszubekommen.

So vertraute sie dann Dunja und Guido an, dass sie selber auch kein Wunschkind gewesen war. „Mein Vater hat mich öfter grundlos geschlagen. Und er stank immer wieder nach Bier. Es war keine besonders pralle Kindheit." Damit hatte sie zumindest Dunjas Aufmerksamkeit. Erika war keine Theoretikerin aus einem vornehmen Elternhaus mit einer Kindheit wie aus einem Bilderbuch. Erika verstand die Teenager, die zu Hause unschöne Verhältnisse erleiden mussten. Sie war sozusagen eine von ihnen.

Am Beet angekommen, zeigte sie den zwei Teenagern, wie man eine Kartoffel erntete. Guido wusste nicht einmal, dass Kartoffeln Wurzeln sind. Darüber musste Dunja wiederum lachen. Dass Dunja nunmehr zu lachen imstande war, dies war für Erika ein kleiner erster Sieg.

„Hast du gedacht, die Dinger wachsen am Baum oder was? Ausgerechnet du deutsche Kartoffel."

Erika schmunzelte. Und Guido merkte schnell selbst, wie peinlich dämlich seine Ignoranz in dem Moment war.

„Keine Angst, das bleibt unter uns", versicherte ihm Erika, und biss sich auf die Zunge.

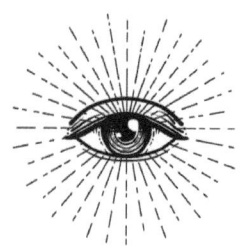

Die Drei zogen mehrere Kartoffelpflanzen aus der feuchten Erde und klopften den Dreck von den Knollen ab. Die Stengel wurden entfernt und auf den Kompost geschmissen, und die Kartoffeln wurden im Sieb gesammelt.

Danach wurden einige Bohnen geerntet, um die Konserven mit frischem Gemüse zu ergänzen. Die Bohnen wurden einfach zu den Kartoffeln ins Sieb getan.

Beim Rückweg zum Haus sah sich Erika in alle Richtungen um. Es war nur ein flacher, schwarzer Horizont in jeder Richtung zu sehen, überdacht von einem drückenden Dunkelblau, das gelegentlich aufleuchtete und tiefe, donnernde Geräusche ertönen ließ. Hier und da blinkten synchron die roten Lichter von Windparks in der Ferne. Ansonsten gab es weit und breit keinerlei Spuren von Zivilisation.

Es dämmerte nun langsam auch Erika, dass sie weit weg von zu Hause war. Bisher war sie mit allem Anderen beschäftigt gewesen, nur nicht damit.

Der gelegentliche nasse Wind wirbelte die Haare von Erika, Guido und Dunja auf und machte die Sicht zunehmend schwer. Die einzige Lichtquelle, bis auf Erikas Taschenlampe und die synchron blinkenden roten Punkte in weiter Ferne am Horizont, waren die schwachen Kerzenlichter aus dem Reetdachhaus, die durch die kleinen, trüben Stallfenster schimmerten.

Erika blieb stehen, als sie merkte, dass wieder einmal ein kalter Schauer durch ihre warme Jacke drang und ihren Nacken hinunterlief. Ein Gefühl, das sie in letzter Zeit immer wieder hatte. Sie sah sich um, und fragte sich, wo dieses unheimliche Gefühl herkam. Es fühlte sich so an, als würde irgendetwas sie permanent verfolgen, sie beobachten.

War es vielleicht wirklich nur eine Art von Paranoia aufgrund ihrer ersten Erfahrungen mit Fernsehen?

Oder war es etwas Anderes?

Möglicherweise jemand?

„Was ist denn los?", fragte Dunja. Eigentlich wäre Paranoia Dunjas Ding gewesen.

„Ich weiß es nicht", antwortete Erika leise.

„Was?"

„Äh, nichts. Ich dachte nur..."

„Du dachtest was?"

„Ich dachte, ich hätte..."

Erika beschloss zu schweigen. Sie hatte keineswegs vor, gleich am ersten Abend für Unruhe zu sorgen. Sie war die Erwachsene in der Gruppe, sie musste Stärke ausstrahlen, und nicht Schwäche.

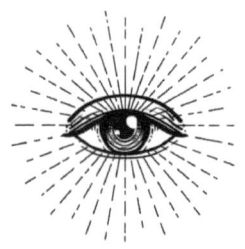

K lopf, klopf.
Der Kupferring, der im Mund des zähnefletschenden Löwen baumelte, wurde benutzt. Erika, Dunja und Guido standen mit der Ernte vor der massiven

Haustür und warteten darauf, dass man ihnen öffnete. Der Wind und die Dunkelheit machten jede Sekunde des Wartens zu einer gefühlten Minute.

„Kommt schon. Es ist nass und arschkalt hier draußen." Ungeduldig benutzte Guido den Ring noch einmal, und schickte ein dumpfes Geräusch durch das massive Holz der Haustür.

Klopf, klopf, klopf!

Erika pustete sich in die Hände. Guido und Dunja begannen auf der Stelle zu hüpfen.

„Mann, seht zu, ihr Pisser!"

Dann waren Schritte zu hören. Endlich.

Die Tür öffnete sich, dahinter stand Miriam.

„Danke dir, Miriam."

„Bjarne hat zuerst das Klopfen gehört", murrte Miriam, „er stand dichter an der Tür."

„Na, dann kann er sich von dir wohl eine Scheibe abschneiden", antwortete Erika und sah Bjarne tadelnd an.

Bjarne, der gerade tiefe Teller auf dem Esstisch verteilte, antwortete nur: „Oder auch 50 Scheiben."

Er und Guido lachten. Die Anspielung bezog sich auf Miriams Übergewicht, und sie verstand es. Dann scherzten sie über dieses Konzept des „zuerst Hörens" und darüber, dass Schall wanderte. Sie zerrissen die Logik, amüsierten sich über die Hausregeln.

Erika gab dann Bjarne das Sieb und bat ihn, besonders die Kartoffeln gründlich abzuwaschen, da diese mit Erde bedeckt waren.

„Warum denn ich? Das kann doch die Fette machen. Frauen gehören doch an den Herd."

Erika sah Bjarne kopfschüttelnd an und antwortete: „Du bist doch ein helles Köpfchen, und gut aussehen tust du auch noch. Das hast du doch gar nicht nötig, solche geschmacklosen Sprüche zu klopfen. Das passt einfach nicht zu dir."

Bjarne war verdutzt und mundtot, denn es fiel deutlich schwerer, zu einem Kompliment Kontra zu geben, als zu einer Beleidigung oder negativen Kritik.

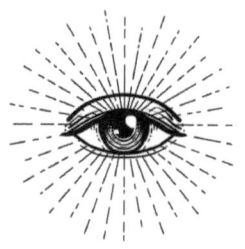

Nachdem die Kartoffeln und Bohnen gewaschen wurden, nahm sich Konstantin ein langes Messer und begann sie zu schneiden.

Währenddessen suchte Erika die Nähe zu Miriam, um sie ein wenig abzuklopfen. Sie war von allen Teenagern bisher am interessantesten für Erika, denn Miriam erinnerte sie unterschwellig an ihre eigene Tochter Bianca.

Während Miriam das Besteck verteilte, versuchte Erika, mit ihr eine Unterhaltung anzufangen. Aber es führte immer wieder ins Nichts.

Erika konnte aber dann sehen, dass Miriam mehrere längst verheilte Schnittwunden an ihrem linken Unterarm hatte, wie eine Strichliste.

Erika krempelte dann beiläufig ihre Ärmel hoch und half Miriam so, dass diese ihr dann auch auf den Unterarm schauen konnte. Und die Tatsache, dass Erika ebenfalls solche Schnitte hatte, machte sie aufmerksam. Und neugierig. Ihr Blick wanderte zu Erika. Ohne ein Wort zu sagen. „Mein Vater war ein richtiges Arschloch", plauderte Erika aus dem Nähkästchen. „Manchmal dachte ich mir, es wäre besser gewesen, gar keinen Vater zu haben als ein Monster. Der hat Dinge getan..."

Erika ging für einen Augenblick in Gedanken verloren. Dann sah sie zu Miriam und sagte zusammenfassend: „Das war schlimm."

Miriam schwieg, aber ihr Blick verriet, dass sie sich komplett mit dem identifizieren konnte, was Erika sagte.

„Wie kann man nur grundlos auf ein Kind einschlagen?", fragte sich Erika. „Und sich dann wundern, dass das Kind auf die schiefe Bahn gerät? Wer entscheidet überhaupt, was die schiefe Bahn ist, und was die gerade Bahn ist?"

Miriam wusste nicht zu antworten. Aber Erika sprach ihr immer noch aus der Seele.

„Wenn du mal eine zum Schnacken brauchst", steckte Erika ihr dann, „sag jederzeit Bescheid. Gerne auch irgendwo, wo keine Kameras oder Mikrofone sind."

Miriams Blick wanderte dann sofort hoch zur Decke. Sie sah sich um, und erinnerte sich erst jetzt wieder daran, dass alles aufgenommen wurde. Sie war kurz davor, sich zu öffnen, aber ließ es wieder.

„Weißt du", begann Erika zu faseln, „wir alle werden von Dämonen heimgesucht, und für die meisten von ihnen können wir nichts. Aber der Trick ist es, sie zu bekämpfen, sie abzuwimmeln, ihnen nicht aufzumachen. Verstehst du?"

„Ich sollte nicht hier sein", lautete Miriams einzige Antwort.

„Wie meinst du das?"

„Ich gehöre nicht hierher."

Miriam stellte die Becher ab, und somit war der Tisch fertig gedeckt. Sie ging auf ihr Zimmer und ließ eine nachdenkliche Erika zurück.

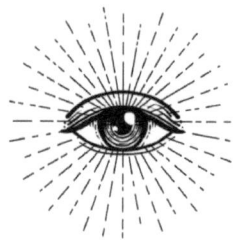

D raußen war es pechschwarz, und der sausende, pfeifende Nordseewind von draußen war am Esstisch zu hören, immer wieder mit einem tiefen Donnern untermalt. Kein Fernseher war eingeschaltet, kein Radio. Nur Stille, und drückendes Kerzenlicht. Es war mittelalterlich.

Je dunkler es wurde, desto mehr sah das verblasste Ölbild des alten Mannes über dem Esstisch ironischerweise wie eine Abbildung des leibhaftigen Teufels aus. Schließlich hatte der Hausbesitzer, der auf dem Bild vermutet wurde, immer wieder davon gesprochen, dass auf dieser Insel hin und wieder der Teufel auftauchen würde. Das konturenreiche und faltige Gesicht ließ einen annehmen, dass der Mann selbst gemeint sein könnte.

Beim Abendessen war die Runde nicht besonders fröhlich. Die Teenager beschwerten sich über das Essen, über die Situation, in der sie unfreiwillig waren. Aber Erika und Konstantin gingen auf das viele Jammern nicht ein, denn zumindest Konstantin war sich sicher, dass dieses noch vergehen würde. Kommt Zeit, kommt Rat.

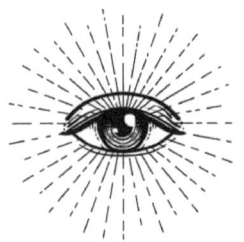

Shirin und Yusuf waren fürs Abwaschen zuständig, nur waren beide nach dem Essen so rasch in ihre Zimmer verschwunden, dass Konstantin und Erika sie erst einmal auf beiden Etagen des Hauses aufsuchen mussten, um sie darum zu bitten, ihrer Pflicht nachzukommen.

Insbesondere Yusuf stellte sich quer und streikte. Shirin ritt die Welle, solange sie dies in Yusufs Windschatten tun konnte. Konstantin aber behielt seine Fassung.

„Du und Shirin, ihr werdet jetzt abwaschen. Ganz einfach."

„Nein, Lan, das werden wir nicht. Und du kannst mich nicht dazu zwingen."

„Das muss ich nicht, denn das wirst du einfach."

„Laber ruhig weiter."

„Du wirst jetzt abwaschen gehen."

„Na los, Alter, was passiert, wenn nicht? Sag schon."

„Nein. Ich sage dir nicht, was passiert."

„Du hast keine Macht über mich, du Wichser."

Yusuf legte sich auf sein Bett, verschränkte seine Arme und starrte ins Leere.

Konstantin legte sich überraschenderweise dazu.

„Geh weg von mir, du Schwuchtel. Runter von meinem Bett, Mann, bist du nicht mehr ganz dicht?"

Aber Konstantin war ein Hüne im Vergleich zu diesem vorlauten Jungen. Ihn vom Bett zu schubsen, oder gar zu schlagen, hätte nichts genützt.

„Okay, ist ja gut, ja, ja, ich gehe ja schon. Mann, du nervst, Alter."

Yusuf rappelte sich auf, wenn auch bockig, und verschwand in die Küche. Dabei warf er einen flüchtigen Blick nach hinten und beobachtete, wie Konstantin sein Zimmer verließ.

Dieser verzog sich zufrieden in sein eigenes Zimmer und kommunizierte dabei mit den Jugendlichen, dass sie selbst entscheiden durften, wann sie zu Bett gehen würden, solange sie um 8:00 Uhr am nächsten Morgen fit waren.

„Also übertreibt es nicht. Und nehmt Rücksicht auf eure Mitmenschen. Achtet auf Lautstärke."

„Ja, Mama", spottete Bjarne durch den Flur und erntete das Gelächter der Mädchen, die unten ihre Zimmer betraten, um ihre Kulturtaschen zu holen.

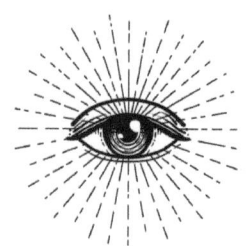

Die Gruppe wechselte sich beim Benutzen der Toilette im Anbau ab. Bei dem kalten Wind und Nieselregen, war dieser kleine Ausflug für jeden ein Albtraum. So gingen die Teenager stets zu zweit und beeilten sich. Das Türklopfen wurde über den Abend zu einem Running Gag. Die Taschenlampe wurde, wie bei einem Staffellauf, von Paar zu Paar gereicht. Mit geputzten Zähnen verzogen sich die Teenager dann allmählich in ihre drei Zimmer oben und unten. Kleine Zickereien, Gegacker und Flüstereien hallten bis Mitternacht durch das Haus. Man lästerte über den Zustand des Grundstücks, über das Fehlen einer anständigen Dusche. Für alle war ohne Ausnahme eine kalte Katzenwäsche angesagt, und das würde sicher noch bald aufs Gemüt schlagen.

Aber insgesamt war der erste Abend ohne großartige Komplikationen verlaufen, auf die Erika und Konstantin nicht vorbereitet waren. Alles, was sie erwartet hatten, war in etwa so passiert, und damit wussten sie umzugehen.

Nach und nach wurde es in diesem abgelegenen Reetdachhaus stiller als draußen, denn der Donner und die Nordseewinde trieben weiterhin ihr Unwesen, als würden sie den Teenagern ein Schlaflied singen. Konstantin trieb noch etwas provisorischen Sport im Zimmer, um seine Muskeln weiterhin zu fordern. Liegestützen, Bauchaufzüge, Klimmzüge an einem der dicken Holzbalken, die die Decke trugen.

Um 1:00 Uhr nachts war Erika immer noch wach. Sie lag in ihrem seidenen Schlafanzug im Hochbett über Konstantin, der eine Kerze noch brennen ließ, um vorm Einschlafen seine Lektüre zu lesen. Er hatte die Taschenlampe auf dem Küchentresen gelassen, damit jeder, der nach draußen zur Toilette musste, diese mitnehmen konnte.

Auch wenn der Fall nicht besonders wahrscheinlich war, dass jemand heute Nacht noch das Haus verlassen würde.

Erikas Gefühle waren gemischt. Auf der einen Seite vermisste sie ihre Familie jetzt bereits, auch wenn zu Hause längst nicht alles im Reinen war. Aber auf der anderen Seite interessierte sie sich zunehmend für die sechs Jugendlichen, mit denen sie die nächsten vier Wochen verbringen sollte. Insbesondere die stille Miriam hatte ihr Interesse geweckt. Sie wollte Miriam lächeln sehen und war sich sicher, dass sie eine positive Veränderung bewirken könnte.

Und sie hatte nun dafür genügend Zeit.

Der Gedanke, dass alles permanent aufgezeichnet wurde, war ein Gedanke, der kam und ging. Man vergaß es immer wieder im Eifer des Gefechts. Die Kameras und Mikrofone waren schließlich auch effektiv verborgen worden, so dass man nicht immer durch sie an das Fernseh-format erinnert wurde, um das es hier letztendlich ging. Man konnte sich wirklich auf dieses koloniale Leben miteinander konzentrieren, und das begrüßte Erika sehr. So konnte sie ihren Job gut machen.

Sie versuchte schnell einzuschlafen, denn für sie war das größte Problem die Tatsache, dass Konstantin einen Meter unter ihr lag. Der Gedanke allein drehte ihren Bauch auf den Kopf und ließ ihr Herz schneller schlagen.

„Schläfst du?", fragte Konstantin aber dann auch noch. Was nun? Schweigen? Antworten?

Erika biss sich auf die Lippe, denn am liebsten hätte sie geantwortet, und sich mit Konstantin nun in der Stille der Nacht flüsternd unterhalten.

Aber sie beschloss zu schweigen.

Nur konnte sie lange nicht einschlafen, sondern war hellwach, und etwas aufgeregt.

Irgendwann pustete Konstantin die Kerze aus, drehte sich zur Seite und schlief ein.

Erika nicht. Sie blieb wach liegen und schwieg. Ihr Bauchkribbeln wollte einfach nicht weggehen.

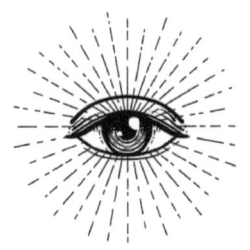

Nach einer gefühlten Stunde der Stille hörte sie dann etwas durch die geschlossene Tür. Es klang wie ein leises, hölzernes Knarren. Zuerst ignorierte sie es, aber dann wurde es immer präsenter. Erika richtete sich dann langsam auf, denn dieses leise Knarzen konnte nicht weiter ignoriert werden.

„Hörst du das?", fragte sie Konstantin, der aber bereits tief schlief. So bekam sie keine Antwort.

Sie lauschte, als das Knarren dann wieder leiser wurde, aber immer noch deutlich zu hören war.

Dann stieg sie leise und langsam die Leiter ihres Hochbettes hinab, und wanderte so lautlos wie möglich zur Tür. Dabei stellte sie fest, dass sie selber mit jedem Schritt, egal, wie vorsichtig, exakt das gleiche Knarren auf dem Fußboden auslöste, wie sie es aus dem Flur vernahm.

So öffnete sie leise die Tür und sah den düsteren Gang hinunter, wo an der Treppe eine Öllampe brannte, um etwas Licht in die dunklen Gänge zu werfen.

Am anderen Ende des dunklen, mit unheimlichen Gemälden und Skulpturen geschmückten Flurs befand sich die geschlossene Tür zum verbotenen Zimmer.

Bjarne, Yusuf und die vom Erdgeschoss dazu geschlichene Shirin standen davor, leise kichernd.

„Wir werden gefilmt, die werden uns am meisten feiern", freute sich Shirin. „Und die beiden Spießer pennen schon, die werden voll die Lachnummer sein."

„Die Beiden checken nichts", kicherte Bjarne flüsternd.

„Wie geil wäre das, wenn's da drin voll was zu kiffen geben würde? Am besten auch gleich haufenweise Naschis dazu."

„Oh ja", lachte Yusuf leise, „ich drehe hier voll durch auf dieser Insel. Keine scheiß Kippen, kein Nichts hier."

„Was ist, wenn da drin ein Haufen Leichen sind, und

wenn die beiden Freaks ein Serienmörder-Pärchen sind, und die wollen uns alle kaltmachen und so?", scherzte Bjarne, und versuchte die Tür leise zu öffnen.

„Die Beiden sind doch gar kein Paar", flüsterte Yusuf. „Was?", antwortete Shirin. „Hast du gesehen, wie die ihn anschmachtet?"

Dies traf Erika wie ein Dolch in den Bauch. Frauen durchschauen einander.

„Das heißt nicht, dass sie ein Paar sind. Das spricht eher dagegen, wenn sie ihn anschmachtet."

Yusuf zückte eine Gabel, die er aus der Küche mitgenommen hatte, und reichte sie Bjarne.

„Versuch's mal damit, Digga."

„Wie soll das mit einer Gabel gehen? Ich brauche eine Kreditkarte oder so. Hast du sowas?"

„Nein, Mann, wir haben doch unsere ganzen Ausweise und Krankenkarten-Gedöns an diese Spastis abgeben müssen."

„Was macht ihr da?", mischte sich Erika dann ein.

Alle zuckten und drehten sich um.

„Shit."

Die Jugendlichen konnten ihr Gekicher nicht lange zurückhalten. Dass sie erwischt worden waren, das machte ihnen eher Spaß als Angst.

„Leute, wie lautet Regel Nummer 4? Dieser Raum ist tabu. Was wird das hier also?"

„Ey, wir haben Geräusche gehört", faselte Bjarne. Leider mangelte es an Glaubwürdigkeit.

Eine kichernde Shirin fügte hinzu: „Ja, und da hat einer ‚Hilfe' gerufen."

„Jo, ihr müsst eure Opfer schneller aufessen, sonst hören wir sie doch", lachte Yusuf. „Dann rennen wir euch doch weg."

„Wohin denn?", konterte Erika schlagfertig. „Wir sind rundum von Wasser umgeben. Die ersten paar hundert Meter könnt ihr noch darin laufen, aber irgendwann wird das Wasser zu tief. Und es ist arschkalt, das dürft ihr auch nicht vergessen. Bis auf das höllische Brennen, das ihr euch von Feuerquallen holen könntet. Vielleicht finden die Katzenhaie Geschmack an euren Waden. Aber keine Sorge, bis dahin sind Konstantin und ich schon längst da und haben euch drei Bengel eingeholt. Wir verscheuchen die Haie, schleifen euch zurück und zerhacken euch, damit es zum Abendessen Gulasch geben kann. Wir erzählen den Anderen, dass wir eine Ziege geschlachtet haben. Aber das machen wir nicht wirklich, denn neue menschliche Opfer kriegen wir hier auf die Insel immer wieder. Ziegen dagegen kommen nicht alle Tage hierher."

Bjarne, Shirin und Yusuf standen wie versteinert da, ihre Kinnladen hingen.

„Fuck", flüsterte Yusuf, „wir sind so erledigt."

Ein Moment der nächtlichen Stille zog durch den Raum, so dass man das Heulen des Windes hören konnte, der das Reetdachhaus umschlang.

Dann aber begann Erika zu lachen.

„Ich mache doch nur Spaß. Natürlich."

Erika hörte nicht auf zu lachen. Dann erschien bei Yusuf ein Grinsen im Gesicht.

„Was für eine kranke Schlampe", nörgelte Shirin, und verschränkte die Arme.

„Ey, der war gar nicht schlecht", lobte Bjarne. „Was bist du denn bitte für eine Erzieherin?"

„Nichtsdestotrotz halten wir uns alle mal an die Regeln. Jetzt düst in eure Betten ab, bevor ich es mir überlege, von Vegetarierin auf Kannibalin zu wechseln. Vielleicht entgeht mir da was."

„Ja, ist gut", lachte Yusuf, und tapste zurück in sein Zimmer. Die anderen Zwei taten dasselbe. Bjarne folgte, Shirin nahm die Treppe nach unten.

Erika ging auf ihre Zimmertür zu, und Ruhe kehrte allmählich wieder ein...

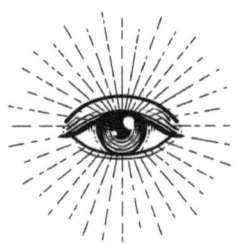

**K**lopf, klopf.
Erika blieb im Flur stehen. Ihr Herz begann zu pumpen.

Sie war sich nicht sicher, ob sie sich verhört hätte, und sie hoffte es. Dieses Klopfen klang nicht nach Knöcheln an einer Zimmertür...

Nein. Es klang nach dem dumpfen Geräusch des Rings an der Außenseite der Haustür.

Wer könnte jetzt nur davor stehen?

Was tun? War dies ein Test? Es liefen schließlich Kameras und Mikrofone im Flur, und wenn wirklich einer der Teenager draußen in der Kälte stand, dann wäre für sie ein Shitstorm zu erwarten, wenn sie nicht an die Tür gehen würde, und jemand ihretwegen in der Kälte erfrieren würde. Schließlich lautete Regel Nummer 5, dass derjenige, der das Klopfen hörte, auch die Tür zu öffnen hatte.

Erika musste also irgendwie handeln. Die Art, wie sie eben auf dieses Geräusch aus dem Erdgeschoss reagiert hatte, würde sicher der Welt verraten, dass sie dieses sehr wohl gehört hatte. Was wäre also nun das korrekte Handeln?

Aber sie fürchtete sich und hatte nicht vor, runter in den Wohnbereich zu gehen, um auch nur in die Nähe der Tür zu kommen. Denn wenn alle sechs Teenager in ihren Betten waren, dann wäre die Frage zu stellen, wer denn vor der Tür stehen könnte.

Oder kam das Klopfen etwa nicht von der Haustür, sondern von woanders?

Hatte sie sich vielleicht wirklich verhört?

Vielleicht war es auch nur ein Streich, den irgendeiner der Teenager ihr spielte.

Erika überlegte sich, dass es an dieser Stelle einfach ihr Job war sicherzustellen, dass alle Teenager heil und sicher in ihren Betten lagen.

So beschloss sie, von Tür zu Tür zu gehen und nach allen zu schauen. Sie fing oben bei Bjarne und Yusuf an, die in ihre Betten stiegen.

„Habt ihr gerade geklopft?"

„Was willst du?", murrte Yusuf.

„Habt ihr gerade geklopft?"

„Wieso sollten wir klopfen?", lautete Barnes Gegenfrage. „Privatsphäre bitte."

Erika schloss wieder die Tür, und sah zur Treppe. Sie schluckte, aber es nützte nichts.

Der Gang die Treppe hinunter, an den fiesen Gesichtern auf den uralten Gemälden vorbei, die im schwachen Licht der Öllampe schimmerten, war für sie ein schauriges Erlebnis.

Bloß nicht in die Nähe der Haustür kommen. Atmen.

Erika schritt schnurstracks auf die zwei unteren Zimmer zu, mied sogar den Blick zur Haustür auf der anderen Seite des biederen Wohnbereichs. Leise öffnete sie nacheinander beide Türen...

Und siehe da, alle waren in ihren Betten und schliefen fest, bis auf Shirin, die eben erst leise zurückgekehrt war und sich zudeckte.

„Hast du eben geklopft?", fragte Erika an jeder Tür.

Aber Shirin verneinte irritiert, und drehte sich zum Schlafen weg.

„Tür zu!", motzte Shirin.

Der Rest der Teenager befand sich bereits längst im Schlaraffenland, zumindest schien es so. Schwere, teilweise schnarchende Atmung. Stille. Keine Zickereien, keine Fäkalsprache. Im Schlaf war jeder wie ein Baby.

Wo war aber dann dieses Geräusch hergekommen?

Unten auf dem Esstisch lag die Taschenlampe für diejenigen parat, die hinaus zur Toilette mussten. Also war eigentlich bereits klar, dass niemand draußen war.

Damit erledigte sich für Erika jeder offizielle Handlungsbedarf, um nicht im Fernsehen am ersten Abend komplett versagt zu haben. Alle Küken waren im Nest. Für mehr wollte sich Erika nicht interessieren.

Aber was hatte sie da eben gehört?

Je mehr Aufmerksamkeit sie in Gedanken dieser Frage schenkte, desto kälter war der Schauer, der ihr dabei über den Nacken ging.

So musste das Thema abgetan werden, damit es heute Nacht noch Aussichten auf Schlaf gab.

Vielleicht hatte sie sich dieses Geräusch nur eingebildet.

Vielleicht.

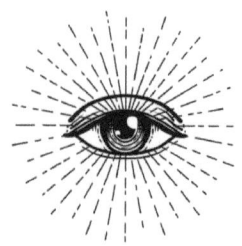

Erika betrat ihr Zimmer, schloss leise die Tür, stieg vorsichtig im Dunkeln die Leiter hoch und kroch in ihr Bett, um sich wieder zuzudecken und endlich einzuschlafen.

Doch sie war nicht alleine wach.

„Schmachtest du mir denn wirklich nach?", fragte im Dunkeln die Stimme von Konstantin.

Erikas Bauch flatterte, als würde sie in einer Achterbahn sitzen. Sie versteinerte, unfähig zu antworten.

Aber irgendetwas musste sie sagen, denn er wusste, dass sie wach war.

„Wie bitte?"

„Shirin sagte, du schmachtest mir nach. Tust du das?"

„Äh... Ich bin verheiratet."

„Also nein?"

„Natürlich nein."

Stille. Dann ruderte sie zurück: „Also, nicht, dass du nicht attraktiv bist oder so etwas."

„Regel Nummer 6: Die Wahrheit macht dich frei. Du kannst es mir ruhig sagen."

Erikas Hals pochte, als würde eine unsichtbare Hand ihn zudrücken. Sie fand keine Worte. Alles in ihr raste wie wild hin und her.

Plötzlich begann Konstantin zu lachen.

„Ich mache doch nur Spaß. Natürlich."

Die Spannung löste sich ein wenig für Erika. Sie konnte aufatmen, aber sie fühlte sich dennoch durchschaut, entblößt, nackt.

„Du bist ein Arsch", scherzte sie, „bei allem Respekt."

„Ja, ich mag dich auch", antwortete er sarkastisch. „Ich weiß doch, dass du verheiratet bist. Entspann dich mal ein bisschen."

„Gute Nacht, Konstantin."

„Schöne Träume."

„Ruhe jetzt."

Erika zwang sich einzuschlafen. Und nach genug Zeit gelang es.

Schöne Träume gab es nicht. Es waren lose Fetzen von Eindrücken, immer wieder mit Erotik angehaucht. So fingen die Träume an.

Aber später in der Nacht wurde Erika wieder heimgesucht von dunklen und deprimierenden Träumen, in denen immer wieder haarsträubende und bösartige Dämonengestalten auftauchten, um sie zu terrorisieren. Was gab es Schöneres zu träumen?

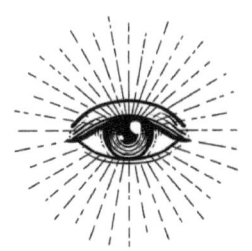

A m nächsten Morgen klingelte um 8:00 Uhr auf Konstantins Nachttisch ein kleiner, altmodischer Wecker.

Erika lag bereits wach im Bett. Sie hatte eine Nacht des leichten und unruhigen Schlafes hinter sich und fühlte sich wie durchgekaut und ausgespuckt. Zudem hatte sie auch noch gefroren.

Sie richtete sich auf, und gähnte.

„Bist du wach?", fragte sie in den Raum.

Aber sie bekam keine Antwort. Und es war zu still. Keine Atmung außer ihrer eigenen.

Sie sah nach unten und stellte fest, dass sie allein im Raum war. Konstantin war nicht da.

Irritiert rieb sie ihre Füße gegen das Bettlaken und musste feststellen, dass Sandkörner in ihrem Bett waren.

„Na klasse."

Wie war Sand in ihr Bett gekommen?

Hatte ihr jemand einen Streich gespielt?

Sie riss die Decke hoch und fegte die Sandkörner mit der Hand von ihrer Matratze. Diese rieselten auf den Holzboden und den Läufer herunter.

Dann stieg sie muffig vom Bett hinab, schlüpfte in ihre Pantoffeln und öffnete die Tür zum Flur. Sie richtete ihren seidenen Schlafanzug und ihre zerzausten Haare, um nicht im Fernsehen allzu lumpig auszusehen.

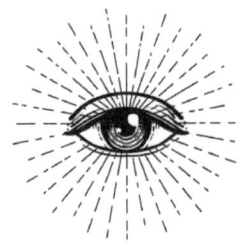

K lopf, klopf.
Erika erreichte gerade einmal den Wohnbereich, als es laut und dumpf an der Tür klopfte. Das Klopfen spürte sie nicht nur in den Ohren, sondern auch im Bauch. Sie konnte sich nicht daran gewöhnen. Dennoch ging sie die Tür öffnen. Bei Tageslicht war dies keine so gruselige Angelegenheit wie in der Nacht. Die Tür knarrte tief, der Ring im Maul des Löwen klapperte beim Öffnen der Tür. Konstantin stand mit einer Ladung Brennholz vor der Tür und betrat das Haus. Draußen hatte der Regen bereits aufgehört, dafür war es heute nebelig. Der Sturm war vorübergezogen, und die Insel stand glücklicherweise nicht unter Wasser, sondern nur in ein helles, dickes Grau eingetaucht.

„Guten Morgen. Ich will mal heizen."

Konstantin war Erika gegenüber merkwürdig verhalten. Er mied den Blickkontakt, und ging ihr aus dem Weg, aber ohne unfreundlich zu sein.

„Hast du den Schlüssel nicht dabei?"

„Rituale sind wichtig."

Konstantin ging zum Kamin und fütterte das Feuer, mit dem das Haus beheizt wurde. Erika wurde stutzig, denn sie hatte ein recht gutes Gespür für menschliches Verhalten, und sie merkte, dass etwas nicht stimmte.

„Ist alles in Ordnung?", fragte sie.

Aber Konstantin antwortete nicht direkt auf diese Frage, sondern zeigte nach draußen.

„Du weißt, was Nebel bedeutet, oder?"

„Nein, was denn?", fragte Erika, kurz irritiert.

„Das bedeutet, dass wir gutes Wetter vor uns haben. Schön, oder?"

„Äh... Ja."

Was hatte Konstantin?

Wieso war er gerade so komisch?

Wie bekam man den Zugang zu ihm?

Oder bildete sie sich nur ein, dass er plötzlich ein Problem hatte? War vielleicht alles in Ordnung?

Erika beschloss nicht weiter nachzufragen, denn schließlich wollte sie sich nicht im Fernsehen lächerlich machen. Dass alles gefilmt wurde, musste sie sich rund um die Uhr immer wieder selbst sagen. Man vergaß es immer wieder.

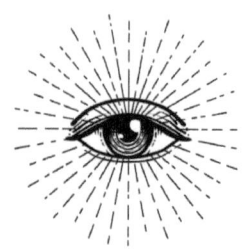

N ach und nach trudelten dann die übermüdeten Jugendlichen im Wohnbereich ein. Einige mussten geweckt und gerüttelt werden, und das Fluchen war natürlich groß.

„Was soll das? Lasst mich doch einfach schlafen, wen juckt es schon?", hieß es immer wieder in diverser Form. Und man beschwerte sich immer wieder über das besonders auffällige Ölbild des alten Mannes. Man nannte das Ding einen Stimmungskiller und forderte, das Bild abzuhängen. Obwohl es bislang ohnehin noch gar keine gute Stimmung auf dieser Hallig gegeben hatte.

Um spätestens 8:30 Uhr waren alle versammelt, und die To-Do's wurden verteilt.

Es sollte zum Frühstück Spiegeleier, Toast und Milch geben. So wurden Dunja und Guido – nach ihrem Gang zum gekachelten und duschlosen Badezimmer - direkt wieder nach draußen in den Nebel geschickt, um aus dem Hühnerstall Eier zu sammeln und einige Gemüsebeilagen vom Beet zu ernten. Yusuf und Shirin hatten erst einmal frei, bis es nach dem Frühstück etwas abzuwaschen gab, oder bis einer einen Wäschebeutel abzugeben hatte. Und ja, sämtliche Wäsche war hier per Hand zu waschen.

Miriam und Bjarne waren fürs Tischdecken zuständig, dabei fiel ihnen aber auf, dass das Geschirr von gestern nicht gewaschen war. Und die restlichen Teller im Schrank reichten nicht für die ganze Runde.

Verdutzte Blicke wanderten zu Erika und Konstantin.

„Sollten Shirin und Yusuf gestern Abend nicht abwaschen?", fragte Miriam mit ihrer leisen, zurückhaltenden Stimme.

Erika sah sich das Geschirr an. Es war lediglich mit Wasser abgespült worden, und das ohne jede Liebe. An den

Tellern klebten Essensreste vom Vorabend, die nun deutlich schwieriger zu entfernen waren.

„Deckt trotzdem an", wies Erika an.

„Wie jetzt?", fragte Bjarne. „Wir sollen schmutziges Geschirr auf den Tisch packen? Das ist ja eklig."

„Das kannst du Yusuf und Shirin sagen", antwortete Erika. „Scheinbar ist denen egal, ob wir aus schmutzigen Tellern essen oder nicht."

Bjarne seufzte, und ging die Treppe hoch, dabei rief er nach Shirin und Yusuf, die nach ihrem Gang zur Toilette wieder nach oben verschwunden waren. Er fand sie in Shirins Bett vor, dort saßen sie nebeneinander und plauderten miteinander. Es schien eine gewisse Chemie zwischen ihnen zu geben.

„Könnt ihr beiden Turteltäubchen bitte euren scheiß Job machen bitte?"

„Alter, was willst du?"

„Ihr habt nicht abgewaschen."

„Doch, ich schwöre, ich hab abgewaschen", rechtfertigte sich Yusuf.

„Das nennst du abgewaschen?"

Aber die Diskussion hielt nicht lange an...

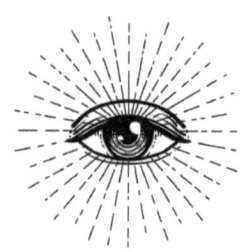

**D**raußen ertönte ein lauter, kreischender weiblicher Schrei. Alles sah alarmiert auf. „Was geht da denn ab?", fragte Shirin. Konstantin rannte zur Tür und riss sie auf. Erika folgte in die salzige, penetrant frische Morgenluft, dann schnell der Rest.

„Moment! Schlüssel!"

Trotz der Eile checkte Konstantin routiniert in seiner Hosentasche nach, ob denn der Schlüsselbund auch wirklich noch da war. Lieber immer einmal zu viel kontrollieren, als einmal zu wenig. Sobald er dies bestätigen konnte, rannte er raus in den Nebel in Richtung Bauernhof, gefolgt von Erika und den vier Teenagern, die aus dem Haus kamen.

Im Hühnerstall standen Guido und Dunja, die panisch kreischte. Der Eierkorb lag im Stroh.

„Was ist los?", fragte Konstantin, als er herbeigeeilt kam und den Stall betrat.

„Das ist einfach nur widerlich", sagte Guido kopfschüttelnd.

Konstantin sah sich im Stall um, während die aufgescheuchten Hühner den Eindringlingen aus dem Weg gingen und kreuz und quer durch den Stall flatterten. Erika kam dazu.

„Großer Gott", sagte Konstantin leise, fast nur zu sich selbst.

Überall im Stall lagen Eier, aber jedes einzelne Ei war zerdrückt und ausgelaufen.

Aber dies war es nicht, was Dunja zum Schreien gebracht hatte...

Ein vermoderter Gestank kitzelte die Haare in seinen

Nasenlöchern. Glücklicherweise hatte Konstantin einen festen Magen. Das war nicht bei jedem hier der Fall.

In einer Ecke des Stalls hörte man das Summen von einigen Fliegen. Wie diese auf eine Hallig gekommen waren, das war eine andere rätselhafte Frage. Was sie aber anlockte, war ekelerregend, und fast diabolisch. Ein totes Huhn lag in der Ecke, enthauptet und ausgeweidet. Die Gedärme waren in alle Richtungen ausgebreitet, und der abgetrennte Kopf des Tiers war an einem kleinen Stock aufgespießt, der neben dem verwesenden Kadaver in den Boden gerammt worden war.

„Was ist das denn bitte für eine kranke Scheiße?", fragte Bjarne entsetzt. Einige mussten würgen.

„Wer von euch war das?"

Diese Frage stellte Erika an die Gruppe, fassungslos über den Anblick. Eier zum Frühstück würde es jetzt wohl kaum noch geben.

Ein Schweigen ging durch die Runde. Niemand wollte es gewesen sein.

„Ihr wollt also sagen, dass es keiner von euch war?", fragte Konstantin, nachdrücklich und streng.

Aber niemand rührte sich. So durchbohrte Konstantin jeden Einzelnen mit Blicken. Jeder wurde explizit gefragt.

„Bjarne, warst du das?"

„Nein, Mann. Auf keinen Fall."

„Yusuf?"

„Alter, fuck off, niemals! Wann soll ich das denn gemacht haben? Heute Nacht im Sturm oder was?"

„Shirin? Du?"

„Ist das dein Ernst?"

„Keine Gegenfragen. Ja, es ist mein Ernst. Denn einer von uns Acht war es, Punkt. Wie sieht's mit dir aus, Guido? Ist das dein Handwerk?"

„Nein. Das war ich nicht."

Einige skeptische Blicke trafen Guido.

„Wirklich nicht!", rechtfertigte er sich. „Ich bin kein verschissener Satanist oder so was!"

So wandte sich Konstantin an Dunja, die noch am Schluchzen war.

„Sorry, Dunja. Aber ich muss dich auch fragen. Das warst du nicht, oder?"

Dunja schüttelte entsetzt den Kopf. Sie konnte nicht einmal wieder zum Kadaver schauen.

„Miriam? Warst du das?"

Miriam schüttelte ebenfalls den Kopf. Auch sie war von diesem Anblick betroffen.

„Was ist denn mit euch?", fragte Bjarne. „Ihr fragt uns hier schön, aber das hier ist *eure* Freak-Show! Vielleicht wart ihr das!"

„Ich war das ganz bestimmt nicht", antwortete Erika.

„Ich auch nicht", fügte Konstantin hinzu, „und das nervt jetzt. Das ist physisch unmöglich, dass das angeblich keiner von uns war."

„Vielleicht war's ein Raubtier", so Shirin.

„Ja, genau", entgegnete Bjarne sarkastisch, „ein Raubtier reißt dem Huhn den Kopf ab und hängt tut ihn auf einen Spieß. Schon klar."

„Nein, das war kein Tier", sagte Konstantin nachdenklich, „die kommen hier nicht durch den Maschendraht in den Stall, es sei denn, irgendwer lässt den Stall über Nacht aus Versehen offen. Aber auf dieser Hallig gibt's sowieso keine Raubtiere, also völlig ausgeschlossen."

„Dann können's nur Guido und Dunja gewesen sein", bellte Yusuf irritiert. „Die sind hier rausgekommen."

„Bist du bescheuert?", jammerte Dunja.

„Dann eben Guido, der Spasti. Wer soll's denn sonst gewesen sein?"

„Fick dich, Murat, ich war das nicht!"

„Fick du dich doch, du Hure!"

„Hey, achtet auf eure Sprache", sagte Konstantin deeskalierend.

„Das ist bestimmt ein Prank", warf Yusuf den zwei Erwachsenen vor, „ihr filmt uns doch die ganze Zeit! Ihr wollt gucken, wer von uns als Erster hier draußen durchdreht! Das ist Teil eurer abgefuckten Show!"

Erika bekam einen Gedanken, dann sah sie Konstantin an und fragte ihn flüsternd, ob sie ihn denn kurz unter vier Augen sprechen könnte.

„Dunja und Guido, wisst ihr, wie man eine Ziege melkt?", fragte Konstantin.

Beide schüttelten den Kopf.

„Schnappt euch einen der Eimer dort drüben, ich zeige euch das kurz. Yusuf und Shirin, wenn ihr nicht das gestrige Abendessen als Beigeschmack haben wollt, dann wascht die Teller vernünftig ab. Miriam und Bjarne, ihr vertretet Erika und mich bitte in der Küche. Bratet einige Toastscheiben in der Pfanne, und schmiert Butter und Honig darauf. Macht genug für alle. Erika und ich müssen diese Sauerei beseitigen und uns kurz unter vier Augen besprechen."

Die Gruppe teilte sich auf und gehorchte. Insbesondere die Mädchen waren verstört und ließen inzwischen jeden Widerstand nach, jede Alberei. Konstantin schloss das Haus auf und ließ die vier Teenager herein.

Dann ging er mit Guido und Dunja zum Ziegengehege und zeigte ihnen, wie man eine Ziege melkt. Beide zeigten sich zwar angewidert, aber der Anblick im Hühnerstall war Thronreiter des Tages, was den Ekelfaktor anging. So kooperierten sie und machten den Eimer halbvoll.

„Ich trink das nicht", merkte Dunja dabei an.

„Was meinst du denn, wo deine Milch von zu Hause herkommt?", fragte Konstantin.

„Ist mir egal, das hier trinke ich nicht."

„Musst du auch nicht. Wasser haben wir ja auch da. Nun beeilt euch, ich will uns alle schnell wieder im Haus haben."

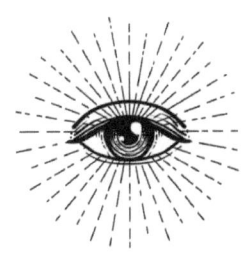

Erika und Konstantin standen nun allein vor dem zerfleischten Kadaver des Huhnes, während der dicke Morgennebel immer heller wurde und das kleine Blutbad im Hühnerstall zunehmend beleuchtete. War dies vielleicht die Gelegenheit zu klären, ob zwischen Erika und Konstantin alles in Ordnung war, oder ob es irgendetwas gab, was sein stoisches Verhalten ihr gegenüber ausgelöst hatte.

Aber nun gab es gerade etwas Wichtigeres zu klären.

„Was glaubst du denn, wer es war?", fragte Erika.

„Ich tippe auf den kleinen Nazi, wenn ich ehrlich sein soll. Aus mehreren Gründen macht das den meisten Sinn. Was wolltest du denn mit mir besprechen?"

„Ich wollte fragen, ob hier draußen auch Kameras und so etwas installiert sind."

„Das war auch mein Gedanke, und die Antwort lautet ‚ja'. Die Kameras haben sogar Nachtsicht."

„Also können wir rauskriegen, wer es war. Wir müssen nur das ganze Material von hier sichten."

„Das kann ewig dauern. Wir wissen ja nicht, wann das passiert ist. Und außerdem weiß ich nicht, ob wir hier in der Lage sind zu sichten. Die Festplatten werden direkt mit dem Footage bespielt, der abgeschlossene Raum hat keinen Rechner mit irgendwelchen Programmen, die wir zum Sichten benutzen können."

„Also müssen wir deine Kollegen auf dem Festland mit dem Satellitentelefon anrufen und fragen, ob die sich durchs Material wurschteln können, was?"

„Ich frage mich nur, ob's den ganzen Aufriss wert ist."

„Wie meinst du das?", fragte Erika.

„Na ja. Es ist ja nur ein Huhn."

„Ist das dein Ernst? Wir müssen herausfinden, wer uns

die Tiere hier tötet, und das auch noch auf so eine krankhafte Weise, Konstantin."

„Ja, du hast recht. In der Produktion wird das Material eh nach Sensationen sortiert, damit die Episoden gestrickt werden können. Falls sie nicht von allein auf das Huhn stoßen, rufe ich sie gleich mal mit dem Satellitentelefon an. Ich möchte aber, dass niemand mitbekommt, dass ich in den abgeschlossenen Raum gehe. Die Kids sollen keine Computer oder Telefone zu sehen bekommen."

„Ja, schon verstanden. Ich halte sie alle unten beschäftigt. Geh du dann mal telefonieren."

„Erst einmal machen wir diese Scheiße hier weg. Die armen Hühner."

Konstantin schnappte sich einen Eimer und sammelte die gebrochenen Eier aus dem Stroh auf, dann ging er zum verstümmelten Huhn, hielt die Luft an und hob das Tier vorsichtig an einem Bein auf. Er lud das Huhn in den Eimer, aber die Gedärme waren schwer einzusammeln.

„Verfluchter Mist..."

Konstantin griff in das Stroh und benutzte eine Handvoll davon als Taschentuch, um die nudelartigen Darmstränge aufzuheben und in den Eimer zu laden. Auch das blutige Stroh, das unter dem Kadaver gelegen hatte, entsorgte Konstantin mit in den Eimer. Dann entfernte er den aufgespießten Kopf vom Stock und schmiss diesen ebenfalls in den Eimer.

„Eigentlich müssten wir das Hühnerfleisch essen. Wir sollten hier nichts verschwenden, wir dürfen nur zwei Hühner schlachten."

„Niemals, Konstantin! Wir wissen nicht, wie lange das Tier tot ist. Das könnte schon alles voller Leichengift oder Fliegeneier sein."

Resignierend seufzte Konstantin: „Ja. Du hast wieder recht. Dann ist das eben so."

Konstantin schritt durch den meterhohen, feuchten Strandhafer und zum Wasser, das erst im Nebel sichtbar war, wenn man nah genug war. Aufgrund des Hochwassers war gerade der Strand um die Insel herum verschwunden.

Konstantin warf die Eierschalen und die Überreste des Huhns mit Schwung ins Meer.

„Sollen sich die Katzenhaie daran erfreuen."

Dann ging er zum Reetdachhaus, Erika folgte. Dabei überlegte sie, ob es hier draußen Kameras und Mikrofone gab, die sie gut einfangen würden.

So ergriff sie die Chance und fragte: „Konstantin, du bist heute Morgen merkwürdig."

„Wäre merkwürdig, wenn nicht, oder? Eines der Hühner ist das Opfer eines ‚merkwürdigen' Rituals geworden."

„Nein, das meinte ich nicht. Ich meinte vorher."

Er blieb stehen, und sah sie an.

„Wir sprechen später. Jetzt haben wir gerade andere Sachen zu tun, okay?"

Erika hatte ins Schwarze getroffen. Irgendetwas wurmte ihn. Aber sie akzeptierte seine Antwort, denn er hatte recht. Sie hatten gerade andere Sorgen als irgendein rätselhaftes zwischenmenschliches Geknister.

Trotz Schlüsselbund in seiner Hosentasche hielt Konstantin die Rituale ein.

Klopf, klopf.

Konstantin verschwand nach oben und zückte erneut seinen Schlüsselbund, während sich Erika um die aufgelösten Teenager kümmerte. Sie stellte sich an den Herd und bereitete Müsli vor. Neben ihr wuschen Yusuf und Shirin lustlos ab.

Klopf, klopf.

Erika öffnete die Tür, und Guido und Dunja kamen herein. Guido trug einen halb vollen Milcheimer. Mit Skepsis nahm Erika diesen entgegen und sah hinein, dann sah sie Guido genau überprüfend an.

„Ist alles gut gelaufen mit der Ziege?"

„Ätzend, sie hat nur rumgejammert."

„Ich meinte das Tier."

„Ach, *die* Ziege."

„Halt's Maul", keifte Dunja.

„Ich glaube, die Ziege fand's geil", scherzte Guido, und setzte sich an den Esstisch.

Erika stellte den Eimer neben das Waschbecken, dann ordnete sie Miriam und Bjarne an, anstelle von Tellern acht Schüsseln und Löffel auf dem Esstisch zu verteilen. Heute würde es zum Frühstück Müsli geben.

„Ich trinke diese Milch nicht", nörgelte Dunja wieder, und machte die anderen Teenager hellhörig.

149

„Wieso, was ist denn damit?", fragte Shirin.

„Das ist voll eklig."

Guido fügte hinzu: „Ja, Mann, die ist noch warm. Frisch von den Titten einer Ziege gezapft. Das können die schön in der Türkei so machen, ich brauche meine Milch kalt und aus der Tüte."

„Und kann mal einer dieses verkackte Gruselbild runternehmen?", beschwerte sich Dunja weiter.

„Am besten alle diese widerlichen Gemälde im Haus", fügte Guido hinzu. „Wer lebt bitte so?"

Bevor sich die Teenager noch weiter hochschaukeln konnten, ergriff Erika das Wort: „Hört mal zu. Ihr müsst die Milch nicht trinken. Aber zum Frühstück gibt es nun mal Müsli, Punkt. Wenn ihr die Milch dazu nicht nehmen wollt, dann nehmt Leitungswasser, und tut Honig dazu. Das ist eure Sache. Oder aber ihr hört auf, euch wie Kleinkinder zu benehmen und so zu tun, als hättet ihr heute zum ersten Mal erfahren, wo Milch herkommt. Die Eier, die wir frühstücken wollten, werden von Hühnern rausgepresst, und Fleisch wird gewonnen aus den Körpern von Tieren, die wir ermorden. Das ist nun mal die Natur."

„Tschüsch, Alter, du schaffst es aber auch, alles eklig klingen zu lassen", kommentierte Shirin, und trocknete halbherzig Teller ab.

„Das sind die Fakten", antwortete Erika. „Und jeder hat seine eigene Ekelgrenze, und die wird respektiert. Ich persönlich esse keine tierischen Produkte, und damit fühle ich mich gut. Wenn ihr euch also vor dieser Milch ekelt, dann benutzt Wasser. Ganz einfach."

Erika stellte eine Packung Müsli und ein Honigglas auf den Tisch. Dann füllte sie die Milch in einen Krug um und stellte diesen dazu. Einen weiteren Krug füllte sie am Wasserhahn auf, dieser kam neben den Milchkrug.

Alle nahmen Platz. Nur ein Stuhl blieb leer.

„Fangen wir schon mal an or what?", fragte Bjarne.

Yusuf fragte: „Wo ist der große Muskelmann hin?"

Spricht man vom Teufel, ist er nicht weit. Alle sahen zur Treppe, als sie das Holz knarren hörten.

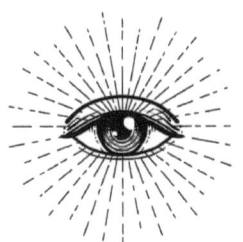

K onstantin kam die Treppe herunter, langsam und verstört nachdenklich.

„Das kann nicht sein. Das kann nicht sein."

„Was ist los?", fragte Erika.

Konstantin sah Erika an, dann die perplexen Teenager. Ihm fehlten die richtigen Worte.

„Konstantin? Was ist passiert?"

„Nicht hier. Du und ich, im Zimmer."

Erika sah die Teenager an, dann stand sie auf und bat diese darum, in Ruhe zu frühstücken und sich zu benehmen.

„Ey, was geht hier ab, Mann?", beschwerte sich Bjarne.

„Was ist das alles für eine Kacke hier? Ich will, dass ihr diese Scheiße abblast."

„Ja, lasst uns nach Hause gehen", schloss sich Dunja an.

„Ihr bewahrt jetzt alle die Ruhe", mahnte Erika. „Bisher ist nur ein Huhn gestorben, also immer locker bleiben."

Erika begleitete Konstantin nach oben und durch den dunklen hölzernen Flur. Dabei musste sie einmal einen neugierigen Yusuf zum Esstisch zurückpfeifen, der sich leise hinterher schleichen wollte.

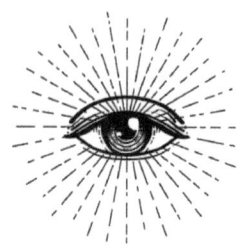

K onstantin ging mit Erika in ihr Schlafzimmer und schloss die Tür. Dann senkte er die Stimme, so dass man nichts durch die Tür hören konnte.

„Hör zu, ich wollte es nicht eben in der Anwesenheit der Kids sagen, damit keine Panik ausbricht. Aber in diesem Zimmer am Ende des Gangs befindet sich kein Telefon."

„Was? Bist du sicher?"

„Ja, natürlich bin ich mir sicher. Da steht ein großer Rechner, der laut summt. Das werden die Filmdaten sein, die da live raufgehen. Aber kein Satellitentelefon. Ich habe jede Ecke abgesucht, und so groß ist der Raum nun auch nicht."

„Das ist jetzt nicht wahr."

„Leider doch."

„Das glaube ich jetzt nicht!"

„Ich hab's auch nicht geglaubt, aber ist so."

„Zeig mir diesen Raum. Ich will ihn jetzt sehen."

Konstantin gab nach, und schritt leise mit Erika zum Ende des düsteren Flurs voller Gemälde und Skulpturen, wo sich die abgeschlossene Tür befand. Er sah sich um, und vergewisserte sich, dass sie allein waren.

Dann zückte er seinen Schlüsselbund und schloss die Tür auf.

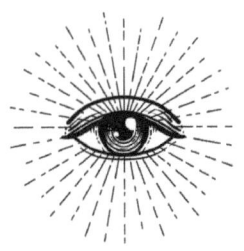

Sie betraten einen kleinen, sperrigen und vor allem dunklen, fensterlosen Raum, wo die Luft warm und trocken war. Ein Tisch mit viel Technik, Löcher in den Wänden. Dieser Raum war in der Regel als Lagerraum verwendet worden.

„Irgendwie kommt mir dieses Zimmer vertraut vor", sagte Erika. Der Geruch löste bei ihr ein Gefühl aus, das sie nicht zuordnen konnte.

„Also, dass du schon mal hier drin warst, das ist sehr unwahrscheinlich."

„Ja, ich weiß. Nur dieser Geruch, irgendwie macht er

was mit mir. Irgendeine Erinnerung will hochkommen. Aber ich kriege sie nicht zu fassen."

„Ja, das kenne ich. Passiert mir auch ab und zu."

Das monotone Surren eines Computers, der autark mit Strom versorgt war und auf Hochtouren arbeitete, war das erste Geräusch auf dieser Hallig, das an moderne Zivilisation erinnerte. Der Monitor war allerdings ausgeschaltet. Mehrere Festplatten, die rasant blinkten, und deren Innenleben hörbar ratterte.

„Kannst du damit auf die Kameras zugreifen?", fragte Erika.

„Nein. Ich kenne mich da nicht genug aus, und ich vermute, dass die Software dafür fehlt. Das Ding da betreibt reine Datensicherung."

„Wo müsste das Telefon normalerweise sein?"

„Na ja, hier auf dem Tisch."

Erika sah unter den Tisch, dahinter, dann hinter dem heiß gelaufenen Rechner und den vielen Kabeln. Schränke gab es in diesem Raum nicht.

Sie drehte sich zu Konstantin um, fassungslos über die Tatsache, dass sie nunmehr mit sechs Jugendlichen auf einer Insel gestrandet waren, ohne jeden Kontakt zur Außenwelt.

„Konstantin, du hast den Schlüssel zu diesem Raum. Wer soll das Telefon weggenommen haben außer du?"

„Ich war das aber nicht."

„Was ist mit dem Produktions-Heini, der gestern hier drin war und alles gecheckt hat?"

„Das kann dann nur Silvio gewesen sein. Aber wieso würde der zulassen, oder sogar dafür extra sorgen, dass wir kein Telefon haben?"

„Das fragst du mich? Das sind *deine* Leute."

„Silvio ist ein Guter, der würde so etwas nicht machen.

Soweit ich mich erinnere, ist der frisch Vater geworden. Der würde niemals seinen Job gefährden."

Erika dachte nach.

„Was ist, wenn es nicht dieser Silvio war?"

„Was willst du damit sagen?"

„Na ja, vielleicht war es weder Silvio, noch du, noch irgendeiner von uns."

„Und wer war es dann?"

„Vielleicht... jemand anders."

„Und wer?"

„Ich bin mir nicht sicher. Aber vielleicht sind wir nicht allein auf dieser Hallig."

Und dabei hatte Erika natürlich das Klopfen von letzter Nacht im Hinterkopf. Etwas, was bereits in der Großstadt angefangen hatte, sie in ihrem Schlaf zu verfolgen. Etwas, worüber sie aber nicht mit jemandem besprochen hatte, außer banal nachzufragen, wer hinter der Tür gestanden hatte. Aber dies war langsam keine banale Frage mehr, sondern etwas, was ihr zunehmend ernsthafte Sorgen machte. Was war, wenn sie von irgendwem oder irgendetwas heimgesucht wurde, was man sich nicht erklären konnte?

„Wer soll denn bitte noch auf dieser Hallig sein außer uns?", fragte Konstantin skeptisch.

Aber Erika hatte keine Antwort. Stattdessen thematisierte sie, wie hilfreich es sein könnte, das Videomaterial zu sichten, denn alle Antworten müssten dort zu finden sein.

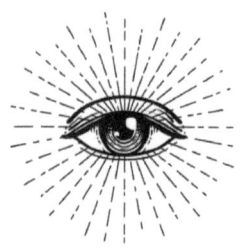

So schaltete Konstantin den Monitor ein, welches ein helles Piepen äußerte. Der Bildschirm fuhr hoch, und allmählich war der Desktop eines steinalten Betriebssystems zu sehen. Mehrere Fenster waren geöffnet, kryptische Codezeilen schrieben sich auf schwarzen Flächen von alleine, und das in gefühlter Lichtgeschwindigkeit.

Konstantin klickte sich mit der Maus durch alle geöffneten Ordner, die live bespielt wurden. Dieses Betriebssystem hatte keine Vorschaufunktionen. Es kam Konstantin vor wie aus der Steinzeit. Er selber war Mac-User.

„Ich komme hier drauf gar nicht klar. Ist alles nur auf schnelle Datensicherung ausgelegt, aber hier ist kein Quicktime drauf, VLC, gar nichts."

„Kannst du irgendeine der Dateien doppelklicken und öffnen?"

Konstantin sah nach.

„Ich finde keine fertiggestellte Datei. Diese ganzen Files hier, das werden wohl die Feeds von den ganzen Kameras und Mikros sein, aber die laufen alle noch. Die Dateien werden quasi noch live erstellt. Keine Ahnung, in welchen Intervallen die Clips abgesetzt werden. Da kenne ich mich nicht genug mit dem Technischen aus."

Erika dachte nach...

„Können die auf dem Festland sehen, was wir hier drehen?"

„Nein, das läuft alles auf diese Festplatten."

Erika verstand von alldem nicht genug, um zu einer klugen Entscheidung zu finden.

„Gut. Was machen wir nun?"

Konstantin biss sich ratlos auf die Lippe.

„Ich befürchte, die einzige sinnvolle Option ist es, erst mal weiterzumachen."

„Wie jetzt?"

„Na ja, entweder wir zünden irgendein Feuer und machen ein Schiff oder einen Kutter in der Ferne auf uns aufmerksam, oder aber wir warten, bis wir am Ende des Monats abgeholt werden."

„Zwischendurch kommt wirklich keiner? Um nach uns zu schauen, was auch immer?"

„Es war nicht vorgesehen. Das war ja das ganze Konzept, keine Interviews zwischendurch, kein Eingreifen oder Einfluss durch irgendein Filmteam. Absolute Abgeschiedenheit. Der Zuschauer ist die Fliege an der Wand."

„Toll. Und nun sind wir durch dieses Konzept wirklich mal aufgeschmissen."

„Okay, hör zu", sagte Konstantin, „es ist ja nichts Gravierendes passiert. Alles, was wir heute Morgen erlebt haben, das könnte auch irgendeine Art von Streich sein."

„Von wem, Konstantin?"

„Das ist vielleicht noch die Frage. Aber wir sollten einfach weitermachen, und die Augen besonders aufhalten. Was bleibt uns gerade sonst?"

Erika hatte, wieder einmal, keine Antwort auf diese Frage. Aber ihr Vertrauen zu Konstantin stand – wieder einmal – auf der Kippe. Nur sprach sie dieses Mal nicht offen mit ihm darüber. Fakt aber war, dass er als Kopf hinter der ganzen Aktion, der auch permanent alle Schlüssel bei sich trug, für sie eindeutig der Hauptverdächtige blieb. Und selbst wenn jemand anders dahinter steckte, musste dieser zu Konstantins Firma gehören.

Oder hatte der Hausbesitzer vielleicht einen unterirdischen Bunker auf der Hallig und schlich sich nachts übers Gelände und ins Haus, um seine Mieter zu terrorisieren? Das Übernatürliche war für niemanden auch nur eine Option. Nicht einmal für Erika, die gläubig war. Es gab keine nachtaktiven Poltergeister, Punkt.

Konstantin, Erika und die sechs Teenager machten weiter mit dem Tagesprogramm. Umsichtig, und nicht besonders motiviert. Ebenso war die Laune der Teenager zunehmend unerträglich. Man wollte hier weg, man war wütend, hatte schlecht geschlafen, fühlte sich in diesem unheimlichen Haus nicht wohl. Man nannte das Ganze eine Entführung, einen Psychoterror, und drohte mit Anwälten.

Aber man war ja minderjährig, und die unterschriebenen Einverständniserklärungen der Eltern zu diesem Aufenthalt waren das Verhängnis dieser sechs Teenager.

Sie waren machtlos.

## ❦ 3 ❦

## KONSEQUENZ

D er Nebel nahm über den ganzen Tag eher zu, als
sich aufzulösen. Die dicke Luft schmeckte nach
Salzwasser und Seetang, und hin und wieder
hörte man das laute Krächzen von Möwen in der Ferne. Die
Nordsee war nach dem Sturm der letzten Nacht relativ
ruhig.

Der Tagesablauf wurde eingehalten, und es gab die

üblichen Zickereien, aber aufgrund der unheimlichen Ereignisse auf dieser Hallig war die Stimmung deutlich verschärfter, als am Vortag ohnehin schon.

Am Nachmittag schnappte sich Konstantin Yusuf und erkundete mit ihm die ganze Hallig. Die Insel war klein und flach, aber bereits nach einer Nacht suchte man nach gewissen Antworten.

Sie trugen lange Gummistiefel und die Fischeranzüge, die bereits eine hauchdünne Salzschicht auf ihrer Oberfläche hatten. Ihre Ohrläppchen froren, ihre Nasen liefen. Durch den hohen, feuchten Strandhafer musste man sich teilweise mit Mühe durchkämpfen.

„Was genau suchen wir denn?", fragte Yusuf.

„Ich bin mir nicht sicher."

„Ah, dann wissen wir auf jeden Fall, wenn wir es finden."

„So in etwa, ja."

„Ihr seid gut organisiert", motzte Yusuf.

„Schau nach unten, ob du zwischen den Grashalmen irgendwo was findest."

Konstantin schien sich nicht sicher zu sein, was genau er suchte.

Eine Luke zu einem versteckten Bunker?

Irgendeine Fußspur?

Ein blutiges Messer, die Tatwaffe des „Hühnermordes"?

Allmählich kühlte der dichte und gespenstische Nebel zu einem Blau ab. Konstantin richtete sich auf und sah sich überall um. Er konnte nur wenige Meter in jede Richtung schauen.

„Mann, die Scheiße nervt hier! Habt ihr eure Kacke gar nicht im Griff, Lan?"

Die Suche führte ins Nichts. Konstantin gab auf und

ging mit Yusuf zurück, der nicht aufhörte zu meckern, wie sehr ihm alles gerade auf die Nerven gehen würde.

Beide wühlten sich dann weiter durch die hohen, feuchten grünen Halme. Als sie dann eine der Lichtungen durchquerten, trat Konstantin auf etwas Hartes im feuchten, ansonsten weichen Sand. Er sah stutzig nach unten.

„Moment."

Yusuf blieb stehen.

„Was denn?"

„Hier ist was. Etwas Hartes."

„Etwas Hartes. Vielleicht ein Stein, du Held?"

Konstantin ging in die Hocke und wühlte mit der Hand durch den feuchten Sand, bis er einen Knochen herauszog, etwa so lang wie eine menschliche Elle. Längst vertrocknete, einzelne Fleischfetzen hingen noch daran.

Konstantin sah zu Yusuf auf.

„Was? Willst du jetzt mit mir Stöckchen spielen?"

„Das ist ein ziemlich langer Knochen, findest du nicht?"

„Dann kennst du meinen nicht."

Trocken und sarkastisch konterte Konstantin: „Dein Humor ist der blanke Wahnsinn. Du musst ein berühmter Komiker sein. Können wir ein Selfie machen?"

Yusuf wurde wieder still. Seufzend wartete er darauf, dass Konstantin mit seinen Überlegungen zu irgendeinem Ergebnis kam.

„Mann, dann hat mal einer eine Ziege geschlachtet und gegessen, und einen der Knochen hier ins Gras geschmissen, wen juckt's?"

„Ich glaube nicht, dass der Hausbesitzer das so machen würde. Das zieht Aasfresser an. Er hat doch ein komplettes System mit dem Kompost und allem."

„Sagt der Typ, der das tote Huhn ins Meer geschmissen hat."

„Da war Fleisch dran, über das sich die Fische freuen würden", argumentierte Konstantin. „Auf jeden Fall sieht das hier nach einem Menschenknochen aus."

„Bist du dir da sicher, Doktor Allwissend?"

„Natürlich nicht. Und erfreut wäre ich auch nicht, wenn ich damit recht hätte. Nun ja."

Konstantin schmiss den Knochen nachdenklich wieder in den Sand und schritt mit Yusuf zurück zum Haus. Geheimgänge, Luken, oder sonstige verdächtige Dinge wurden nicht gefunden. Es war davon auszugehen, dass sie auf dieser Insel allein waren.

Was, wenn es sich vorhin gerade wirklich um einen Menschenknochen gehandelt hatte?

Was war auf dieser Insel passiert, so dass so etwas lose im Sand herumliegen würde?

Wenn es in der Tat ein Menschenknochen war, dann schien hier nicht allzu häufig die Polizei das Grundstück zu besuchen. Wozu aber auch? Gab es auf einer Insel Verbrechen, wo für gewöhnlich nur ein einziger Mensch wohnte?

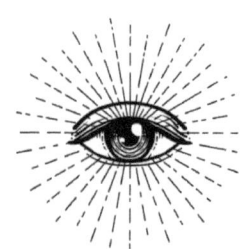

Zum Abendessen gab es Hühnersuppe aus der Dose für alle. Geschlachtet wurde heute nichts, und dennoch hatten besonders die Mädchen arge Schwierigkeiten beim Essen, da sie noch vom Gedanken an das ausgeweidete Huhn von heute Morgen geplagt waren. Zu allem Überfluss schlug die Omnipräsenz des alten Mannes vom prunkvoll gerahmten Ölbild zusätzlich aufs Gemüt. Aber am Ende siegte der Hunger. Die Gruppe musste essen.

„Ihr seid doch alles Pussys", schimpfte Bjarne, „das ist doch nur ein totes Huhn. Alle machen so ein Riesending draus. Da stecken eh diese beiden Futzis hinter. Die verarschen uns hier nach Strich und Faden, und nun sitzen wir hier alle fest und können nicht telefonieren. Toll gemacht."

Nach der hitzigen Diskussion am Esstisch wurde, wenn auch widerwillig, geputzt und abgewaschen. In Gruppen wurde die Toilette aufgesucht, und nach und nach gingen alle ins Bett. Und damit war Tag 2 geschafft.

Zumindest technisch gesehen.

Erika hatte aber immer noch innere Unruhe. Sie mochte es nicht, wenn ungeklärte Dinge im Raum standen. Sie musste noch herausfinden, was Konstantin in aller Plötzlichkeit für ein Problem mit ihr hatte.

Sie ärgerte sich zugleich über sich selbst, denn dieser Mann war nicht besonders lange in ihrem Leben und müsste nicht diese Wichtigkeit haben. Und die Tatsache, dass er den ganzen Tag ihre Gedanken sabotiert hatte, nur weil er sich komisch verhalten hatte, gab ihm eine Macht über sie, die sie nicht besonders erfreute. Erika mochte es nicht, ihre Gedanken und Gefühle von anderen Menschen steuern zu lassen, und schon gar nicht von Menschen, die sie kaum kannte.

Sie war erst einmal allein im Zimmer, mit ihren vielen Gedanken – und ja, es waren viele – komplett auf sich gestellt, unfähig einzuschlafen.

**K**onstantin kam erst später ins Zimmer dazu, nachdem er die Teenager in ihren Zimmern besucht und kontrolliert hatte, und seine sportlichen Übungen diesmal im Wohnbereich erledigt hatte. Endlich.

„Habt ihr eigentlich da draußen irgendwas Verdächtiges gefunden?", fragte Erika.

„Nein."

„Hm. Nun weiß ich nicht, ob mich das beruhigen soll, oder eher beunruhigen."

„Wie meinst du das?"

„Na ja, irgendeine Erklärung für die Ereignisse von heute wäre schon schön."

„Ach, vielleicht hat Bjarne recht", seufzte Konstantin.

„Vielleicht ist das alles nicht der Rede wert."

„Dein Ernst?"

„Na ja. Wir werden in vier Wochen geholt. Wir haben

alles da, was wir brauchen, und eigentlich ging das Satellitentelefon gegen das Prinzip dieser Sendung."

„Das Satellitentelefon war für Notfälle. Und die kann es immer geben."

„Ist ein totes Huhn ein Notfall, Erika?"

Nach einem Moment antwortete sie: „Kommt drauf an, wie lange wir wirklich hier festsitzen. Sollte in vier Wochen keiner hier auftauchen, um uns einzusammeln, wird es irgendwann knapp mit dem Essen."

„Das stimmt, aber wir malen mal keinen Teufel an die Wand, ja?"

Als wäre „Teufel" das Stichwort, wechselte Erika dann abrupt das Thema und fragte Konstantin erneut, was seit heute Morgen sein Problem mit ihr sei.

Gab es ein Problem?

Hatte sie irgendetwas getan?

Oder war sonst irgendetwas vorgefallen, was sie vielleicht wissen musste?

Konstantin seufzte, und setzte sich an den kleinen Nachttisch. Perplex sah er sie an und fragte, ob sie denn glücklich mit ihrer Ehe sei.

„Was hat das denn jetzt mit irgendwas zu tun?"

„Na ja, wenn man glücklich verheiratet ist, dann geht man nicht fremd, beziehungsweise *will* nicht fremdgehen."

„Ich verstehe nicht", sagte sie, und richtete sich in ihrem Bett auf. „Wer hat gesagt, dass ich..."

Konstantin fiel ihr ins Wort: „Du bist heute Nacht zu mir ins Bett gekrochen. Du hast mein Ohr abgeleckt und deine Hand..."

Konstantin fiel es schwer, den Satz zu Ende zu bringen. Stattdessen deutete er selber mit seiner eigenen Hand an, was sie mit ihrer angeblich angestellt hatte. Er unterstellte ihr den Versuch, ihn in seinem Schlaf sexuell befriedigt zu haben. Und er schien darüber leicht verstört.

Erika fiel alles aus dem Gesicht.

„Was?"

Konstantin nickte. Wiederholen wollte er sich nicht.

Auf der einen Seite war Erika komplett verwirrt und schockiert über seinen Vorwurf, denn sie konnte sich nicht einmal im Ansatz daran erinnern, etwas Derartiges getan zu haben. Und auf der anderen Seite war es für sie in diesem Moment sogar ein wenig erfreulich, dass dieser Mann scheinbar anständige Prinzipien hatte, und in den nächsten Wochen keine so große Gefahr für ihre Ehe darstellen würde, wie sie es angenommen hatte.

Oder ging die Gefahr nur von ihr selbst aus?

Hatte sie die Signale, die er auszusenden schien, völlig falsch interpretiert?

„Machst du so etwas öfter mitten in der Nacht?", fragte er.

Sie suchte Worte, immer noch fassungslos.

„Ich..."

Konstantin merkte ihr an, dass sie anscheinend nichts von diesem Vorfall wusste.

„Blackout oder wie? Bist du vielleicht Schlafwandlerin?"

Erika, innerlich immer noch blockiert, antwortete stockend: „Ich hab mich gerade gefragt, ob du dir sicher bist, dass *ich* das war."

„Ich kenne deinen Körpergeruch."

„Ich... Ich weiß davon wirklich gar nichts mehr, Konstantin. Ich bin... Ich bin total platt gerade."

„Ja, das merke ich."

„Das muss Schlafwandeln gewesen sein."

Daraufhin fragte Konstantin, ob sie in der Nacht vielleicht erotische Träume gehabt hätte, die womöglich ein Handeln dieser Art ausgelöst haben könnten.

Aber anstatt dies zu bejahen, berichtete Erika stockend von zusammenhangslosen Träumen, überwiegend geprägt von finsteren Dämonengestalten – was mehr oder minder der Wahrheit entsprach.

„Na ja, der Teufel ist ja laut Bibel der große Verführer. Ein bildhübscher Mann, keine Hörnergestalt. Du bist ja evangelisch, dann weißt du das ja."

Damit traf der hübsche Konstantin selbstverständlich Erikas Nerv, denn laut dieser Aussage müsste sie sich eingestehen, für einen Monat ein Zimmer mit dem Teufel zu teilen.

„Kann sein", lautete ihre Antwort. Abwesend, überfordert, verschämt. „Na ja, du hast mich gestern Abend gefragt, ob ich scharf auf dich bin und alles. Vielleicht hast du mir das auch eingepflanzt."

„Das stimmt. Darüber hatte ich noch gar nicht nachgedacht. Angehen kann das."

„Hör mal, wie wollen wir damit umgehen? Glaubst du mir wenigstens, dass ich absolut nichts mehr von dieser Sache weiß?"

„Ja, ich glaube dir", antwortete Konstantin.

„Gut. Ich bin erleichtert. Können wir uns dann vielleicht darauf einigen, dass das einfach mal nicht passiert ist?"

„Ich würde dir gern sagen, dass das, was auf der Hallig passiert auf der Hallig bleibt, aber wir sind hier im Fernsehen."

Erika schluckte.

„Wie?"

„Ich mache nur Spaß. Hier drin wird ja nichts aufgezeichnet. Das bleibt zwischen uns."

Erika atmete auf und bedankte sich. „Das wäre für meine Familie fatal, wenn ich nach Hause kommen würde und meinem Mann und meiner Tochter beichten müsste, dass ich dir...“

Sie fand keine Worte, um ihre Handlung von letzter Nacht euphemistisch auszudrücken.

„Einen runtergeholt hast?“, half ihr Konstantin auf die Sprünge. Seine Direktheit hatte nichts mit mangelndem Feingefühl zu tun. Er nannte die Dinge beim Namen. Erika hatte aber Schwierigkeiten, damit umzugehen.

Aber wiederum gab es einen stillen Teil ihres Hinterkopfs, der aufgrund seiner Wortwahl sofort die Frage stellte, ob sie es tatsächlich im Schlaf geschafft hatte, Konstantin zum Höhepunkt zu bringen.

Und dieser kleine Teil ihres Hinterkopfs, den Erika immer wieder mit anständigen christlichen Werten krampfhaft zu unterdrücken versuchte, fand diese Vorstellung äußerst antörnend. So lange hatte nichts mehr diese Ehefrau so angetörnt.

Aber Erika verkniff sich die Nachfrage.

„Wir schweigen darüber“, fasste sie zusammen. „Das finde ich gut.“

Und da meldete sich wieder ihr Hinterkopf mit er These, dass jetzt bereits über eine Sache geschwiegen werden würde. Dann könnte man auch über mehr schweigen, sollte sich wieder etwas ergeben.

Am liebsten hätte Erika in genau diesem Moment ihren eigenen Hinterkopf angeschrien, er solle endlich mal seine fiese Klappe halten und an seiner gespaltenen Zunge ersticken. Aber damit hätte sie sich sicherlich endlich als schizophren geoutet.

„Und du bist ab jetzt auch nicht mehr böse oder komisch zu mir? Das war wirklich nichts, was ich bei

Bewusstsein getan habe. Das hätte ich nie getan. Also, unter Kollegen jetzt."

„Ja, ich verstehe schon. Aber wir hatten gesagt, wir schweigen ab jetzt darüber, dann schweigen wir auch darüber. Alles ist gut."

„Okay."

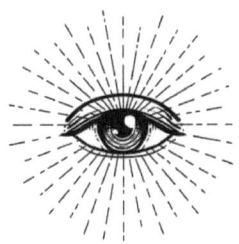

In der zweiten Nacht konnte Erika wesentlich besser schlafen als in der ersten, auch wenn lange nicht so gut wie zu Hause. Die Wahrheit machte anscheinend frei. Obwohl einiges sicherlich unausgesprochen geblieben war, tat das klärende Gespräch gut. Erika schlief zwar leicht, aber sie träumte keine verstörenden diabolischen Dinge.

Zumindest am Anfang.

In ihren Träumen verarbeitete sie die Eindrücke der letzten Tage, insbesondere diese Hallig, auf der sich alle befanden. Und hin und wieder tauchten in ihrem Traum Gerippe im hohen Gras auf. Es war nicht besonders gruselig, aber es war merkwürdig.

Erika wachte auf, weit nach Mitternacht. Sie brauchte

einen Augenblick, um sich zu orientieren. Um sich daran zu erinnern, dass sie nicht zu Hause in der Großstadt war. Draußen war es totenstill. Kein Wind, kein Regen. Nur ein leises Rauschen der Nordsee. Im Zimmer war es stockdunkel. Durch das Schlüsselloch konnte sie das schimmernde Licht einer Öllampe aus dem Flur sehen.

Minutenlang lag sie da und wurde immer wacher, aber dennoch irgendwie in einer seltsamen Art Trance. Ihr Kopf war wieder einmal gefüllt mit tausend Gedanken.

Aber dann kroch langsam ein kaltes Gefühl durch ihren Körper, als hätte ihr jemand Stickstoff injiziert. Ein Schaudern überkam sie, das sie nicht steuern konnte. Sie verfiel in eine merkwürdige Starre. Hellwach, und völlig unfähig, sich zu bewegen.

Was war das?

Was ging hier vor sich?

Erika atmete immer schwerer. Eine Panik machte sich in ihr breit, die sie nicht ausdrücken konnte. Denn sie war gelähmt. Sie versuchte, mindestens ein Laut zu äußern, aber sie hatte keine Kontrolle über ihren versteiften Körper.

Sie kämpfte härter, bis sie ein kurzes, leises Stöhnen aus ihrer Kehle drücken konnte.

„Hil..."

Aber von Konstantin, der anscheinen tief und fest schlief, gab es keine Reaktion.

Klopf, klopf.

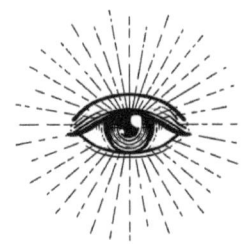

Nun wurde Erika von einem Gefühl heimgesucht, als würde man ihr Stromstöße durch den Körper jagen. Sie hatte eindeutig gehört, dass unten im Erdgeschoss jemand geklopft hatte. Es gab kein Abstreiten. Das Geräusch hatte gnadenlose Deutlichkeit. Kein Knarren vorweg, kein Öffnen oder Schließen der Haustür. Nichts. Es war mucksmäuschenstill, und plötzlich hatte jemand geklopft.

Wer war das?

War es vielleicht ein Klopfen an eine Zimmertür? Irgendein Teenager, der mitten in der Nacht etwas von einem anderen wollte?

Nein, dies war eindeutig der Klang des Kupferrings vom unheimlichen Türklopfer, der kulturell kein bisschen zu dieser Hallig passte. Auch das konnte die schlaftrunkene Erika nicht ignorieren.

Niemand wusste, dass sie wach war. Und keine Kamera zeichnete es auf. Zumindest waren dies die Fakten, von denen Erika ausgehen konnte. So wäre es sicher nicht unbedingt zu erwarten gewesen, dass sie jetzt aufspringen würde, um an die Tür zu gehen.

Doch sie war zu nichts fähig. Paralysiert und von Kopf bis Fuß voller Adrenalin.

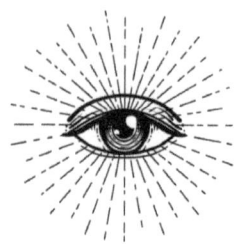

Die Tür des Nebenzimmers im ersten Stock öffnete sich, und leise Schritte ließen das alte Fußbodenholz knarren.

Bjarne war aufgestanden, da er dringend auf Toilette musste. Er tapste langsam die Treppe herunter, gähnte müde und fluchte leise, als er merkte, wie dringend es war. Erika konnte an seinem Gähnen hören, um wen es sich handelte.

Im Wohnbereich des Erdgeschosses brannte, wie auch oben im Flur, eine Öllampe, und sorgte für etwas Sicht.

Unten angekommen, sah er die Taschenlampe auf dem Esstisch liegen, und schaute dann zur Tür. Der Gedanke, das Haus ohne Schlüssel zu verlassen, mitten in der Nacht draußen auf dieser abgelegenen Hallig das ranzige Klo aufzusuchen, war nicht besonders einladend.

Er grübelte für einen Augenblick, ein Kissen zwischen die alte Holztür und den Türrahmen zu legen, um sie offen zu halten und sich nicht auszusperren, um dann klopfen zu müssen. Er überlegte, einfach vor die Haustür zu pinkeln.

Bjarne sah sich um, leicht auf der Stelle hüpfend, und beschloss, das Haus nicht zu verlassen. Stattdessen ging er zum Waschbecken der Küche und stellte sich davor, mit der Absicht, dort hinein zu urinieren. Dabei vergaß er fast, dass dies sicherlich von den Kameras eingefangen werden würde. Für ihn zählte in diesem Moment nur, dass alle Anwesenden fest schliefen.

Außer Erika.

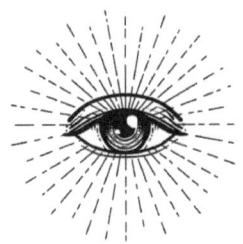

Bjarne ging auf die Zehenspitzen, aber er war immer noch nicht hoch genug, damit es funktionieren würde. So nahm er sich hektisch einen Stuhl vom Esstisch, und trug ihn mit einer Hand zum Waschbecken. Mit der anderen Hand hielt er seinen Schritt fest, da seine Blase inzwischen das Gefühl vermittelte, bald zu platzen zu drohen.

„Scheiße, Scheiße", flüsterte er.

Leise stellte er den Stuhl vors Waschbecken, und stellte sich hektisch darauf. Er zog seine Schlafhose etwas herunter und pinkelte los. Dabei atmete er erleichtert auf, und versuchte, den Urinstrahl direkt in den Abfluss des Waschbeckens zu zielen, und das so leise wie möglich, aber unter der Beobachtung des alten Mannes an der Wand. Von versteckten Kameras ganz abgesehen.

Erika konnte bis in ihr Zimmer das hohle Plätschern hören.

Es dauerte fast eine halbe Minute, bis Bjarne fertig war. Er stieg dann vom Stuhl hinab, stellte diesen zurück, und spülte leise mit Leitungswasser.

Dann machte er sich wieder auf den Weg zur Treppe. Klopf, klopf.

Bjarne blieb stehen, und sah perplex zur Tür. Für einige Sekunden bewegte er sich nicht.

Erika riss ihre Augen so weit auf, dass es wehtat. Ihr ganzer Körper kribbelte wie verrückt. Jede einzelne Zelle schlug Alarm. Sie spürte eine Bedrohung. Sie spürte deutlich eine weitere Präsenz auf dieser Hallig.

Nicht die Tür öffnen!

Erika versuchte, irgendeinen Ton von sich zu geben, aber wieder kamen nur Bruchstücke von Geräuschen aus ihr, die nicht annähernd reichten, um Konstantin zu wecken. Geschweige denn, um Bjarne zu warnen.

Dieser war nicht so erschrocken wie sie, sondern eher irritiert. Wer stand gerade draußen?

War jemand anders zufällig gerade auf Klo gegangen? Ohne Taschenlampe?

Oder war eine neunte Person vor der Tür?

Aber wer? Sie waren doch allein.

Ein Schiffbrüchiger vielleicht?

„Wer ist da?", flüsterte er laut.

Keine Antwort. Totenstille.

Dann...

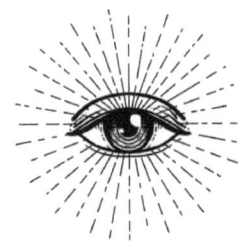

**K**lopf, klopf.
Dieses tiefe, dumpfe Geräusch durchdrang Erika wie ein Dolch. Ihre lahmgelegten Lippen zitterten.

Bjarne näherte sich langsam der alten Holztür, wie ferngesteuert. Gebannt. Die Tür war nicht abgeschlossen, da Konstantin den Schlüssel stets behielt, und niemand die Tür von außen öffnen konnte.

Bjarnes Hand ging langsam zur Klinke und berührte sie.

Erika, immer noch in Schockstarre, atmete schwer. Schweißperlen bildeten sich auf ihrer Stirn. Alles in ihrem Brustkorb drehte sich um wie in einer Achterbahn.

Bjarne öffnete langsam die massive Tür. Das Holz knirschte, der Kupferring im Löwenmaul klapperte. Die kalte Luft drang in das Gebäude ein, infiziert mit akuter Gefahr und Bösartigkeit.

„Yusuf? Bist du das?"

Als die Tür aufging, überkam Erika ein schauriges Gefühl. Ein rätselhafter Geruch der Verwesung drang in ihre Nase. Alle winzigen Härchen auf ihrem Körper richteten sich auf wie Antennen. Die sichere Festung an diesem abgelegenen Ort war nun undicht, infiltriert. Das Böse hatte Zugang.

Bjarne blieb erschrocken vor der Tür stehen und begann zu hyperventilieren. Erika konnte seine panisch schnappende Atmung vernehmen. Was immer Bjarne gerade vor sich sah, jagte ihm so große Angst ein, dass er nun, genau wie Erika, unfähig war, sich zu bewegen.

Er atmete schnell und laut. Seine mit Entsetzen gefüllten Augen sprangen ihm fast aus den Höhlen. Er wollte laut schreien, war aber dazu nicht imstande. Auch er befand sich in Schockstarre.

Erika schrie bereits innerlich.

Etwas Furchtbares war am Passieren, und sie konnte nicht eingreifen. Sie konnte nur hören, wie sich Bjarnes panisches Keuchen allmählich veränderte, als würde irgendein Wesen die Kontrolle über ihn übernehmen. Bjarnes Stimme teilte sich, bekam mindestens zwei verschiedene Frequenzen. Es klang nicht mehr wie von dieser Welt.

Dann konnte Erika widerliche matschige Geräusche hören, die sie nicht zuordnen konnte. Und Bjarnes Keuchen wurde immer leiser, gedämpfter, und verwandelte sich in ein tiefes, blubberndes Gurgeln.

Dann war ein seltsames Geraschel zu hören, ein Schleifen, und dann das Klicken der alten Holztür. Die kalte Nachtluft war wieder ausgesperrt.

Dann herrschte Stille.

Erika wollte aufspringen und nach unten schauen, aber sie war von unsichtbarer Hand ans Bett gefesselt.

Und die Nacht zeigte keine Gnade. Sie verging quälend langsam für Erika, deren Schockstarre sich irgendwann wieder in eine Art von Limbus verwandelte. Nicht wach, aber auch nicht fest am Schlafen. Irgendwo dazwischen.

War das alles nur ein äußerst lebhafter Traum?

Die Sonne musste früher oder später aufgehen, und dann würden alle im Haus wach werden. Irgendeiner würde sie sicher aus dieser Paralyse befreien können, wenn sie noch bis zum Morgen anhalten würde. Dann würde sie sehen, ob dieses rätselhafte Ereignis nur geträumt, oder gar Realität war.

Erika hatte keine andere Wahl, als die Nacht durchzustehen.

Noch früh am Morgen wachte Erika auf, während die Anderen noch schliefen und der Himmel vor Sonnenaufgang blau schimmerte. Sie fühlte sich wie durchgekaut und ausgespuckt, als sie wach wurde. Ihre Augen waren dick vor Übermüdung und Anstrengung, und ihr Schädel dröhnte, wie nach einem Alkoholexzess. Ihr ganzer Körper schmerzte, wie die Beine eines Kindes bei einem Wachstumsschub. Und sie fror und zitterte unkontrolliert. Dies war keine schöne Nacht gewesen, gelinde gesagt.

Aber das Schlimmste stellte sie zuletzt fest, als sie wach genug war: Ihr ganzer Körper, ihre Schlafkleidung und das Bett waren nass. Schlimmer noch: Es roch nach Urin. Erschrocken riss sie die Decke von sich und musste feststellen, dass sie sich in der Nacht eingenässt hatte.

„Das gibt's doch nicht!"

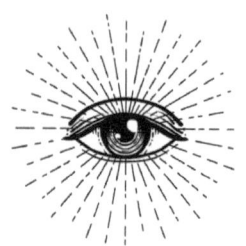

Sie kletterte erschöpft und schwerfällig aus dem nassen Bett und die Leiter herunter. Die nasse Schlafhose zog sie aus, und erst danach erinnerte sie sich daran, dass sie nicht allein im Raum war. Ein Blick zum schlafenden Konstantin, dann ging sie leise zum Schrank, öffnete ihn, und holte sich eine neue Schlafhose heraus. Diese zog sie an.

Sie blickte erneut zu Konstantin, und zog dann ihr Schlafhemd aus, das an ihrem Oberkörper klebte. Barbusig stand sie vor Konstantin da, und hatte nicht vor, es ihn jemals erfahren zu lassen. Schnell zog sie ein frisches Oberteil an.

Sie fühlte sich immer noch eklig. Jetzt brauchte sie eine heiße Dusche und ein großes Lagerfeuer, wo sie ihre ganze Bettwäsche samt Schlafanzug verbrennen konnte. Aber die Realität war, dass sie all die vollgepinkelte Wäsche in die

Hände von Shirin und Yusuf geben müsste, oder gar selbst in der Brandung der Nordsee ausspülen müsste. Die Matratze ebenfalls. Es war ein Desaster. Ein Albtraum. Was würden die Anderen sagen oder denken, wenn sie dies erfahren würden?

Warum hatte sie sich mit 39 Jahren eingepinkelt?

Am liebsten wäre sie einfach nur weggerannt. Aber dies ging nicht.

Und dann kam ihr in den Sinn, dass sie als Aufsichtsperson eigentlich ein deutlich größeres Problem hatte als die Sauerei, die sie in ihrem Bett gemacht hatte.

Sie musste dringend nach Bjarne sehen.

Ihr Herz begann zu schlagen, und die Hoffnung, dass er einfach unversehrt in seinem Bett liegen würde, sabotierte ihre Gedanken.

Erika ging zur Tür und öffnete sie. Sie wanderte zur Nebentür und überlegte für einen Augenblick, ob sie erst klopfen sollte. Doch sie entschied sich dagegen.

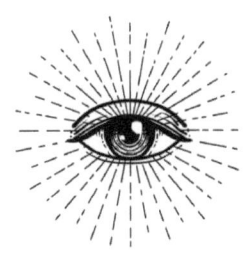

Erika krallte ihre zittrige Hand um die Türklinke, öffnete langsam und leise die Tür zum Zimmer von Yusuf und Bjarne und schaute in das Zimmer hinein.

Es war bereits nach anderthalb Tagen ein regelrechter Schweinestall. Yusuf schlief noch tief und fest im oberen Bett, und schnarchte leicht.

Aber das untere Bett war leer und ungemacht.

Erikas Herz begann zu pumpen.

Sie marschierte dann die Treppe herunter, und sah in die anderen beiden Zimmer. Dort waren alle anwesend und schliefen, bis auf Miriam, die wach und schlecht gelaunt in ihrem Bett lag. Als Erika die Tür öffnete, erschrak Miriam leicht, sah sie an und sagte nur ein Wort: „Klopfen."

„Wo ist Bjarne?", fragte Erika leise, um Dunja nicht zu wecken, die im oberen Bett lag und noch fest schlief. Aber eigentlich wusste Erika, dass Miriam sicher keine Antwort auf diese Frage hatte.

„Wie, wo ist Bjarne?", fragte Miriam perplex, mit schwacher, krächzender Morgenstimme. Was Erika nicht sofort bemerkte, war, dass Miriam etwas unter der Decke zu verstecken schien. Und nein, es handelte sich nicht um Bjarne.

„Der ist weg", erklärte Erika, aufgewühlt und zutiefst beunruhigt. „Hast du irgendwas gesehen oder gehört?"

„Nein. Ich weiß nicht, wo er ist."

„Okay."

Erika schloss die Tür wieder, und schaute in den Wohn-bereich. Niemand war da. Und damit hatte sie das Haus schon nach ihm abgesucht. Es gab kaum Orte zum Verstecken.

Für einen Augenblick spähte sie zum Esstisch herüber,

wo an der Wand das Ölbild des alten Mannes prangte. Erika sah gebannt in die dunklen Augenhöhlen des Mannes.

Nach einem Moment der Überlegung schritt sie dann schnell die Treppe hoch und ging im ersten Stock hinunter bis zum Ende des Gangs, um zu sehen, ob der „verbotene Raum" entgegen jeder Wahrscheinlichkeit offen war.

Aber Fehlanzeige, der Raum war abgeschlossen.

Erika grübelte, immer unruhiger.

Wo könnte Bjarne sein?

Diese Frage stellte sich Erika, und versuchte dabei erst einmal auszublenden, was sie in dieser Nacht erlebt hatte. Sie hielt an der Möglichkeit fest, dass sie bloß einen bösen Traum gehabt haben könnte.

Erika riss die Haustür auf, stürmte aus dem Haus hinaus in die frische Morgenluft. Heute war der Nebel hauchdünn, und der Himmel blau und wolkenlos. Im Osten vermischte sich das Blau mit einem satten Orange. Die Sonne war kurz vorm Aufgehen.

Erika schaute im „Badezimmer" im Anbau nach, doch dieses war leer. Sie grübelte, leicht außer Puste. Ihr Kopf raste, ihr Herz pumpte.

Sie sah sich auf der Hallig um, und ging zum Bauernhof. Sie schaute bei den Hühnern und Ziegen nach. Aber immer noch keine Spur von Bjarne.

Erst jetzt stellte sie fest, dass sie barfuß war. Ihre Füße und Hosenbeine waren nass vom Morgentau. Nun begann sie zu frieren.

E rika schmeckte Meersalz auf den Lippen. Sie ging hinaus auf die mit Strandhafer bewachsene Sand- fläche der Hallig, kämpfte sich durch die Halme, rief nach Bjarne. Die Halme piksten und juckten, und machten nun auch ihr Oberteil nass. Es war fast wie eine Dusche, und diese kam ihr eigentlich gerade gelegen.

„Bjarne! Wo steckst du?"

Aber keine Antwort.

Erika erreichte eine der Lichtungen und streifte sich die Tropfen von den Unterarmen. Sie blieb dann stehen und sah in die Ferne, Richtung Westen. Zum ersten Mal hatte sie auf dieser Hallig klare Sicht und konnte sehen, dass es – etwa zwei Kilometer entfernt – eine kleine Nachbarhallig gab, halb so groß wie diese, aber deutlich hügeliger. Aus der Ferne konnte sie erkennen, dass die Dünen auf jener Hallig ebenfalls stark mit meterhohen Grashalmen bewachsen waren.

Erika wurde stutzig. Die Flut ging allmählich zurück, so dass man teilweise im Wasser die furchigen Strukturen vom Watt schimmern sah. War das Wasser zwischen beiden Inseln gerade so seicht, dass man zu Fuß dorthin konnte?

War Bjarne vielleicht dort?

Und wenn ja, warum?

Oder gab es eine andere Möglichkeit, die sie nicht bedacht hatte?

Es war an der Zeit, Konstantin einzubeziehen.

Aber was würde er sagen, wenn sie von den Geräuschen berichten würde, die sie in der Nacht gehört hatte?

Machte es Sinn, ihm überhaupt davon zu erzählen?

Sie war inzwischen so nass, wie sie beim Aufstehen gewesen war. Angesichts der Tatsache, dass es hier keine Dusche gab, und sie dennoch nach Urin roch, beschloss sie zur Brandung zu gehen und sich dort zu waschen.

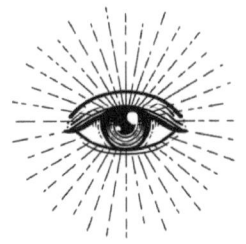

Das Wasser war klirrend kalt, aber dies sollte kein langes Baden werden. Einmal nass werden, den Geruch wegspülen, und den Rest dann am Waschbecken mit einer Katzenwäsche regeln.

Als Erika bis zu den Knien im Wasser war, begann sie hektisch nach Luft zu schnappen, sich auf ein kaltes Abtauchen geistig einzustellen. Sie wusste, es würde nicht angenehm werden. Aber Augen zu und durch.

Drei...

Zwei...

Eins...

Sie tauchte immer noch nicht ab. Es war zu ungemütlich. Am ganzen Leib zitterte sie. Ihre Nippel waren zu Kieselsteinen versteift. Insbesondere ihre Nase und Ohren froren so sehr, dass es inzwischen eher ein brennendes Gefühl war.

„Was mache ich hier nur?"

Countdown von vorne.

Drei...

Zwei...

Eins!

Erika holte tief Luft und tauchte im Wasser ab. Die Kälte griff jeden Zentimeter ihrer Haut an. Lange war es nicht auszuhalten.

Dies würde noch einen deftigen Schnupfen geben.

Bereits nach Sekunden eilte Erika Richtung Reetdachhaus, das Meerwasser tropfte von ihrem Körper, und die Oktoberluft war nun nicht viel angenehmer als die Nordsee.

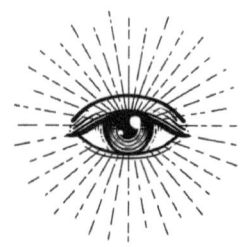

Klopf, klopf, klopf! Erika stand in nasser Schlafkleidung vor der Tür und stellte nun fest, dass sie wie nackt aussah, während sie verzweifelt den Türklopfer benutzte. Ihre Nippel, ihr Bauchnabel, alles war sichtbar. Sie fühlte sich völlig entblößt, aber es gab nichts, was sie sich überziehen konnte.

Klopf, klopf, klopf!

„Hallo? Ist jemand wach? Bitte aufmachen!"

Erika hatte vergessen sich abzusichern, denn alle schliefen noch. Und die Kälte setzte ihr immer mehr zu.

„Das gibt's jetzt nicht!"

Sie griff zitternd nach dem Türknauf und versuchte die Tür zu öffnen. Aber es war zwecklos.

Sie klopfte härter, dann zusätzlich mit den Knöcheln ihrer freien Hand, dann mit ihrer Handfläche. Sie sah dem unheimlichen Löwengesicht in die türkisfarbenen, pupillenlosen Augen, die wie die eines Zombies aussahen. In diesem Moment dachte sie daran, dass genau hier das Unheil in der Nacht geschehen war, das anscheinend kein Traum war. Hier hatte Bjarne irgendwem die Tür geöffnet, und nun war er wie in Luft aufgelöst.

„Bitte! Aufmachen!"

Was war, wenn dieses Wesen noch in der Nähe war?

Die goldene Spitze der Sonne war inzwischen bereits am Horizont zu sehen, wie ein weit entferntes Feuer, das in kriechendem Tempo immer breiter wurde.

Erika verlor an Kraft, fassungslos über den Tiefschlaf der Jugendlichen. Sie wanderte dann um das Haus und suchte die kleinen Stallfenster zu den Zimmern auf.

Sie klopfte an das erste Fenster, das sie erreichte. Es

handelte sich um das Fenster zum Zimmer von Dunja und Miriam.

Klopf, klopf.

„Dunja? Miriam?"

Erika konnte durch die milchige Glasscheibe des Stallfensters Regung im Zimmer sehen. Miriam schien aus dem unteren Bett zu steigen. Sie kam zum Fenster, stellte aber fest, dass sie dieses gar nicht öffnen konnte.

„Bist du so lieb und machst mir vorne auf?", fragte Erika durch das Fenster, mit zitternder Stimme.

Sie konnte dann sehen, wie sich Miriam ihre Bettdecke um den Körper wickelte und leise das Zimmer verließ.

Erika kam an der Haustür wieder an, und eine genervte und zugleich verschämte Miriam öffnete ihr die Tür, in die Decke eingewickelt, die Haare zerzaust. Erika war aber ähnlich verschämt, da sie wie nackt dastand.

„Du bist ja klitschnass", merkte Miriam irritiert an.

„Ja, das ist richtig."

„Gehst du immer so früh am Morgen im Schlafanzug baden?"

„Nein, für gewöhnlich nicht."

„Kann ich dich allein sprechen?"

Erika stockte. Was wollte dieses verschwiegene, introvertierte Mädchen auf einmal von ihr?

„Klar kannst du das. Aber ich glaube, wir sind allein."

Miriam sah nach hinten, um sich zu vergewissern, dann erinnerte sie sich an die Allgegenwärtigkeit der versteckten Aufnahmegeräte. Sie sah sie zu Erika, kam vor die Haustür und senkte die Stimme, damit weder Menschen noch Mikros sie hören konnten. Was sie zu sagen hatte, war ihr furchtbar peinlich.

„Ich weiß nicht, warum, aber..."

„Aber was?"

„Ich hab... Ich hab heute Nacht ins Bett gemacht. So, jetzt hab ich's gesagt."

Diese Information traf Erika wie ein Blitz.

„Echt jetzt?", fragte sie, und fragte sich dabei, was es bedeuten könnte.

„Was, willst du dich jetzt über mich lustig machen?"

„Nein, nein, auf keinen Fall. Das bleibt ganz unter uns. Aber ich muss einmal fragen: Passiert dir das öfter, oder ist das heute zum ersten Mal vorgekommen?"

„Ich mache sonst nie ins Bett", antwortete Miriam. „Ich bin doch kein Baby mehr."

„Okay."

„Warum fragst du?"

Dies wäre der Moment gewesen, Miriam zu sagen, dass sie auch ihr Bett genässt hatte. Denn bisher hatte Erika die Strategie mit ersten kleinen Erfolgen angewendet, auf Gemeinsamkeiten mit Miriam festzustellen. Und diese gab es, zum Beispiel ihre vernarbten Unterarme. Aber in dieser Sache war Erika gehemmt, denn welche Erwachsene machte noch ins Bett?

„Ich frage, weil ich einfach nur herausfinden möchte, woran das liegen könnte."

„Ich möchte meine Sachen nicht an Shirin und Yusuf abgeben. Dann bin ich erledigt, die werden mich nur noch auslachen und so."

„Wie, deine Sachen?"

„Die machen doch die Wäsche, oder?"

Ach, ja. Da war noch was. Die Aufgaben waren verteilt worden, und für schmutzige Wäsche waren ausgerechnet der Macho Yusuf und die Diva Shirin zuständig. Abgesehen vom zu erwartenden Gefluche, vollgepinkelte Wäsche reinigen zu müssen, konnte man sich nur vorstellen, was für ein Mobbing losgehen würde, wenn Miriam als die Bettnässerin der Gruppe bloßgestellt werden würde.

Und da kam die frierende, zitternde Erika gedanklich zu ihrem eigenen Problem zurück: Ihr eigenes Bett war auch besudelt. Auch sie war nicht scharf darauf, eine weitere Nacht in Urin zu schlafen.

So gab es keine Alternative für Erika, als sich mit Miriam zu verbünden und beide Betten so schnell und leise wie möglich wieder frisch zu bekommen, bevor einer merken würde, was passiert war.

„Okay", seufzte Erika mit stark bibbernden Lippen, „mich darfst du auch nicht auslachen, versprochen?"

„Wie?"

„Mir ist das Gleiche passiert."

„Was ist dir passiert?"

„Na, das Gleiche wie dir."

„Wie, du hast auch ins Bett gemacht?", fragte Miriam mit überraschter Miene.

„Nicht so laut", flüsterte Erika, „ich war bei dir auch leise. Also, noch schlafen alle. Aber ich schlage vor, dass wir schnell unsere Betten wechseln, bevor einer aufsteht. Und dann haben wir ein anderes Problem, ein echtes Problem zu lösen."

„Was denn?"

„Einer von uns ist verschwunden."

In den Schränken befanden sich Ersatzdecken, die benutzt werden konnten. Aber Ersatzmatratzen gab es nicht. Erika und Miriam schlichen sich leise, aber hektisch mit den Matratzen, der Bettwäsche und den Klamotten aus dem Haus und blockierten die Haustür mit einem Küchenmesser, das sie als Keil darunter schoben. Aus der Küche nahmen sie einen Schrubber und etwas Seife mit.

Sie trugen zu zweit alles zum Meer herunter, und spülten alles auf die altmodische Art gründlich durch, so schnell sie konnten. Meerwasser war zwar nicht einem Waschsalon gleich, aber durchaus besser als der Geruch von Urin. Es war aber immer noch fürchterlich kalt, und beide wollten fertig sein, bevor jemand wach wurde.

Zudem hatte Erika ein akutes Problem zu lösen.

Sie fragte sich während des hektischen Waschens durchgehend, wo Bjarne steckte. Was mit ihm passiert war. Ob sie denn nicht gerade komplett falsch handelte und schon längst irgendetwas Anderes hätte unternehmen müssen.

Aber was denn?

Erikas Stolz war dann doch so hoch, dass sie diese Blamage um so manchen Preis umgehen wollte.

Die Laken und Decken hängten sie mit zittrigen Fingern an die Wäscheleine zwischen Haus und Bauernhof. Die Matratzen stellten sie an eine Wand hoch, damit diese von der Sonne getrocknet wurden, die immer weiter aufstieg. Mit dem Wetter hatten sie großes Glück.

Erika merkte bereits in ihrem Hals, dass ihr Immunsystem sie für die heutige Badeaktion noch ordentlich bestrafen würde. Eine Verschleimung begann sich bemerkbar zu machen.

Noch komplett außer Puste, einigten sie sich beide darauf, der Gruppe zu erzählen, dass sie den muffigen Geruch der alten Matratzen loswerden wollten. Und dies war auch nicht ganz gelogen, denn in diesem Haus hatte alles einen altbackenen Geruch, wie man es vielleicht bei den eigenen Urgroßeltern kannte.

Nun war es an der Zeit, schnell die restliche Gruppe zu wecken, und sich um den Fall Bjarne zu kümmern.

Inzwischen konnten Erika und Miriam recht offen miteinander sprechen. Scheinbar hatte diese gemeinsame Aktion irgendein Vertrauensfundament zwischen ihnen gelegt.

„Was glaubst du, wo der Bjarne hin ist?", fragte Miriam.

„Ich weiß es nicht. Es gibt da eigentlich fast nur die Möglichkeit, dass er die Insel verlassen hat. Guck, da drüben. Das ist eine Nachbarhallig. Vielleicht ist er dorthin. Irgendeine Erklärung muss es geben. Ich glaube kaum, dass Katzenhaie an Land kommen, um Menschen abzugreifen."

Erika scherzte zwar, um die Stimmung heiter zu behalten. Aber innerlich war sie sehr besorgt. Und die intensiven Geräusche von letzter Nacht, über die sie nicht sprach, verfolgten sie, hallten in ihren Ohren.

Beide betraten das Haus und steckten das Messer wieder in die Küchenschublade. Erika bat Miriam, im

Wohnbereich einen kleinen Grundputz durchzuführen, während sich Erika um den Weckdienst kümmerte. An der Hoffnung klammernd, dass irgendwer anders hier mehr als sie wissen könnte, was den Verbleib von Bjarne anging, machte sie sich auf den Weg von Zimmertür zu Zimmertür. „Aufwachen. Guten Morgen. Wir müssen was besprechen, Leute", sagte Erika mit zitternder Stimme.

Dann kam sie zu ihrem eigenen Zimmer, wo Konstantin bereits dabei war, mit freiem Oberkörper Liegestützen zu machen.

„Was ist mit deinem Bett los?", fragte er.

Diese Frage wollte sie nicht beantworten. Zumindest nicht sofort oder ohne den größeren Zusammenhang, den sie vermutete. Und immerhin ging es jetzt nur noch darum, warum die Matratze fehlte, und nicht darum, warum sie denn voller Urin wäre.

„Ist jetzt nicht wichtig, Konstantin, wir haben ein Problem."

„Was für ein Problem?"

„Bjarne ist verschwunden!"

„Wie, verschwunden?"

„Der ist einfach weg! Ich hab meine Runde heute Morgen gedreht, und er ist nirgendwo zu finden!"

„Hast du auch im Meer nachgeschaut, oder warum bist du so nass?"

Erika stockte. Dann ging sie zu ihrem Kleiderschrank und holte sich frische Klamotten heraus.

„Na, das dürfte spannend für die Sendung werden", murmelte er außer Puste, und tupfte sich mit einem Handtuch den Schweiß von der Stirn. „Du hast auch wirklich überall nachgesehen, ja?"

Erika nahm Konstantin sein Handtuch weg und trocknete sich damit ab.

„Ja. Wenn wir keinen Keller oder Dachboden hier haben. Kannst du dich mal eben wegdrehen?"

Er drehte sich nicht weg, sondern blieb stehen, und sah sie nachdenklich an.

„Dein Ernst, Konstantin? Kannst du dich bitte wegdrehen?"

Konstantin war aber gedanklich woanders.

„Einen Keller haben wir nicht, aber einen Dachboden. Wir haben strikte Anweisungen vom Hausbesitzer bekommen, dass niemand, aber auch wirklich niemand dort einen Fuß reinsetzen soll. Zu unserem eigenen Schutz, das hatte er so formuliert."

„Und das kam euch nicht seltsam vor?"

„Na, bei dem alten Typen kam uns *alles* seltsam vor, aber wir sind hier in Deutschland, da denkt man dann nicht gleich an Verstecke für verschwundene Kinder, da denkt man an Ratten oder unstabile Böden oder sonst was, wenn er sagt, wir sollen da nicht hoch."

„Das ist ziemlich naiv von euch, Konstantin."

„Ja, danke. Vielleicht, aber ganz ehrlich, hast du selber ein Kruzifix oder so etwas mitgebracht, weil dir irgendetwas an der Beschreibung der Location verdächtig vorkam? Du bist doch so hypersensibel oder nicht?"

„Sag lieber nichts mehr, Konstantin."

Und der einst charmante Kerl, der Erika bei jeder Begegnung den Wind aus den Segeln genommen hatte, zerbröckelte vor ihren Augen immer mehr. Übrig blieb nur noch ein hilfloser Mann, dessen Team schlechte Recherche betrieben hatte, und der nun nicht in der Lage war, ihr und den Teenagern auch nur annähernd das Gefühl zu geben, dass sie sich keine Sorgen machen müssten.

Konstantin schloss die Tür zum „verbotenen Raum" auf, wo der Rechner und die Festplatten immer noch auf Hochtouren liefen. Er hatte seine Taschenlampe dabei.

„Pass auf, stolpere nicht über die Kabel", warnte er Erika, die inzwischen getrocknet und angezogen war, aber immer wieder schniefen und schnauben musste. Konstantin sah nach oben. An der Decke befand sich eine Luke, die er öffnete. Er zog die klapprige Holzleiter herunter, und eine kalte, staubige Brise streifte über die Gesichter von Erika und Konstantin.

„Hier kann er unmöglich reingekommen sein, aber man weiß ja nie. Wenn du überall geguckt hast, vielleicht ist er über eine undichte Stelle im Reetdach hier rein. Irgendeine Erklärung muss es geben."

Konstantin stieg die Leiter hinauf. Dabei dachte er permanent laut. „Wir müssen irgendeinen Weg zum Telefonieren finden. Die auf dem Festland sehen nicht das Material, sonst wären sie vielleicht schon längst auf dem Weg hierher. Fuck!"

Konstantin kam oben auf dem Dachboden an, sah sich in geduckter Haltung in diesem sperrigen, stickigen und teilweise vollgestellten Raum um. Hier und da alte Möbel, ein kaputtes Fahrrad, ein Schaukelpferd, und mehrere Kartons.

Dann blieb Konstantin stehen.

Eine Fliege sauste an seinem Gesicht vorbei, und ein gammeliger Gestank penetrierte seine Nase und löste fast einen Würgereiz aus.

„Großer Gott."

„Was ist?", fragte Erika alarmiert. „Hast du ihn gefunden?"

„Nein. Schlimmer", keuchte er entsetzt. „Wir müssen hier irgendwie weg. Schnell."

Erika begann die Leiter aufzusteigen.

„Konstantin, langsam machst du mir Angst. Was ist denn da oben?"

„Bleib weg, Erika! Komm nicht hier hoch!"

„Was soll das? Was hast du da gefunden?"

„Wir sind reingelegt worden! Irgendjemand will uns was ganz Schlimmes tun!"

„Was redest du da, Konstantin?"

„Komm nicht hoch! Ich muss mir was einfallen lassen! Wir müssen ein Feuer machen!"

„Konstantin, jetzt reicht's mir, ich bin nicht aus Zucker! Ich komme da jetzt hoch!"

Erika kam die Leiter hoch, und betrat den dunklen, beklemmenden Dachboden. mit den schrägen Wänden aus Reet und Holzbalken.

„Wie kommen Fliegen hier auf eine Hallig?", fragte sie sich, und ließ sich die Taschenlampe geben.

Dann hörte sie ein Knistern hinter einem Karton, und sah erschrocken hin.

Eine dicke, flauschige Ratte krabbelte dahinter hervor, lief davon und kuschelte sich zwischen einem tragenden

Holzbalken und dem Reet. Dies jagte Erika einen höllischen Schreck ein. Sie schnappte kurz nach Luft.

„Scheiße..."

Sie konnte Ratten nicht ausstehen, hatte regelrechte Panik vor ihnen.

„Verdammt..."

Eben hatte sie sich gefragt, wie denn Fliegen auf diese Insel kommen würden. Diese Frage kam ihr nun albern vor.

Als sie dann in die Ecke sah, kam ihr unkontrolliert ein bitter schmeckender Schwall von Magensäure aus dem Mund und den Nasenlöchern geschossen und spritzte auf den alten Holzboden. Eine penetrante, kalte Angst ergriff sie, und schnürte ihr die Luft ab, machte sie unfähig zu denken, unfähig zu handeln. Sie kämpfte hart dagegen an, nicht in totale Panik zu geraten. Ihre Atmung zu kontrollieren.

Und der Gedanke an eine Ratte auf dem Dachboden – und ja, sie fürchtete Ratten – war im Nu verflogen und vergessen. Das, was sie jetzt zu Gesicht bekam, hätte sie gegen hundert Ratten eingetauscht.

Das hier überstieg alles. Das hier war diabolisch.

„Was zum Teufel...?"

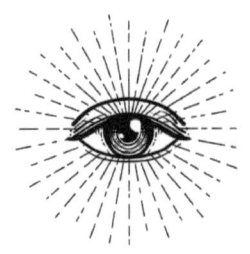

An der Wand war mit alter weißer Farbe ein großes eingekreistes Pentagramm gezeichnet. Dazu Schriftzüge, die Erika nicht entziffern konnte. Auf dem Boden standen etliche Kerzen, alle unterschiedlich lang, einige längst auf dem Boden zerflossen. Keine der Kerzen brannte.

Hinter den Kerzen befand sich ein mit alten Seilen zusammengeknotetes Gestell aus dicken Ästen und Stroh, das die Gestalt eines achtarmigen Gottes hatte. Oben an seiner Spitze ruhte ein abgetrennter Ziegenkopf, der längst am Vermodern war. Die langen, spitzen Hörner erinnerten an eine Teufelsgestalt. Die Augen im Ziegenkopf waren milchig weiß, und in ihren Höhlen längst vertrocknet. Das Zahnfleisch war ledrig und trocken, das Fell verfilzt. Ein Fest für die Fliegen, die durch den Raum sausten.

Der Anblick ähnelte einigen okkultistischen Zeichnungen von Baphomet, die Erika in ihrer Vergangenheit irgendwo flüchtig gesehen hatte. Baphomet, der Teufel mit dem Ziegenkopf.

Bei genauerem Hinsehen, nachdem der erste Schock vorübergezogen war, konnte Erika feststellen, dass die vielen Extremitäten dieses bösartigen Bildnisses mit echten abgetrennten menschlichen Gliedmaßen dargestellt worden waren, längst vertrocknet und verwest, an die dicken Zweige gebunden. Die Finger- und Fußnägel waren lang und krumm, die Haut runzelig und dunkel.

Unter diesem verstörenden Schrein lagen Totenschädel, an denen teilweise trockene Fleischfetzen hingen. Um die furchterregende Gestalt herum waren mehrere Lufterfrischer aufgestellt, die den Gestank der verwesenden Körperteile übertönen sollten. Dieser Gestank hatte aber seinen Zenit überschritten, und man roch nur noch süßliche „Reste" der Verwesung.

„Was ist das, Konstantin? Was geht hier vor sich?"

„Ich weiß es nicht! Ich weiß es wirklich nicht!"

„Verkauf mich nicht für dumm, Konstantin, habt ihr denn gar keine Recherche vorweg betrieben, was das hier für eine Insel ist? Habt ihr euch diesen alten Mann nicht genauer angeguckt?"

„Erika, wir sind hier nicht in New Orleans, wo jeder Nachbar irgendwelche selbstbebauten Schreine aus abgehackten Gliedmaßen hat und Teufelsanbetung macht!"

„Anscheinend sind wir es doch! Hat dieser alte Typ nicht genau das gesagt, dass der Teufel regelmäßig herkommt? Bitte, da hast du es! Guck dir das an! Und wir Vollidioten übernachten hier draußen, von der Außenwelt abgekappt, unter einem Dach mit abgetrennten Körperteilen! Kein Telefon, nichts! Wir warten hier auf den sicheren Tod!"

Erika musste aufhören zu sprechen, da sich ihr Magen wieder meldete. Sie stieß mehrfach auf, und würgte eine schaumige Strähne Flüssigkeit heraus.

„Mein Mann... Meine Tochter..."

rika musste an Uwe und Bianca denken. Sie fragte sich, ob sie ihre Familie je wiedersehen würde. Jede Zelle ihres Körpers sagte ihr, dass sie hier nicht sein sollte. Dass sie so schnell wie möglich fliehen sollte.

Aber wohin? Und wie?

„Seid ihr Hoschis hier drin?", rief dann die Stimme von Yusuf von unten.

Alarmiert sahen Konstantin und Erika sich an. Das hier sollte keiner der Jugendlichen sehen.

„Dieser Raum ist tabu, Yusuf", rief Konstantin, und ging schnell zur Dachbodenluke. „Kümmert euch bitte um eure Aufgaben, und wir kommen gleich zu euch."

„Fickt ihr da oben rum oder was?"

„Das geht dich nichts an, und nein!"

„Das riecht hier komisch."

„Tote Ratte."

„Sicher, dass das kein toter Mensch ist, Doktor Allwissend?"

„Yusuf, du störst gerade. Bitte mach Wäsche und Abwasch mit Shirin. Wir sind gleich bei euch."

„Wir haben gerade nichts zu waschen, die chillen alle rum", antwortete Yusuf, „und Miriam beschwert sich, weil Bjarne nicht da ist. Sie muss alleine putzen und decken und so."

„Danke für den Bericht, Yusuf, hilf du ihr dann bitte mal, wenn du gerade eh nichts zu tun hast. Wir kommen gleich."

Aber Yusuf war wie eine lästige Fliege, die nicht weggehen wollte. Erika hielt sich schweigend die Hand vor den Mund, und hielt ihren Blick fern von der Ecke des Dachbodens, wo das reine Böse zur Schau gestellt war.

Erika zitterte, ihr Magen war flau. Was jetzt?

„Digga, das ist unfair. Ihr habt die Scheiße doch eingeteilt, Mann! Wo ist dieser Spasti überhaupt? Warum soll ich jetzt seine Arbeit machen?"

Erika kam zur Dachbodenluke marschiert und mischte sich lautstark ein: „Yusuf, hast du was mit deinen Ohren? Er sagte, wir kommen gleich! Mach das, worum wir dich bitten, und Bjarne kann dann liebend gern deinen Part übernehmen!"

Yusuf schreckte leicht zurück. Dann fragte er erneut, wo sich Bjarne gerade befand.

„Bis gleich, Yusuf! Machst du bitte beim Rausgehen die Tür zu?"

„Alle oder gar keiner, ihr Pisser! Regel Nummer 7! Und Regel Nummer 7 trifft auch zu bei Regel Nummer 4, nämlich, dass das Zimmer tabu ist! Ihr seid fucking Heuchler!"

Erika gab Yusuf von oben aus der Luke einen scharfen Blick. Dieser gab nach und ging wieder.

„Ich sag's nur. Ich mach jetzt gar nichts, ich chille mein Leben, ihr Fotzen. Versucht, mich aufzuhalten."

Yusuf schloss die Tür. Draußen auf dem Flur konnte man ihn laut rufen hören: „Anarchie! Wir chillen jetzt! Die reden nur Scheiße, die zwei Motherfucker!"

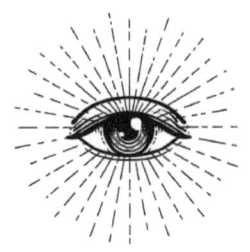

S tille kehrte ein.

Konstantin und Erika sahen sich an.

„Komm, lass uns hier runter", sagte er niederge-
schlagen, und stieg die Leiter hinab. Sie folgte, er half
ihr dabei.

Er schob die Leiter wieder hoch, ließ sie einrasten, und
schloss die Luke. Dann dachte er nach, und sah auf den
Rechner und die aktiven Festplatten. Aufgewühlt. Ratlos.
Wütend.

Dann brannte ihm in aller Plötzlichkeit eine Sichrerung
durch. Er riss dann sämtliche Kabel aus ihren Anschlüssen,
kickte die Festplatten um, fegte den Monitor vom Tisch. Er
ließ seiner angestauten Wut freien Lauf, setzte sie in rohe
Gewalt um. Nichts war vor ihm sicher.

Erika erschrak und zuckte bei diesem Anblick eines
erwachsenen Mannes, der komplett die Beherrschung
verlor. Und plötzlich wurde sie in die Rolle des „starken
Glieds" gedrängt. Sie konnte nicht mehr die Schwache sein,
sie musste Konstantin wieder zur Gesinnung bringen, bevor
nun alles auseinander fallen würde.

„Was machst du da? Konstantin! Hör auf!"

„Wir sind hier reingelegt worden!"

„Das ist doch alles *deine* Show!"

„Ich habe hiermit nichts zu tun! Ich werde nicht zulassen, dass wir hier alle nach und nach vor laufenden
Kameras draufgehen!"

Er trampelte außer sich auf der Technik herum,
zerstörte alles. Erika war nicht stark genug, um diesen
Schrank von Mann aufzuhalten. Also versuchte sie es gar
nicht erst mit Handgriffen, sondern nur mit Worten.

„Konstantin! Das ist technisch gesehen Beweismaterial!

Vielleicht finden sich darauf die Antworten! Bjarne ist verschwunden! Irgendjemand oder irgendetwas ist mit uns auf dieser Insel, und wir müssen herausfinden, was hier vor sich geht!"

„Wir müssen hier weg! Einfach nur weg!"

„Wir sind in der Pflicht, Bjarne zu finden! Wir haben gegenüber ihm, gegenüber seinen Eltern eine Verantwortung! Nun komm runter, wir müssen klar denken!"

„Wir sind am Arsch!"

„Konstantin, nun reiß dich zusammen und verhalte dich wie ein Mann! Die ganze Nummer hier, die geht auf dich! Ich kann das sicher nicht gebrauchen, dass du mir jetzt komplett durchdrehst, und das sage ich dir gerade mit dem Geschmack meiner eigenen Kotze im Mund!"

Damit erreichte Erika, dass Konstantin wieder ruhiger wurde. Er atmete schwer und versuchte klar zu denken.

„Also", leitete Erika ein, „erst einmal ist Bjarne verschwunden. Und die gute Nachricht ist, dass noch nichts dafür spricht, dass ihm was zugestoßen ist. Da oben gibt es keine Spur von ihm, die Körperteile da oben sind viel zu alt. Immerhin."

„Das sind ja mal gute Nachrichten", scherzte Konstantin sarkastisch.

Erika blieb auf Kurs: „Ich habe heute gesehen, dass in der Nähe eine weitere Hallig ist. Kennst du die?"

„Die ist unbewohnt. Ich war da nie drauf."

„Okay. Also, hier auf dieser Insel ist Bjarne nirgends zu finden. Ich habe alles abgesucht. Das heißt, entweder ist er heute Nacht von irgendeinem Schiff abgeholt worden, oder im Meer verschollen, oder er ist auf dieser anderen Insel."

Für einen Augenblick dachte Konstantin an seine kürzlich gemachte Entdeckung im mit Strandhafer bewachsenen Sand. Gab es einen Zusammenhang zwischen dem merkwürdigen Knochen im Sand, den Körperteilen auf dem Dachboden und dem Verschwinden von Bjarne?

Vielleicht war Bjarne von irgendwem begraben worden. Vielleicht war so etwas öfter vorgekommen.

Wo waren eigentlich die Körper zu den ganzen Köpfen, Händen und Füßen, die soeben auf dem Dachboden entdeckt worden waren?

„Was ist?", fragte Erika. „Was überlegst du?"

„Ich hab gestern mit Yusuf im Sand einen Knochen gefunden. Ich war mir nicht sicher, was es zu bedeuten hatte."

Erika war zunehmend alarmiert.

„Wo hast du bitte einen Knochen gefunden?"

„Na, da draußen."

„Und wo ist der jetzt?"

„Der liegt da noch."

„Konstantin! Du hast mir davon nichts erzählt!"

„Ich hielt es nicht für eine wichtige Schlagzeile! Immerhin werden hier auch Tiere gehalten!"

Und plötzlich war die lästige Stimme von Yusuf durch die Tür zu hören: „Das ist nicht wahr, Doktor Allwissend! Du hast gesagt, das sieht aus wie ein Menschenknochen!"

Konstantin traute seinen Ohren nicht.

Aber Erika auch nicht, aus anderem Grund.

Konstantin öffnete die Tür. Yusuf stand dahinter, und hatte alles mitgehört, nachdem aus der Tür lautes Gepolter zu hören gewesen war. Aber nicht nur er stand da. Shirin war ebenso bei ihm, und völlig fassungslos über das, was sie gehört hatte.

„Alter, hast du eure ganze Technik geschrottet?", fragte Yusuf. „Dann sind wir jetzt komplett offline oder wie?"

„Wir waren nie online", antwortete Erika, „die

Aufnahmen wurden nur hier gespeichert, und die sind bestimmt noch intakt."

„Was für Körperteile?", fragte Yusuf.

„Wie, Körperteile?"

„Ihr habt von Körperteilen auf dem Dachboden geredet! Ich hab's durch die Tür gehört!"

Shirin fragte nun nach Bjarne. Was hier vor sich ging. Erika und Konstantin kamen kaum zu Wort.

Erika hob die Stimme: „So, jetzt reicht's! Schluss mit diesem Theater! Wir treffen uns alle da unten im Wohnbereich! Ja, wir haben hier ein paar Probleme, und wir müssen gemeinsam eine Lösung finden! Und ganz wichtig: Wir dürfen jetzt nicht den Kopf verlieren!"

„Tolles Wortspiel", motzte Yusuf.

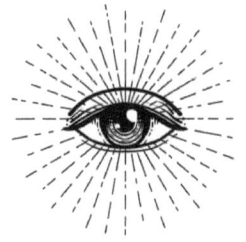

Im Essbereich versammelten sich alle fünf verbliebenen Jugendlichen mit Erika und Konstantin, alle unter der Aufsicht des alten Mannes im Ölporträt. Yusuf riss dieses endlich respektlos von der Wand und schmiss es auf den Boden. Niemand hielt ihn auf.

Erika kochte einen Wassertopf auf dem Gasherd, um sich einen heißen Kamillentee zu machen, und übernahm dabei die Führung: „Also, ich werde nichts schönreden. Was ich euch jetzt erzähle, das übersteigt komplett dieses Fernsehformat, wir haben damit nichts zu tun. Davon abgesehen, werden wir nicht mehr gefilmt. Wir haben ein Problem, und wir sollten zusammenhalten, damit wir eine Lösung finden. Um auf den Punkt zu kommen: Bjarne ist spurlos verschwunden. Ich habe alles abgesucht, und ihn nicht gefunden. Er hat sich regelrecht in Luft aufgelöst."

Worüber Erika nicht sprach, war das Grauen, das sie in der Nacht gehört hatte. Das Klopfen, die undefinierbaren fleischigen Geräusche. Sie hielt es für das Beste, den Teenagern nicht noch mehr Angst zu machen, als sie ohnehin hatten. Und sie wollte ungern darüber sprechen, dass sie ihr Bett eingenässt hatte, und nicht hatte aufstehen können, um Bjarne von der Haustür fernzuhalten.

Die Teenager sahen sich alle gegenseitig an. Besonders Dunja hatte Panik in den Augen. Miriam war überraschend gefasst, obwohl sie auf den ersten Blick wie das schwächste Glied der Kette aussah.

„Wir haben noch nicht alle Optionen gecheckt. Eine Möglichkeit ist nämlich die benachbarte Hallig, die ihr vielleicht heute da draußen gesehen habt. Vielleicht ist er abgehauen, weil er wütend war. Das wissen wir nicht so genau."

„Vielleicht wurde er von irgendwem abgegriffen", mutmaßte Yusuf.

„Von wem das denn, du Genie?", motzte Guido.

Dies wäre womöglich für Erika der Moment gewesen, über die Geräusche von letzter Nacht zu sprechen. Aber sie behielt es für sich, und blieb bei der Problemlösung. Denn schließlich hatte das Phänomen des Klopfens bereits im Schlafzimmer ihrer Großstadtwohnung begonnen, und die Möglichkeit war immer noch vorhanden, dass sie sich alles eingebildet hatte. Auch die Geräusche von letzter Nacht.

„Also, wir sollten, einfach um es auch abgehakt zu haben, diese Nachbarhallig nach Bjarne absuchen. Vielleicht finden wir was, und wir sollten irgendwie auf uns aufmerksam machen. Die Idee mit einem Feuer, Konstantin, ist gar nicht so schlecht. Da draußen fahren ja Schiffe vorbei. Wir brauchen Hilfe, und wir sollten schnell von hier verschwinden."

„Was war auf dem Dachboden, ihr Lügner?", fragte Guido trocken.

Eine Pause entstand. Alle Blicke wanderten zu Erika und Konstantin.

Erika stockte, während sie ihre Teetasse mit heißem Wasser auffüllte. Wie antwortete man?

„Ich... Ich halte es für besser, wenn wir erst mal darüber nicht sprechen."

Dies machte nur neugieriger. Dunja begann wieder durchzudrehen.

„Guckt euch Dunja an, Leute", sagte Erika, „ich habe gerade aufgezählt, was jetzt wichtig ist. Ihr braucht nicht alle Informationen. Und glaubt mir, ihr *wollt* sie auch nicht. Panik nützt gerade niemandem etwas."

„Sind da Leichen?", fragte Guido.

„Nein, sie sagten ‚Körperteile'. Das hab ich genau gehört", antwortete Yusuf skrupellos.

„Was, Körperteile? Von Menschen?", fragte Dunja.

Ehe Erika sie beruhigen, oder überhaupt antworten konnte, begann Dunja ungläubig den Kopf zu schütteln und zunehmend auszuflippen.

„Oh mein Gott, ich muss hier raus!"

„Nun guck, was du hier anrichtest", sagte Erika zu Yusuf, und zeigte dabei auf Dunja.

„Jetzt bin *ich* der, der hier was anrichtet? Ihr seid hier schuld an allem, ihr Wichser!"

Dunja sprang hyperventilierend auf, rannte zur Haustür und riss sie auf.

„Dunja! Warte!"

Dunja taumelte schreiend aus dem Haus, durchs hohe Gras und Richtung Brandung hinab. Konstantin rannte ihr schnell hinterher.

„Wo willst du hin?"

„Nach Hause!"

„Sei nicht albern, Dunja, du kannst nicht nach Hause schwimmen! Komm zurück, dir wird nichts passieren! Wir passen aufeinander auf!"

„Lass mich in Ruhe!"

Dunja rannte ins kalte Wasser, das ihre Füße angriff wie tausend Nadelspitzen. Konstantin erreichte sie und packte sie am Arm.

„Lass mich los! Lass mich los!"

„Shh, Dunja, komm her. Beruhige dich doch. Ich tue dir nichts. Ich habe auch Angst."

Dunja war zu schwach, um sich vom Griff des gut gebauten Mannes zu lösen. Sie schlug ihm mehrfach auf die Brust, und er steckte es ohne Probleme weg. Er zog sie zu sich heran und umarmte sie, streichelte ihren Hinterkopf, wie ein Vater.

Dunja begann bitterlich zu weinen.

„Warum passiert das alles nur?"

„Shh, wir werden eine Lösung finden. Das verspreche ich dir. Beruhige dich."

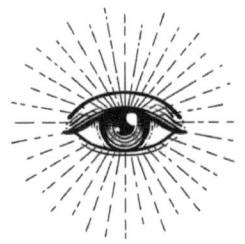

Konstantin brachte Dunja zurück zum Haus, wo Erika bereits zwei Handtücher für sie bereithielt. Sie bat Miriam dann, zu Dunjas Schrank zu gehen und frische Strümpfe, Wechselschuhe und eine neue Hose für Dunja zu holen, deren Füße. Miriam gehorchte sofort und ging nach nebenan in ihr Zimmer.

„Yusuf, gehst du bitte in unser Zimmer und holst auch das Gleiche für Konstantin bitte? Der linke Schrank."

Yusuf nickte und ging nach oben.

In diesem Moment musste Erika für einen Augenblick darüber nachdenken, dass ironischerweise trotz – oder gerade aufgrund – der aktuellen Notsituation eine deutliche Verbesserung des Verhaltens bei allen Teenagern erkennbar war. Die Zickereien wurden weniger, der Widerstand wurde weniger. Und dabei war zu vermuten, dass gar keine Kameras mehr liefen, da Konstantin die Technik zerstört hatte. Der Sinn und Zweck der ganzen Aktion schien erreicht zu werden, und kein Publikum würde es zu sehen bekommen.

Einzige Ausnahme war Guido, der immer noch aneckte, immer wieder. Er konnte immer noch nicht ausstehen, zusammen mit Yusuf in dieser Lage zu sein. Er hasste alle und alles.

Konstantin und Dunja zogen sich ihre trockene Wechselkleidung an, und Erika übernahm weiterhin die Führung.

„So, wir behalten jetzt hier alle einen kühlen Kopf und denken gemeinsam nach", sagte Erika. „Also, ich denke, wir sollten spätestens gegen Sonnenuntergang ein fettes Feuer machen, damit man da draußen auf uns aufmerksam gemacht wird. Und ich würde es nicht hier auf dieser Insel machen, sondern auf der anderen nebenan."

„Wieso?", fragte Yusuf, entgeistert.

„Erstens: Weil wir eh dort nach Bjarne suchen sollten. Und zweitens: Weil wir nicht allein auf einer Insel mit einem großen Feuer sein wollen."

„Kann man da einfach rüber?", fragte eine entgeisterte Shirin. Dabei gingen die Blicke zu Konstantin, der sich mit diesem Thema besser auskannte.

„Die Gezeiten sind schwierig. Wir müssen bei Ebbe rüber, das dauert noch ein paar Stunden."

„Was willst du da drüben denn anzünden?", fragte Yusuf. „Das feuchte Gras?"

„Jeder von uns muss etwas Brennholz mitnehmen", sagte Erika und trank einen Schluck Kamillentee, um gegen ihre Erkältung anzukämpfen, die sich immer mehr anbahnte.

„Boah, was für ein Aufriss", beschwerte sich Yusuf, „das wird doch ewig dauern, bis man da ein riesiges Feuer hat. Ihr könnt nicht nur Holz nehmen."

„Ihr müsst auch Bücher zum Anzünden nehmen", seufzte Guido zynisch. „Der Türke kommt nicht auf sowas."

Irgendwie berechenbar, dass ausgerechnet der Neonazi auf diese Idee gekommen war, aber er hatte in seiner

Apathie recht. Denn sie hatten keinen Grillanzünder vor Ort, kein Benzin, gar nichts.

Dann wurden einige kreativ und schlugen auch Kissen vor. Bettdecken. Stroh aus dem Ziegenstall. Die Ölgemälde an den Wänden, allen voran das Porträt des Hausbesitzers, das auf dem Bodenteppich im Wohnbereich lag.

So gingen alle sammeln. Die Stimmung war im Keller. Man wollte hier schnellstmöglich weg.

Das Brennholz, einige Wolldecken aus den Schränken und Kissen, sowie die Bücher, die in den Regalen des Wohnbereichs gefunden werden konnten, wurden in die sechs wasserdichten Plastikbeutel geladen, mit denen die Jugendlichen vorgestern ihre privaten Klamotten und Kulturbeutel auf diese Hallig geschleppt hatten. Einige Gemälde wurden von den Wänden gerissen. Alles wurde im Wohnbereich zu einem Haufen angesammelt.

Yusuf bekannte sich dazu, dass er viel lieber das Haus einfach angezündet hätte. „Diese verfuckte Bude würde bestimmt gut in Flammen aufgehen, das Strohdach und alles."

„Bist du bescheuert?", motzte Shirin.

„Wir wissen nicht, wie lange es dauert, bis einer kommt", sagte Konstantin. „Bis dahin sollten wir ein Dach überm Kopf behalten."

„Wickelt das Holz in die Decken ein, damit die scharfen Ecken nicht die Tüten zum Reißen bringen", wies Erika an.

„Die Bücher reichen nicht", merkte Konstantin beim Ausräumen der Bücher an. „Wir sollten mehr Papier mitnehmen."

„Der alte, perverse Wichser war wohl keine Leseratte", motzte Yusuf.

Konstantin blieb stehen und dachte darüber nach, dass sich auf dem Dachboden unter anderem mehrere Kartons befanden. Dies teilte er Erika mit, aber beide waren sich einig, dass sie nicht einmal annähernd in die Nähe des Dachbodens kommen wollten.

„Ich mach das", sagte Yusuf. „Mich schrecken ein paar abgehackte Flossen nicht ab."

Angesichts der Tatsache, dass die Rettung der ganzen Gruppe davon abhing, ob sie es wirklich schaffen würde, ein von weitem deutlich erkennbares Feuer zu machen. Und ohne Spiritus oder Benzin musste man alles benutzen, was gut brennbar war.

„Lass mal", antwortete Konstantin. „Lass mich das machen."

Konstantin wickelte sich ein Unterhemd um seinen Mundbereich und öffnete im kleinen „verbotenen Zimmer" die Luke zum Dachboden. Die Treppe zog er herunter, dann ging er zaghaft nach oben.

In der Ecke stand die unheimliche, spinnenartige Gestalt der Ziege mit menschlichen Händen und starrte zu Konstantin. Er mied jeden Blickkontakt zu dieser dämonischen Gestalt, und versuchte sich auf seine Aufgabe zu konzentrieren. Fliegen griffen ihn an, immer wieder. Er wedelte sie genervt weg, fluchte gereizt und angespannt. Konstantin öffnete einen Karton und schaute hinein. Hier fand er etliche Postkarten, mit Grußworten handgeschrieben und frankiert. Ebenso unzählige Bündel von Bildern. Alte Schwarzweiß-Fotos vom Haus auf der Hallig, von Familien aus den 30er Jahren. Und verblasste Farbfotos aus den 70ern und 80ern. Die jahrzehntelange Pflege und Liebe dieses Grundstücks. Aber wer waren die vielen verschiedenen Menschen auf den Bildern? Längst verstorbene Verwandte des alten Mannes? Besucher? Touristen? Oder etwa Störenfriede, die er vielleicht als Bedrohung empfunden hatte?

Konstantin wurde stutzig. Sollte man dies alles verbrennen? Vielleicht war Beweismaterial dabei. Vielleicht waren Antworten dabei, wer diese offensichtlich ermordeten Menschen waren, deren Körperteile nur wenige Meter von Konstantin entfernt vor sich hin gammelten.

Konstantin warf nichtsdestotrotz den Karton durch die Luke herunter in den ersten Stock.

Dann öffnete er den nächsten Karton. Hierin befanden sich alte, vergilbte Zeitungen. Und Bücher über Hexerei, Alchemie, und über Satan. Eine Thora, ein Koran, eine Bibel. Der alte Mann schien belesen, und interessiert an Religion.

Konstantin warf den Karton herunter.

Einen dritten öffnete er. Hierin befanden sich alte Kleider. Diesen Karton nahm er ebenfalls mit.

Es gab noch weitere Kartons, aber sie enthielten nicht allzu brennbare Gegenstände. So kletterte Konstantin schnell die Leiter wieder herunter und schloss die Luke zu diesem von Unheil besudelten Ort zu.

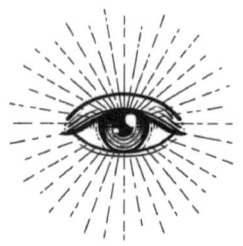

A m frühen Nachmittag, nachdem sich die Gruppe mit einigen Fertiggerichten gestärkt hatte, war es an der Zeit, um zur Nachbarhallig aufzubrechen. Erika war selbstverständlich nicht besonders begeistert, wieder einmal ins Wasser zu steigen. Denn sie merkte, dass ihre Körpertemperatur immer wieder schwankte, und ihre Nase immer mehr lief.

Die Sonne schien, der Nebel klarte auf. Es war zwar kein warmer Tag, aber ein durchaus schöner. Nur konnte ihn keiner genießen, da es nur ein Ziel gab: schnell von diesem verfluchten Ort zu verschwinden.

Die Gruppe watete, in den roten Fischeranzügen bekleidet, durch das seichte Wasser Richtung Nachbarhallig. Es war ein langer, zäher Fußmarsch durch das kalte Wasser. Alle trugen die Plastikbeutel bei sich, die mit dem brennbaren Material gefüllt waren. Konstantin trug die Streichhölzer bei sich, die er vom Kamin mitgenommen hatte.

Dunja weinte wieder einmal. Erika suchte ihre Nähe, und gab sich beste Mühe, sie zu trösten. Aber Dunja wollte keinen Trost von Erika. Für sie waren Erika und der „große Muskelmann" die Übeltäter, die Geiselnehmer.

„Gibt es hier Haie?", fragte Shirin.

„Wie schon mal gesagt, höchstens Katzenhaie", antwortete Erika. „Und vor Quallen oder so etwas braucht ihr auch keine Angst zu haben. Ihr seid in diesen Anzügen ziemlich gut geschützt."

Konstantin war besonders nachdenklich. Erika gesellte sich zu ihm, beide wanderten nebeneinander weiter. Das Wasser war zuerst knietief, in der Mitte zwischen beiden Inseln stand es einem sogar bis zu den Hüften.

„Wir müssen uns beeilen", sagte Konstantin nachdenklich, „bei Ebbe kommen wir hier gut rüber. Aber wenn die Flut kommt, sitzen wir auf der anderen Hallig fest. Das Wasser wird zu tief sein, und die Strömung wird uns alle wegreißen. Bei Sturmflut sind wir sogar komplett unter Wasser."

„Wie viel Zeit haben wir, bis wir zum Haus zurück sollten?", fragte eine erschöpfte Erika, die sich inzwischen nach ihrem trockenen Bett in der Großstadt sehnte, und gerade an fast nichts Anderes mehr denken konnte.

Konstantin pustete nachdenklich und betreten.

„Puh. Stunde max."

„Dann sollten wir uns beeilen. Wir wollen nicht auf dieser kleinen Insel da festsitzen."

„Ich überlege gerade, was da oben passiert war", teilte ein nachdenklicher Konstantin Erika mit. „Ich denke gerade daran, dass der Hausbesitzer gesagt haben soll, dass der Teufel regelmäßig diese Hallig aufsucht."

„Und was ist dein Gedanke?"

„Na ja, ich versuche mir das zu erklären, was wir da oben entdeckt haben. Kennst du dich damit aus?"

„Wieso sollte ich?"

„Du bist doch bibelfest, oder nicht?"

„Das da hat nichts mit der Bibel zu tun. Ich bin Christin, nicht Satanistin. Das sah nach irgendeinem okkulten Ritual aus."

„Und mit Okkultismus kennst du dich nicht aus?"

„Wie gesagt. Nein", antwortete sie, und fügte nach einem Augenblick hinzu: „Nein, danke."

„Na ja, ich gehe gerade die Optionen durch. Am plausibelsten wäre es anzunehmen, dass der alte Mann, dem das Grundstück gehört, selber dahintersteckt. Natürlich kann es auch irgendeiner seiner Besucher gewesen sein. Aber das hätte er dann sicher entdeckt und gemeldet."

„War das nicht eine Klausel, dass der Dachboden für alle tabu war?", erinnerte sich Erika. „Zu unserem eigenen Schutz, oder wie hieß das gleich?"

„Das ist richtig. Und wie gesagt, es scheint mir am schlüssigsten, dass er selber das Zeug da oben angerichtet hat. Ich frage mich nur, warum."

„Er sagte doch, dass das Haus verflucht ist. Dass der Teufel regelmäßig die Hallig besucht", antwortete Erika. „Vielleicht feiert er das, vielleicht betet er ihn an. Weil er hier draußen so einsam ist, was auch immer."

„Oder aber er versucht ihn fernzuhalten", entgegnete Konstantin. „Ich hab zwar von all dem Zeug noch weniger Ahnung als du, aber ich glaube, es gibt einen Unterschied zwischen dem Pentagramm, das richtig herum gezeichnet ist, und dem, das über Kopf gezeichnet ist. Der Stern an der Wand auf dem Dachboden war richtig herum."

„Na, und?"

„Ich kann mich vage daran erinnern, irgendwo gehört zu haben, dass das nicht umgedrehte Pentagramm eher vor bösen Mächten *schützen* soll, als sie herbeizurufen."

„Also hat der alte Mann versucht, den Teufel fernzuhalten, indem er irgendwelchen Leuten Körperteile abhackt und so eine Statue baut?"

„Vielleicht."

Erika dachte nach. Wer war denn wirklich die böse Person, die angeblich regelmäßig die Insel aufsuchte? War der alte Mann nicht einfach wahnhaft? Schließlich war derjenige böse, der böse Dinge tat. Und irgendwelche Menschen zu verstümmeln, das war zweifelsohne böse, wie es im Buche steht.

Viele Fragen blieben offen. Wer übergab bitte bei gesundem Versand einem Filmteam ein Haus mit so einer Monstrosität auf dem Dachboden?

Hatte der alte Mann gar keine Angst, dass diese perverse Statue aus Pflanze, Tier und Mensch von irgendwem entdeckt werden würde?

Oder war er vielleicht sogar zuversichtlich, *dass* diese Statue entdeckt werden würde?

Dass die Entdecker vielleicht nie wieder das Festland zu sehen bekommen würden?

War die Entdeckung dieser Statue vielleicht sogar die Absicht des alten Hausbesitzers?

Erika sah grübelnd zu Konstantin und fragte: „Wie kann es eigentlich angehen, dass der Typ überhaupt Leute hier draußen tötet, und nichts davon geht an die Polizei oder die Medien? Der Mann rennt schließlich frei herum. Wieso hört man denn gar nichts von irgendwelchen vermissten Personen?"

„Na ja, das stimmt nicht ganz, Erika, man hört hier oben ständig davon. Das ist die Nordsee. Eines der wrackreichsten Gewässer der Welt. Die Gezeiten sind skrupellos, ständig geht jemand verloren. Das ist nichts Neues."

„Na toll. Das macht Mut."

„Wir werden nicht verloren gehen, Erika. Wir schaffen

das. Und dieser ganze Fall wird in Ruhe auf dem Festland aufgeklärt werden. Der Mann ist sicher dort auffindbar, und er wird zur Rechenschaft gezogen werden. Dafür werden wir sorgen."

„Ich hoffe, du hast recht."

Noch während sie sprach, lief ein kalter Schauer über ihren Rücken. Sie blieb stehen. Konstantin bemerkte es.

„Was ist?"

Erika drehte sich um und sah zur Hallig, von der sie kamen. Die weite, bewachsene Fläche, die kleinen Ställe, die Wäscheleine, das große Reetdachhaus.

Sie spürte – wieder einmal – eine unheimliche Präsenz. Als würde jemand auf der Insel stehen, ihnen nachsehen und mit blutrünstigen Absichten auf die Gruppe warten. Sich die Finger lecken. Sich bedeckt halten.

„Erika, was ist los?", fragte Konstantin, und stupste sie dabei an. „Ist alles in Ordnung?"

„Nein."

„Nein? Was hast du denn?"

„Wir sind nicht allein auf dieser Hallig."

„Wegen dem Huhn? Dem Telefon? Glaubst du, dass jemand Bjarne etwas angetan hat?"

„Ich spüre, dass wir nicht allein sind."

Konstantin hob die Augenbrauen.

„Du spürst es?"

„Ja."

„Wie spürst du es denn?"

„Ich weiß es nicht. Ich spüre es einfach. Im ganzen Körper. Als würde alles in mir verrücktspielen, weil irgendetwas Böses in unsere Nähe kommt, was hier nichts zu suchen hat."

„Denkst du dabei an den Hausbesitzer? Ist er vielleicht hier und will uns in den Wahnsinn treiben?"

„Ich bin mir da nicht so sicher. Vielleicht will er dieses
Wesen vertreiben. Vielleicht ist er es nicht selbst. Vielleicht
war er das nicht einmal mit den Köpfen. Wir wissen das
alles nicht."

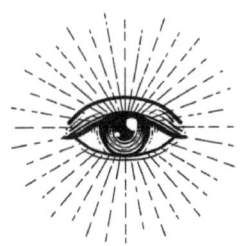

rika und die Anderen hatten eiskalte Füße. Trotz
der Gummistiefel und Fischeranzüge waren
einige Strümpfe nass. Es war der Inbegriff der
Ungemütlichkeit, und Erikas Körpertemperatur schwankte
immer heftiger. Ihre Nase lief, ihr Hals schmerzte
immer mehr.

Die Gruppe erreichte allmählich die Nachbarhallig
und stieg hoch auf die bewachsenen Dünen dieser Marsch-
insel, die noch überschaubarer war als die andere.

In der Mitte der Hallig wurde ein Haufen gebildet.
Alles wurde aus den Tüten gekippt, und Konstantin arran-
gierte eine Art Tipi aus den Gemälden, dazwischen befand
sich das Brennholz, in Decken eingewickelt. Mit Yusuf
zerriss er die Bücher und zerknüllte das Papier. Dieses
schmissen sie auf den Haufen. Guido sah mit
verschränkten Armen zu, half aber nicht mit.

Konstantin zündete ein Streichholz an, aber dieses wurde von einer Windböe wieder gelöscht.

„Verflixt."

Konstantin zündete ein neues an und hielt ein zerknülltes Papierblatt über die kleine Flamme. Das Blatt fing allmählich Feuer. Vorsichtig legte er das Blatt unter die Gemälde, die senkrecht aneinander gelehnt worden waren. „Komm schon. Komm schon." Die Flamme kämpfte gegen feuchte Luft und vernichtende Brisen. Konstantin pustete zart aufs kleine Feuer und hoffte, es langsam in Gang zu bringen, aber es war zäh.

„Durchsucht alles", sagte Erika währenddessen zu den fünf Jugendlichen. „Wenn ihr irgendeine Spur findet, sagt Bescheid. Ein Kleidungsstück, irgendwas."

Alles machte sich zwischen den meterhohen Halmen auf die Suche nach Spuren.

„Aua, die piksen voll", beschwerte sich Shirin, während sie sich durch den Strandhafer wurschtelte.

„Boah, hier ist nichts", meckerte Yusuf.

Konstantin fütterte die Flamme nach und nach mit den alten Fotos, die er aus dem Karton vom Dachboden mitgenommen hatte. Sie zeigten unter anderem die Hallig und das Haus vor vielen Jahrzehnten.

Eines der Bilder brachte Konstantin dazu, alle Aktivitäten anzuhalten und nachzudenken. Er starrte es lange an und sah hoch zur Hallig, wo das alte Reetdachhaus stand.

Erika drehte sich beim Durchsuchen der Dünen zu Konstantin um, der bereits vor einem lodernden Lagerfeuer hockte, und sich nicht rührte. Er starrte gebannt auf das kleine, verblasste Foto, das er in der Hand hielt.

„Was ist los, Konstantin?", fragte Erika, und ging zu ihm.

Er sah zu ihr auf, reichte ihr das Foto.

„Fällt dir da was auf?"

Erika betrachtete das Bild, und zuerst schien ihr darauf nichts außergewöhnlich zu sein. Das Bild zeigte ein Pärchen mit Kind auf dem Bauernhof der Hallig, im Hintergrund stand der alte Hausbesitzer bei den Ziegen.

„Wenn du so fragst, nein."

„Guck genauer hin", sagte Konstantin.

Erika sah genauer hin. Aber sie wusste nicht so recht, was sie gerade suchen sollte. So half ihr Konstantin auf die Sprünge, und zeigte hinter den Ziegenstall. Zwischen den hohen Halmen vom Strandhafer stand ein Spaten, aufrecht in den Sand gerammt.

„Hier ist nichts", rief Yusuf, der sich durch das Gewächs der kleinen Hallig wühlte.

Konstantin sah zu den Jugendlichen auf. Shirin, Yusuf, Dunja und die schweigsame Miriam waren ebenso erfolglos. Konstantin aber sah zurück zur Hallig, wo das Haus stand.

„Großer Gott", seufzte Erika leise.

„Ja", antwortete Konstantin, „ich weiß, wo die Leichen sind. Warum würde da draußen der Spaten stehen? Er braucht den nur beim Gemüsebeet."

„Leute", rief Yusuf, „wir sollten langsam zurück. Das Wasser wird höher."

Alles sah zum Meeresspiegel. Und ja, dieser stieg an. Es war an der Zeit, zurück zum Haus zu gehen. Und niemand war darauf scharf, denn nun stand die ganze Insel nur für Unheil und Verderben. Aber wo sollte man gerade sonst hin?

„Los, alles aufs Feuer!", forderte Konstantin die Gruppe auf.

Alle begannen die Beutel auf das Lagerfeuer zu leeren,

das inzwischen relativ stabil loderte, aber immer noch enttäuschend klein war.

„Meinst du, das Feuer wird irgendeiner in der Ferne sehen?", fragte Erika stutzig.

„Ich hoffe es. Wir konnten nur jetzt hier rüber wegen der Gezeiten, und wir müssen einfach hoffen, dass es bis zur Dämmerung brennt."

„Bis die Sonne untergeht, dauert das bestimmt noch eine Stunde", merkte Erika besorgt an.

„Ich weiß", antwortete Konstantin.

„Was, wenn das Feuer ausgeht?"

„Wenn alle Stricke reißen, dann müssen wir das Haus anzünden."

„Das fände ich gar nicht so verkehrt, ehrlich gesagt."

„Und dem alten Mann kann dann nie der Prozess gemacht werden. Wir sollten den Tatort so lassen, wie er ist."

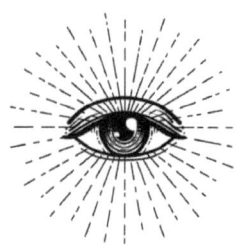

Die Sonne sank tiefer und tiefer, und der klare Himmel färbte sich orange.

Nachdem die Gruppe alles Brennbare aufs Feuer geschmissen hatte, machte sie sich wieder auf den

Weg zur größeren Hallig, durch das kalte und ungemütliche Wasser. Und nichts war dabei schöner und zugleich frustrierender, als der Gedanke an das eigene warme Bett auf dem Festland. Weit weg von diesem abgelegenen, verfluchten Ort. Alle trugen ihre roten Fischeranzüge, eigentlich recht auffällig. Wären nur die Schiffe nicht so weit, weit entfernt. Erika führte die Gruppe, Konstantin lief als Letzter. Bei der Wanderung durch das Wasser, das inzwischen bis zur Brust reichte, starrte Erika auf das Reetdachhaus. Sie hatte keine große Lust, es zu betreten. Sie fürchtete das Haus. Es fühlte sich an, als würde sie mit der Gruppe freiwillig ins offene Messer laufen, indem sie dorthin zurückkehrte.

„Wir können keine weitere Nacht in dem Haus schlafen", sagte sie zu Konstantin.

„Welche Wahl haben wir?"

„Ich weiß."

Die Strömung wurde immer stärker, der Weg wurde immer anstrengender. Windböen griffen immer wieder an, und das Wasser wurde immer tiefer.

„Fuck, das reißt mir die Füße weg", rief Yusuf. „Das geht ja mal schnell mit der Flut!"

„Haltet Hände, Leute, haltet euch aneinander fest", wies Erika an.

Yusuf, Miriam und Shirin gehorchten. Sie bildeten zusammen mit Erika eine Kette, und hielten sich gegenseitig auf Kurs.

Aber Guido, der hinter ihm lief, war nicht bereit, Yusuf die Hand zu geben.

„Dein Ernst, Adolf?", spottete Yusuf.

„Ich schaffe das auch alleine", antwortete Guido.

„Digga, das wird immer schlimmer."

„Lass mich in Ruhe."

„Wenn du meinst."

Guido blieb stur und versuchte sein Glück auf eigene Faust. Nur war dies extrem unfair gegenüber Dunja, die hinter Guido watete. Auch ihr wollte er nicht die Hand geben.

Und der Sog, der einen zur Seite reißen wollte, nahm jede Minute an Kraft zu.

„Ich kann nicht mehr", klagte Dunja, und kämpfte hart, um nicht das Gleichgewicht zu verlieren. Konstantin eilte zu ihr, um sie zu stützen.

„Nun gib uns doch mal die Hand, Guido!", rief Konstantin. „Alle oder gar keiner, Regel Nummer 7!"

„Fick dich und deine Regeln! Ihr habt uns hier alle so reingelegt, und nun werden wir alle sterben."

„Halt dein Maul", bellte Yusuf. „Kannst du dich nicht zusammenreißen, wie wir alle?"

Guido schwieg mürrisch, dann sah er nach hinten zur kleinen Hallig, und begann zu kichern.

„Da, guckt mal euer beschissenes Feuer."

Konstantin drehte sich um und seufzte enttäuscht. Anstelle eines großen, epischen Feuers war nur noch eine dünne, schwarze Rauchwolke zu sehen. Es war schlichtweg nicht genug.

„Scheiße!"

Guido schien sich inzwischen über die Klemme zu amüsieren, in der die Gruppe steckte. Nihilismus schien ihn komplett zu konsumieren.

„Nun reiß dich zusammen, Guido", schimpfte sogar Shirin.

„Wir werden alle sterben", spottete er dennoch weiter.

Konstantin hielt Dunja an der Hand, und versuchte Guido einzuholen, um ihn unter Kontrolle zu bringen. Aber die Strömung machte dies unheimlich schwer.

Dann verlor Guido das Gleichgewicht, und tauchte unter. Die Strömung riss ihn seitlich weg.

„Guido!", rief Konstantin, und eilte zu ihm hin. Dabei ließ er Dunja los.

Guido tauchte wieder auf und schnappte tief nach Luft.

„Fuck! Fuck!"

„Gib mir deine Hand, Guido!"

Konstantin versuchte Guido die Hand zu reichen, dabei verlor er Dunja aus seiner Reichweite.

„Hilfe!", rief Dunja. „Ich kann nicht stehen!"

Yusuf ließ die Hand von Shirin los, drehte sich zu Dunja zurück und taumelte in ihre Richtung, seitlich von der Strömung angegriffen. Er versuchte ihr ebenfalls die Hand zu reichen.

Konstantin gelang es mit großer Mühe, Guidos Hand zu greifen. Er zog ihn zu sich heran, dieser atmete schnell und schnappend.

Yusuf hatte weniger Glück. Für einen kurzen Moment berührten sich im kalten, trüben Salzwasser ihre Fingerspitzen, aber dann verloren ihre Füße den Kontakt zum Meeresgrund, und sie tauchte ebenfalls unter.

„Dunja!"

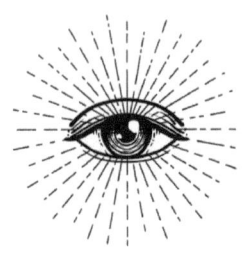

P anik breitete sich aus. Alles suchte im Wasser nach Dunja, vollkommen hilflos.

Dann tauchte ihr Kopf auf, aber inzwischen etwa 30 Meter entfernt. Panisch rief sie nach Hilfe. Die Gruppe schrie nach ihr. Aber keiner konnte helfen.

„Helft mir! Bitte!"

„Dunja, halt dich an irgendwas fest! Versuch dich hinzustellen!"

„Ich kann nicht!"

„Dunja, versuch zu schwimmen!"

„Ich kann nicht! Ich kann nicht!"

„Wir müssen irgendetwas tun! Dunja!"

Alles schrie wild durcheinander, während Dunja immer weiter in die Ferne driftete. Das Gefühl, ihr nicht helfen zu können, durchbohrte jeden wie ein Dolch. Und selbst Guido verspürte das schmerzhafteste schlechte Gewissen, das er sich je hätte vorstellen können. Denn technisch gesehen war sein widerliches Verhalten soeben schuld daran gewesen, dass ein junges Mädchen gerade in die weite Nordsee abtrieb und mit höchster Wahrscheinlichkeit qualvoll ertrinken oder erfrieren würde. Dieser Gedanke war für ihn unerträglich.

Guido sah Konstantin an, der ihn an der Hand festhielt, und schluckte. Wäre er nicht so nass gewesen, dann hätte man erkannt, dass er längst glasige Augen hatte.

Er sah zur Hallig, zum Reetdachhaus, von dem inzwischen bekannt war, dass sich darin ein Schrein aus Körperteilen und einem Ziegenkopf befand. Dass Bjarne dort verschwunden war. Dass etwas Böses dort lauerte.

Guido, der noch von Konstantin festgehalten wurde,

traf für sich eine leise Entscheidung, und boxte Konstantin hart und brachial auf den Arm.

„Hey! Was soll das?"

Immer wieder schlug Guido zu.

„Lass mich los! Lass mich los!"

Und irgendwann ließ Konstantin los.

„Was soll das, Guido?"

Schweigend driftete Guido mit der Strömung davon, und sagte keinen Ton.

„Guido! Guido! Fuck!"

Konstantin war außer sich. Er ging einige Schritte hinterher, aber dann merkte er schnell, dass es keinen Sinn hatte. Und er hatte nicht vor, Erika allein mit den restlichen Teenagern zurückzulassen.

In Erikas Augen sammelten sich schnell Tränen an, als sie zusehen musste, wie nunmehr zwei Teenager, für die sie zusammen mit Konstantin die Verantwortung hatte, in die Ferne trieben. Dunja war inzwischen über 100 Meter entfernt, und schrie immer noch panisch.

Guido dagegen schwieg. Er nahm sein Schicksal hin.

Shirin weinte bitterlich, sogar Yusuf weinte mit. Miriam war bis in die Knochen erschüttert, aber sie blieb still. Sie weinte in sich hinein.

„Sie sind weg", musste Konstantin laut feststellen. „Wir können nichts für sie tun."

Es wurde noch bitterlicher geweint.

„Wir müssen weiter."

„Wir müssen ihnen irgendwie helfen", schluchzte Erika.

„Wenn wir nicht weitergehen, sind wir gleich alle weg. Es wird immer schlimmer."

Erika, vor Kälte zitternd und bis zum Kinn im Wasser,

nickte dann. Alles hielt sich bestmöglich fest und watete weiter.

Nach vielen schmerzhaften Minuten erreichte die verbliebene Gruppe, von nur noch fünf Menschen, die Hallig. Da die Flut nun eingekehrt war, gab es keinen Sandstrand um die Insel mehr, sondern man musste unter Wasser direkt auf die bewachsene Hochfläche steigen, und sich aus der Brandung kämpfen.

Triefend nass, und innerlich zerstört, taumelte die Gruppe durch den eiskalten Wind und den Strandhafer. Erika blieb stehen und blickte zurück. In der Ferne waren zwei winzige Punkte erkennbar, die weit auseinander lagen und immer kleiner wurden.

Erika brach zusammen und weinte bittere Tränen.

Konstantin ging zu ihr, und tröstete sie.

„Es ist unsere Schuld! Es ist alles unsere Schuld!"

Konstantin fielen keine tröstenden Worte ein, denn er stimmte ihr zu. Und es fraß ihn innerlich auf.

Beide starrten fixiert auf die zwei winzigen Punkte am Horizont. Und obwohl sie unterkühlt waren und Erika bereits stark am Kränkeln war, konnten sie sich nicht vom

Fleck bewegen. Wie ging man jetzt einfach wieder ins Haus, während zwei Menschenleben von der Natur eingefordert worden waren? Ganz abgesehen davon, dass das Haus schon lange kein einladender Ort mehr war, auf den man sich freute. Egal, wie nass oder durchgefroren man war.

„Wir können nichts tun, Erika."

„Ich weiß."

„Wir sollten rein ins Trockene."

„Ich kann nicht."

„Du wirst krank werden, Erika. Wir sind alle klitschnass."

„Dunja hatte solche Angst."

Konstantin schwieg und biss sich auf die Lippe.

„Komm."

## ❧ 4 ☙

## KONFRONTATION

**D**er Abend kehrte ein. Auf der kleinen Nachbarhallig verschwanden allmählich die letzten Rauchreste des erbärmlichen Signalfeuers, das die Gruppe versucht hatte zu zünden.

Konstantin, Erika, Yusuf, Shirin und Miriam saßen zusammen am Esstisch und aßen kaltes Toastbrot. Einige Teelichter brannten. Kein Wort wurde gesprochen. Alle fühlten sich schon längst zum Tode verurteilt, einem Fluch unterworfen. Es schien nur eine Frage der Zeit zu sein. Allein der Gedanke an das Grauen, das sich zwei Stockwerke über dieser Gruppe befand, war für alle wie ein Pfeil im Rücken.

Konstantin trank einen Schluck Wasser und stand auf. Er schnappte sich die Taschenlampe und zog seine Jacke wieder an. Dann ging er zur Eingangstür.

„Wo willst du hin?", fragte eine seelisch zerknirschte Erika, ohne hinzusehen.

„Nach draußen."

„Was willst du da?"

„Bjarne finden."

Einige Blicke wanderten zu Konstantin, der die Tür öffnete, und das Haus verließ. Der Rest blieb schweigend zurück.

Der Himmel war dunkelblau. Konstantin schaltete seine Taschenlampe ein und ging zum Gemüsebeet, wo er sich den Spaten schnappte. Dann marschierte er damit hinter den Ziegenstall und auf die bewachsene Sandfläche.

Er sah sich auf der Erde gründlich um, streifte mit dem Spaten durch die hohen Halme.

Er fand dann eine Stelle, wo kein Strandhafer wuchs. Es war eine kleine Lichtung von etwa zwei Quadratmetern. Da es auf dieser Hallig keine Erde gab, sondern nur feuchten Sand, konnte man nicht auf Anhieb erkennen, ob irgendwo vor kurzem gegraben worden war.

Konstantin steckte sich die Taschenlampe in den Mund und hielt diese mit seinen Zähnen fest. Er stach mit dem Spaten in den Sand und begann zu buddeln. Den Sand schaufelte er energisch zur Seite, immer mehr, bis allmählich ein Loch zu entstehen begann.

Konstantin grub immer tiefer, auf der einen Seite entschlossen, etwas zu finden, aber auf der anderen Seite verängstigt.

Dann stieß er auf etwas, was sich nicht wie Sand anfühlte. Etwas Weiches.

„Oh, nein."

Konstantin warf den Spaten beiseite, stürzte sich auf die Knie und begann, mit seinen bloßen Händen weiter zu graben.

Im nassen hellen Sand konnte er dann blaue Textilien erkennen.

„Scheiße. Scheiße."

Er pausierte, und schluckte.

„Bitte nicht..."

Er zog an dem Stofffetzen, der sich schnell als ein Hosenbein herausstellte, aber kein leeres. Er grub drum herum, um es freizulegen. Dabei wühlte er einige kleine Krebse auf, die aufgescheucht durch die Gegend rasten.

Je mehr er ausgrub, desto fester biss Konstantin mit seinen Schneidezähnen auf die Taschenlampe. Seine Atmung war schwer und hysterisch.

Er zog dann das Ende vom Hosenbein hoch, und entdeckte das Skelett eines Fußes. Würgend drehte er schnell den Kopf zur Seite und ließ die Taschenlampe in den Sand fallen.

„Großer Gott!"

Nach dem ersten Schock sah er genauer hin. Das Bein war zu alt, um zu Bjarne zu gehören. So grub Konstantin das andere Bein aus und stellte fest, dass der Fuß glatt abgesägt war. Es gab kaum noch Haut oder Fleisch an den Knochen.

Konstantin ließ die Gebeine los und fiel auf seinen Hintern. Fassungslos sah er sich um. Nun wusste er, was er im Sand der vielen Lichtungen entdecken würde.

Er schnappte sich den Spaten und die Taschenlampe, kämpfte sich im kalten Dunkel durch die Halme und wanderte zur nächsten Lichtung, die er finden konnte.

Hier begann er wieder zu graben, die Taschenlampe im Mund. Bis er nach knapp einem Meter Tiefe nichts fand.

Er verschwendete keine Zeit, sondern eilte zur nächsten Lichtung und begann wieder zu graben, bis er auf rötliche Kleidung stieß und ebenfalls zerfressene Überreste einer längst verwesten Frau fand, der eine Hand sowie der Kopf amputiert worden war.

„Nicht zu fassen! Dieses Monster!"

Konstantin wanderte weiter von Lichtung zu Lichtung, und deckte immer mehr Leichen auf. Wie ihn einen Wahn verfallen. Mit jeder Entdeckung stieg sein Adrenalinspiegel an. Er schäumte aus dem Mund, und schwitzte stark. Dieser Ort entpuppte sich für ihn nun endgültig als die waschechte Hölle. Doch was war seine Geschichte? Wer steckte hinter alldem? War es wirklich der alte Mann?

Und wenn Konstantin tatsächlich die Leiche von Bjarne entdecken würde, wer hatte ihn begraben?

Wenn es der alte Mann gewesen war, wo war sein Versteck? Hatte er bei Nacht und Nebel die Insel mit einem Boot besucht und sich dann wieder aus dem Staub gemacht, nachdem er das Unheil angerichtet hatte?

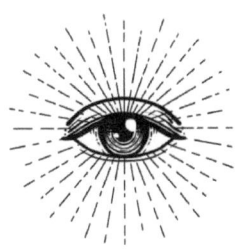

Während kauerten im Haus die drei übrigen Teenager mit Erika am Esstisch, in Decken eingewickelt. Übermüdet, unterkühlt, körperlich und seelisch erschöpft. Erika hatte heißen Kamillentee für alle gemacht, und sie war inzwischen so verschnupft, dass sie ein Taschentuch nach dem anderen verbrauchte. Viele Tränen waren geweint worden, Augen waren dick und rot. Alle trugen ihre Jacken, und trockene Schuhe. Man wollte es sich in diesem Haus nicht bequem machen. Aber man hatte keinen anderen Zufluchtsort.

„Warum geschieht uns das alles hier?", fragte Shirin, mürbe und übermüdet.

„Das war nicht unser Plan", sprach Erika mit gebrochener, nasaler Stimme. „Wirklich nicht."

„Was passiert eigentlich mit euch, wenn wir hier geholt werden?", fragte Yusuf, und rührte seinen Tee um.

Erika starrte aufgelöst ins Leere. Auf der einen Seite wusste sie die Antwort nicht, auf der anderen Seite mochte sie gar nicht darüber nachdenken.

„Ich weiß es nicht. Vielleicht kommen wir beide hinter Gitter. Das geht am Ende des Tages alles auf uns. Ich weiß es nicht."

Erika trank einen Schluck Tee, und putzte erneut ihre Nase. Dann musste sie trocken schmunzeln.

„Und ich dachte, mein größter Albtraum würde hier draußen werden, dass ich mit *euch* nicht zurechtkomme, und mich dadurch als untaugliche Versagerin herausstelle. Vor laufenden Kameras. Ich hätte niemals gedacht, dass ich drei von euch verliere."

Betretene Stille kehrte ein.

„Ich habe vier Geschwister", sprach Yusuf. „Die sind alle jünger als ich. Ich kann hier nicht draufgehen."

Erika wollte am liebsten sagen, dass er selbstverständlich nicht auf dieser Hallig draufgehen würde, aber leider war nichts mehr selbstverständlich.

„Ich bin so eine Bitch gewesen", begann Shirin zu faseln. Tränen kullerten ihre roten Wangen herunter.

Erika sah zu Shirin, und legte einfühlsam ihre Hand auf ihren Unterarm.

„Ich war scheiße zu allen, zu meiner Mama, zu meinem Stiefpapa. Ich hab ihm einmal sogar in die Fresse gehauen, weil ich ihn einfach nicht mochte."

„Was ist mit deinem Papa passiert?", fragte Yusuf, überraschend interessiert. „Ich meine, das musst du nicht beantworten. Du hast halt nur so ‚Stiefpapa' gesagt. Das heißt für mich im Klartext, dass du ihn noch gar nicht so richtig akzeptiert hast und so, finde ich. Ist so rübergekommen."

Und das stimmte auch. Yusuf hatte ins Schwarze getroffen, man konnte es Shirin ansehen.

„Mein Vater ist gestorben", vertraute Shirin der kleinen Runde an. „Er hatte einen Autounfall, als ich sechs war. Ist in der Kurve gegen einen Baum geknallt, die Straße war nass vom Regen."

„Das tut mir leid zu hören", antwortete Erika.

Nach einem Moment des Schweigens fuhr Shirin fort: „Mama war ganz lange Single, dann hatte sie immer wieder einen neuen Typen. Und ich hab's gehasst. Ich dachte mir: ‚Was wollen diese Wichser von meiner Mutter? Was wollen die in meiner Bude?' Irgendwann kam dann Olaf. Und die haben sich dann auch noch verlobt. Ich wollte am liebsten wegrennen."

„Ist er gemein zu dir?", fragte Miriam.

„Nein, eigentlich war er ganz nett und so."

„Dann hast du es immer noch besser als ich", antwortete Miriam, die normalerweise nicht viel sprach. „Mein Papa ist abgehauen, als ich zwölf war. Und davor hat er mich immer wieder gehauen, manchmal ohne Grund."

Shirin schwieg. Vor 24 Stunden hätte sie womöglich auf so eine Information hin irgendeinen zynischen Spruch gebracht. Aber inzwischen waren die harten Schalen dieser Teenager allmählich abgefallen, und sie hatten langsam einen authentischen Umgang miteinander. Denn schließlich hatten sie so einigen Horror gemeinsam überstanden.

„Und was ist deine Ausrede?", fragte Shirin dann Yusuf.

„Wie, Ausrede?"

„Deine Ausrede dafür, ein schwer erziehbares Kind zu sein", scherzte Shirin trocken.

Yusuf musste überlegen. Dann fand er zu einer sarkastischen Antwort: „Bei mir ist die Wohngegend schuld."

Er schmunzelte und steckte Erika sogar damit an.

„Mein Papa hat mich zwar gehauen", erzählte Yusuf, „aber nie grundlos."

Und wieder sorgte er für lockere Stimmung. Mit Humor auf die eigene stellenweise verkorkste Vergangenheit zu blicken, das war nicht unbedingt etwas Schlechtes.

„Aber dafür bin ich schon mehrfach auf der Straße mit Messern bedroht worden und so. Und ich hab auf die harte Tour gelernt, dass man da reingreifen muss."

„Wie, reingreifen?", fragte Shirin.

„Ins Messer. Lieber Hand kaputt, als Stich ins Herz oder so. Messer wegnehmen, und dem Wichser zeigen, was eine gute alte Faust noch so kann."

Alle Damen erschauderten bei der bloßen Vorstellung, aber irgendwie brachte Yusuf seine Pointe mit einer wohltuenden Witzigkeit herüber. Man fühlte sich gerade normal. Auch wenn die Themen nicht unbedingt der Appetizer des Tages waren.

Dann fiel Erika auf, dass Yusufs linke Hand zwischen Daumen und Zeigefinger vernarbt war. Das hatte sie zuvor noch nicht gemerkt. Der Junge sprach aus Erfahrung.

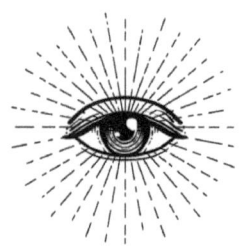

**K**lopf, klopf, klopf, klopf, klopf!

Alles zuckte und sah erschrocken zur Tür.

„Das ist Konstantin", sagte Erika beim Aufstehen, und ging zur Haustür, um sie zu öffnen.

Dahinter stand ein schweißnasser, schwer atmender Konstantin, am ganzen Körper sandig, die Taschenlampe in einer Hand.

„Ich hab Bjarne gefunden", sagte er zu ihr mit erschütterter Stimme.

Yusuf stand auf, Shirin ebenfalls.

„Du hast Bjarne gefunden?"

„Wo ist er?"

„Lebt er noch?"

Die Fragen prasselten auf Konstantin ein, aber er stand wie gelähmt da, unfähig zu antworten. In seinen Augen war nur Schrecken zu sehen.

„Konstantin, ganz ruhig", sprach Erika mit einfühlsamer Stimme, „hol erstmal Luft, und komm rein."

„Dieser Ort ist verflucht, Erika! Wir müssen uns was überlegen! Wir müssen hier weg!"

„Komm erstmal rein, Konstantin", sagte Erika nachdrücklich, und nahm ihn an die Hand.

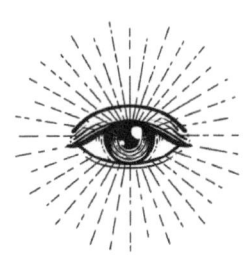

Während er benommen das Gebäude betrat, sah Erika draußen in alle Richtungen. Zur Nachbarhallig, wo keine Spur eines Signalfeuers mehr zu sehen war. Zu den blinkenden roten Lichtern des Windparks, etliche Seemeilen entfernt. Dann kam ihr eine Idee. Sie drehte sich zu Konstantin um und sah seine Taschenlampe an.

„Was haltet ihr von etwas Schlaf?", fragte sie die Teenager. „Konstantin und ich werden heute Nacht Wache schieben. Und ich glaube, dass ich einen Plan habe."

„Was ist mit Bjarne passiert?", fragte Yusuf hartnäckig. „Ich gehe nicht pennen, wenn ich nicht weiß, was hier abgeht."

„Er... Er wurde..."

Erika ging zu Konstantin hin und senkte ihre Stimme: „Ist er im Sand begraben worden?"

Er sah sie an und nickte.

„Ist er tot?"

Wieder nickte Konstantin.

„Großer Gott."

„Die Hallig ist voller Leichen", flüsterte Konstantin mit zittriger Stimme. „Ich hab sie überall gefunden. Im Sand."

„Wer hat das alles getan?"

„Ich weiß es nicht."

Erika drehte sich zu den Teenagern um und schluckte.

„Hört zu, ihr dürft das Haus nicht verlassen. Draußen ist es gefährlich."

„Was ist mit Bjarne passiert?", sagte Yusuf erneut. „Ist er ermordet worden? Hat er einen Unfall gehabt?"

Konstantin wusste die Antwort, denn er hatte die Leiche entdeckt. Und diese war brutal ausgeweidet worden, ähnlich wie das Huhn. Nur konnte er es nicht über die Lippen bringen, den grausamen Anblick, der sich ihm draußen geboten hatte, zu beschreiben.

„Was ist denn nun passiert?"

Konstantin drehte sich zu Yusuf um, und sagte ihm mit einem einzigen glasigen Blick des Entsetzens, dass einige Dinge besser unausgesprochen blieben.

Und Yusuf verstand es.

Shirin schnaufte entsetzt.

So ergriff Erika dann das Wort und bat Miriam, mit ihrem Bettzeug nach nebenan ins Zimmer von Shirin zu ziehen.

„Aber meine Matratze ist draußen", erinnerte Miriam.

„Wieso eigentlich?", fragte Yusuf. „Da stehen zwei Stück an der Wand."

Erika ging auf seine Frage nicht ein, sondern blieb auf Kurs: „Dann nimmst du eben die Matratze von Dunja, mit Kissen und Decke. Und du, Yusuf, tust bitte das Gleiche. Schnapp dir von oben dein Bettzeug, und übernimm bitte das Bett von Guido. Ich will euch alle ab heute Nacht in einem Zimmer, bis wir hier weggeholt werden. Mit etwas Glück ist zu morgen schon jemand hier, um uns zu retten. Konstantin und ich werden wach bleiben und versuchen, ein Schiff auf uns aufmerksam zu machen. Muss noch einer von euch auf Toilette?"

Alles sah sich an. Niemand.

„Sehr gut. Wenn ja, dann macht einfach ins Waschbecken. Keiner geht mehr heute Nacht raus."

„Und wenn einer groß muss?", fragte Miriam.

Erika hatte diesen Fall nicht bedacht. Sie grübelte für einen Augenblick, dann bekam sie eine Idee. Aus der Küche holte sie den Milcheimer vom Ziegenstall und zeigte ihn der Gruppe.

„Den stelle ich nach oben in den Flur. Ihr geht nur hoch, wenn ihr groß müsst."

„Und wie wollt ihr ein Schiff auf uns aufmerksam machen?", fragte Yusuf neugierig.

„Wir werden hier am Fenster mit der Taschenlampe den Morsecode für ,SOS' machen, die ganze Nacht. Bis es einer in der Ferne sieht."

„Kann man das aus der Ferne sehen?"

„Das werden wir herausfinden. Konstantin, hast du Ersatzbatterien für diese Taschenlampe mit?"

Konstantin nickte, immer noch verstört von seinen kürzlich gemachten Entdeckungen. Er bekam die verstörenden Bilder nicht mehr aus dem Kopf. Wie denn auch?

„Okay", sagte Erika, „dreimal kurz leuchten, dreimal lang, dreimal kurz, wenn ich mich recht erinnere, oder?"

Konstantin nickte wieder.

„Gut. Wir wechseln uns ab, bis ein Schiff zu uns kommt."

„Die sind aber ewig weit weg", sprach Konstantin mit heiserer, erschöpfter Stimme. „Die fahren hinter dem Windpark vorbei. Die haben eine Route, von der sie nicht abweichen."

„Dann hoffen wir mal, dass sie für uns davon abweichen."

„Was passiert eigentlich mit den 3.000 Euro?", fragte Yusuf dann, neugierig.

Das war auf der einen Seite keine besonders angebrachte Frage, aber auf der anderen Seite irgendwie auch eine gute Frage. Denn nach gerade einmal zwei Tagen waren die Dreharbeiten „Heim auf der Hallig" mit ziemlicher Sicherheit abgebrochen worden, und drei Teenager waren tot.

Konstantin hatte keine Antwort. So übernahm Erika:

„Wenn ich an die Versicherungen denke, kann ich nur vermuten, dass es hier um weitaus mehr gehen wird als 3.000 Euro."

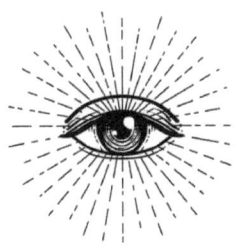

Die drei Teenager bezogen zusammen das Zimmer, das Shirin zuvor mit Guido geteilt hatte. Dabei sprachen sie kaum. Sie schlossen die Tür, und legten sich zur Ruhe. Keine Macho-Sprüche von Yusuf, weil er nun ein Zimmer mit zwei Mädchen teilte. Keine gegenseitigen Beleidigungen. Man verstand sich ohne Worte.

Konstantin und Erika blieben im Wohnbereich. Sie übernahm die erste Schicht, und klickte durchgehend am Knopf der Taschenlampe, die sie aus dem kleinen, trüben Stallfenster in die Nacht richtete. Dreimal ließ sie das Licht kurz angehen, dann dreimal lang, dann wieder dreimal kurz. Immer und immer wieder.

Sie sah durch das Fenster und versuchte etwas zu sehen. Der Himmel war heute Nacht sternklar. Angetrieben von der Hoffnung, dass irgendein Schiffskapitän da draußen in der Ferne zufällig mit seinem Fernglas durch die

Gegend schauen würde, und dieses Notrufsignal an diesem kleinen Fenster erkennen würde.

„Ist es nicht krass, wie die furchtbarsten Ereignisse die Menschen zusammenschweißen können?", faselte Erika nachdenklich in Konstantins Richtung.

Er saß erschöpft in einem der Sessel und starrte ins Leere, kaum fähig zu sprechen oder zu denken. Aber dann drehte er den Kopf zu ihr und antwortete: „Gift mit Gift bekämpfen."

„Wie meinst du das?"

Konstantin seufzte.

„Na ja. Wir tragen alle den Dämon in uns, schon im Kindesalter. Schüler mobben sich gegenseitig, machen sich fertig, bis Selbstmord begangen wird. Und später wird es nicht besonders besser. Wir sind eine Seuche."

„Nun hör mal auf, Konstantin. Das habe ich schon tausendmal gehört, so etwas. Wir haben es selber in der Hand, ob wir gut oder schlecht sind. Den Dämon kann man auch loswerden."

Konstantin gähnte resignierend. Er hatte keine Kraft für eine Diskussion, und keine Lust darauf.

„Ich bin müde."

„Ich auch", antwortete Erika. „Aber wie wäre es, wenn du dich hinlegst und ein bisschen die Augen zumachst? Ich kann erst mal die Schicht machen. Wenn ich zu müde werde, wecke ich dich, und du machst dann weiter. Ist das eine Idee?"

„Wenn die Aktion mit der Lampe da überhaupt irgendwas bringt", seufzte er, und gähnte wieder. „Aber können wir erst mal so machen. Wenn du meinst."

Konstantin stand geschlagen auf und ging zum längeren Couchsessel. Er legte sich darauf, aber dieser war für ihn aufgrund seiner Körpergröße unbequem.

„Du kannst dich sonst in dein Bett legen, Konstantin."

„Ist klar", murmelte er sarkastisch. „Ich lasse dich bestimmt nicht heute Nacht hier allein. Das fehlt uns heute noch."

Konstantin nahm sich eine Wolldecke und deckte sich damit zu. Dann schloss er die Augen, gähnte wieder einmal, und versuchte einzuschlafen.

Erika klickte mit ihrer Taschenlampe weiter am Fenster. Dreimal kurz, dreimal lang, dreimal kurz. Es war wie eine improvisierte Disco.

„Verdammt, das ist gar nicht so leicht, mit diesem Stroboskop einzuschlafen", stöhnte Konstantin müde, und drehte sich auf der Couch weg. Er war immer noch nicht bereit, den Wohnbereich zu verlassen. Und dies tat Erika gut.

Sie versuchte, durch das Fenster irgendein Licht in der Ferne zu erkennen, das nicht von den synchron blinkenden Windrädern kam. Aber selbst diese waren durch das milchige Glas so gut wie gar nicht zu erkennen.

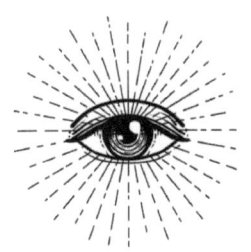

Erika stand dann auf und ging zur Tür. Nach einem Moment des Überlegens öffnete sie die Tür. Der kupferne Ring des Türklopfers rasselte und klapperte im Maul des türkisfarbenen Löwen, der sicherlich in seinem Ursprung die Funktion hatte, das Haus zu bewachen.

Erika hielt die Tür offen und wagte einen Schritt hinaus, inzwischen etwas gefühlstaub angesichts der Erkenntnis, dass sie von Tod und Unheil umgeben war. Auf dem Dachboden lauerte ein Bildnis des leibhaftigen Teufels, das in der jodhaltigen Luft schleichend langsam verweste. Draußen im Sand lagen, laut Konstantins Aussage, überall Leichen verteilt. Wo war man hier schon sicher?

So versuchte Erika an der Haustür ein Schiff zu finden. Ihre Augen scannten sorgfältig den Horizont ab. Die roten Lichter der Windkraftanlagen in der Ferne waren leicht sichtbar. Ansonsten nichts.

Dann, bei genauerem Hinsehen, konnte sie zwischen den roten Lichtern ein winziges, blasses, grünes Licht erkennen, das von links nach rechts in Bewegung zu sein schien. Daran konnte sie erkennen, dass das grüne Licht für die Steuerbordseite des Schiffs stand. Vorher hätte sie es nämlich nicht gewusst.

„Großer Gott...“

Erika begann wieder mit der Lampe zu leuchten, dreimal kurz, dreimal lang, dreimal kurz. Immer wieder.

„Hallo? Hilfe! Hierher!“

Obwohl es vollkommen sinnlos war, winkte und wedelte sie wie verrückt. Da draußen gab es Zivilisation, und dies löste in Erika alle möglichen Gefühle aus.

Aber trotz ihrer Mühen konnte sie keine Reaktion

verzeichnen. Es war zu hoffen, dass das Schiff mit einem Scheinwerfer zurück leuchten, laut hupen oder gar den Kurs wechseln würde. Nichts von alledem passierte.

„Bitte...“

Erika gab nicht auf, sondern klickte weiter.

Aber das Schiff schien weiter entfernt als sogar die Sterne am Himmel. Es war niederschmetternd.

„Bitte nimm dein Fernglas raus und schau in diese Richtung, um Himmels Willen!“

Das kleine, grüne Licht wanderte im Schneckentempo immer weiter nach rechts, und schien dabei noch kleiner und blasser zu werden als ohnehin schon.

Erika begann zu verzweifeln. Die Rettung war so nah, und doch so fern. Ein Teil von ihr hoffte sogar, dass die treibenden Körper von Dunja und Guido, ob lebendig oder tot, geborgen werden würden, und irgendwen auf diese Hallig aufmerksam machen würden.

Erika kämpfte hart gegen die Tränen an, die sich in ihren Augen ansammelten und ihr die Sicht erschwerten. Sie redete sich ein, dass dies nur eines von vielen Schiffen sein würde. Dass es viel zu früh wäre, die Hoffnung aufzugeben.

Einfach weitermachen.

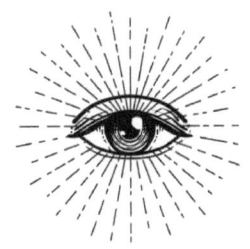

Eine kalte Brise fegte über die Hallig und wirbelte Erikas Haare auf. Sie begann zu zittern, ihre Zähne begannen zu klappern. Und Schnodder begann aus ihrer Nase zu triefen. Sie schnaubte, ging wieder ins Haus hinein und schloss die massive Holztür.

Sie zog einen Sessel zum kleinen Stallfenster heran und machte es sich so bequem wie möglich. Dann setzte sie sich, deckte sich mit einer Wolldecke zu und begann wieder mit der Taschenlampe am Fenster das SOS auszusenden.

Immer wieder.

Ihre Augen wurden mit der Zeit schwer, und auch sie musste nun mehrfach gähnen und sich zwischendurch räuspern.

Sie stand auf, wanderte im Raum hin und her, um wach zu bleiben, und sah zu Konstantin, der anscheinend bereits fest schlief.

Sollte sie jetzt schon Konstantin wecken?

Er sah nicht besonders fähig aus, eine Schicht zu übernehmen. Und ihr war extrem wichtig, dass das Leuchten am Fenster weiterging. Es schien derzeit die einzige Hoffnung zu sein.

So setzte sie sich wieder ans Fenster, gähnte, schüttelte ihren Kopf und ihre Gliedmaßen, deckte sich warm zu und machte mit der Taschenlampe weiter.

Und weiter.

Und weiter...

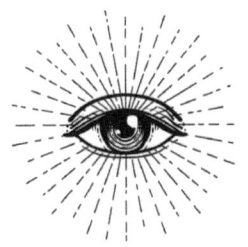

E s war 3:00 Uhr morgens. Erika war während ihres verzweifelten Versuchs, Kontakt mit der Außenwelt aufzunehmen, eingeschlafen. Dagegen konnte sie sich nicht wehren. Die Taschenlampe lag eingeschaltet auf dem Boden und warf von unten ein kaltes Licht in den Wohnbereich, der bereits nach zwei Tagen langsam verwüstet aussah. Decken, Handtücher, Jacken und rote Fischeranzüge lagen auf dem Boden herum. Gemälde fehlten an den Wänden und hinterließen blasse Rechtecke. Ein Teelicht auf dem Esstisch brannte noch und gab einen warmen, orangefarbenen Kontrast zum komplementären kalten Blau der Taschenlampe.

Die Nacht war mystisch still. Die einzigen Geräusche um diese Uhrzeit auf der Hallig – außer dem leichten Schnarchen von Konstantin und dem Hissen von Erikas verstopfter Nase – waren die gelegentlichen Brisen, die den Ring des Türklopfers leicht zum Rasseln brachten. Bei jedem Rasseln zuckte Erika in ihrem Schlaf.

Ihre Träume waren unruhig und düster. Wie war es auch, nach diesen vielen hässlichen Ereignissen, anders zu erwarten? In ihrem Traum erlebte sie ganz von vorn das Grauen des Verlustes von Dunja und Guido. Ihre lauten

Hilferufe hallten in Erikas Ohren, gefolgt von den fleischigen Geräuschen, die sie letzte Nacht in ihrer Schockstarre gehört hatte, als Bjarne verschwand.

Zwischendurch hörte sie ein extrem präsentes, tiefes Flüstern. Unverständliche Worte wurden gesprochen. Dann kamen hin und wieder Bruchteile von Sätzen durch, die Erika verstehen konnte. Eine hissende Stimme, verzerrt und zwischendurch erschreckend laut: „Stell dich deinen Dämonen! Die Wahrheit macht dich frei!" Erika zuckte im Schlaf. Ein Teil von ihr fragte sich, was dies zu bedeuten hätte.

Und ja, Erika hatte reichlich Dämonen – wenn man mit dem Wort „Dämon" die eine oder andere gravierende persönliche Unzulänglichkeit bezeichnen wollte, mit der jemand noch nicht abgeschlossen hatte. Erika heuchelte pädagogische Kompetenz, während sie ihre Tochter Bianca zu Hause komplett entgleisen ließ, und nicht mit ihrem Ehemann Uwe zusammen an einer gesunden Erziehung arbeitete, denn der Beruf ging vor. Obendrein war sie Uwe in Gedanken schon längst untreu geworden, wenn auch noch nicht in Taten. Aber das wäre nur eine Frage der Zeit gewesen. Sie hatte sich bereits die wildesten sexuellen Abenteuer mit Konstantin plastisch vorgestellt, noch bevor ihm die grausamen Ereignisse auf dieser Hallig an der Substanz nagten. Sie hatte die Vorstellung des Ruhms genossen, und sogar dafür den einen oder anderen legitimen Zweifel an dieser Sendung in Kauf genommen. Und in den dunkelsten Stunden hatte sie mit niemandem über das Klopfen gesprochen, das sie in der vorigen Nacht gehört hatte. Selbst wenn es Einbildung gewesen wäre, hätte sie zumindest die Anderen darauf sensibilisieren können, nur für alle Fälle.

Ja, Erika hatte reichlich Dämonen.

Das Licht der Taschenlampe begann zu flimmern und abzuschwächen. Die Batterie kam allmählich an ihre Grenzen. Nach und nach wurde das flackernde kleine Teelicht zur konstanteren Lichtquelle im Raum.

Und dann geschah es...

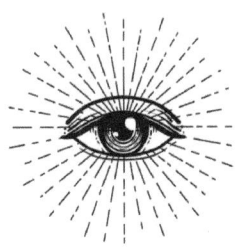

K lopf, klopf.
Und da war es wieder. Dieses dunkle, metallische Geräusch des Kupferrings, das mit Absicht zweimal gegen das Holz der Tür geschlagen wurde. Dies war kein Windzug, kein unkontrolliertes Klappern. Dies war jemand, der ins Haus wollte.

Konstantin schlief fest wie ein Baby. Obwohl das Klopfen ihn hätte wecken müssen, rührte er sich nicht.

Erika zuckte in ihrem Schlaf, und zitterte vor Kälte. Ihr Atem wurde sichtbar...

Und dann schlich sich wieder dieser kalte Schauer über ihren Rücken und begann sie zu lähmen.

Sie riss die Augen auf, wieder bewegungsunfähig und voller Adrenalin. Jede Zelle ihres Körpers fühlte sich wie elektrisch geladen an.

Nicht schon wieder!

Erikas Augäpfel wanderten in ihren Höhlen panisch hin und her, ihre Blicke wanderten langsam zur Tür. Und aus irgendeinem Grund konnte sie den Löwenkopf des Türklopfers vor sich sehen, als könnte sie durch die massive Holztür hindurch blicken.

Erika versuchte krampfhaft, irgendein Geräusch aus ihrer Kehle zu quetschen, um Konstantin zu wecken, der wenige Meter von ihr entfernt lag.

„K..."

Die Anstrengung war so groß, dass sie den Schockzustand erhöhte. Denn immer mehr machte sich in ihr die Panik breit, dass sie eine teuflisch böse Präsenz in ihrer Nähe spürte, und vollkommen hilflos war.

„H..."

Innerlich rastete Erika aus, schrie laut und rüttelte den Käfig ihres paralysierten Körpers durch. Aber nichts davon kam an die Oberfläche. Nur einzelne Laute ertönten, die so leise und guttural waren, dass Konstantin sie womöglich nicht einmal im wachen Zustand gehört hätte.

Klopf, klopf.

Wieder donnerte es zweimal an der Tür. Wie ein Stromstoß penetrierte das Geräusch Erikas Körper und ließ ihr Herz einen Schlag aussetzen.

Und das zweite Klopfen weckte Konstantin.

Zuerst rührte er sich nur kurz, und blieb noch liegen, dann öffnete er desorientiert die Augen und richtete sich auf.

Alles in Erika schrie, er solle von der Tür fernbleiben!

In ihr tobte ein Krieg von Vorwürfen gegen sich selbst.

Warum hatte sie ihm bloß nichts von diesem Klopfen von letzter Nacht erzählt, wonach Bjarne verschwunden war?

Warum hatte sie es nur mit sich selbst herumgeschleppt? Wie konnte sie so rücksichtslos sein, nur weil sie nicht darüber sprechen wollte, dass sie ihr Bett genässt hatte? Konstantin richtete sich auf und sah verwirrt zur Tür. Er gähnte, und stand langsam auf. Schließlich lautete Regel Nummer 5, dass derjenige, der das Klopfen zuerst wahrnahm, die Tür öffnen sollte.

„Hallo? Wer ist da draußen?"

Keine Regung.

Dann...

Klopf, klopf, klopf.

„Ihr solltet doch in den Eimer machen", gähnte Konstantin, und näherte sich der Tür. Er war zu müde, um auf die Idee zu kommen, zuerst im Schlafzimmer nach den drei Teenagern zu schauen.

Alles in Erika schlug Alarm. In ihrem Schoß wurde es warm, und ein süßlicher Geruch von Ammoniak penetrierte ihre Nase. Sie zitterte immer stärker, konnte aber nicht auf sich aufmerksam machen.

„N..."

Konstantin ging zur Tür und wurde langsam wacher, klarer im Kopf. Sein Gehirn begann endlich zu funktionieren. Die grausamen Bilder der vergrabenen Leichen auf der Hallig erschienen ihm wieder. Die Tatsache, dass Bjarne im Sand begraben worden war, weckte seine Sinne.

So blieb er stehen, anstatt die Tür zu öffnen, und begann, schwerer zu atmen. Nachzudenken.

„Wer bist du?", fragte er durch die Tür. „Was willst du von uns?"

Keine Antwort.

„Sprich!"

Erika, gelähmt und versteift, begann alles nur gedämpft zu hören. Ihre Sinne begannen verrückt zu spielen. Ihre weit aufgerissenen Augen begannen ein graues Rauschen zu sehen, wie das eines defekten Röhrenfernsehers. Alles verschwand für sie, übrig blieb nur noch „Ameisenkrieg".

„Fang an zu reden!", konnte Erika nur noch blaß aus Konstantins Mund vernehmen.

Dann antwortete eine leise Stimme, die Erika nicht hören konnte. Eine Stimme, die Konstantin vertraut erschien.

Erika verbrannte innerlich.

„N..."

Nach einem Augenblick öffnete er stutzig die Tür. Immer weiter...

Dann ging Konstantin einige Schritte zurück. Alles fiel ihm aus dem Gesicht. Er begann zu hyperventilierten.

„Du?"

Seine Augen füllten sich mit Entsetzen, mit Erkenntnis.

„Wie hast du...?"

Dann sauste das helle, metallische Geräusch einer Klinge durch den Raum, und die Gestalt, die Konstantin gegenüberstand, schnitt ihm mit einer flinken Bewegung die Kehle auf. So schnell, dass er sich nicht einmal wehren konnte. Er spürte nur, wie das scharfe Messer seinen Adamsapfel streifte und dann sein warmes Blut langsam seine Brust herunterlief. Er begann zu gurgeln, nach Luft zu ringen, und fiel zu Boden. Das Letzte, was er vor seinem Tod sah, war das Gesicht von Erika.

Sein Blut breitete sich rasant auf dem alten, orientalischen Teppich aus, der es aufsaugte wie ein Löschblatt. Seine Pupillen weiteten sich. Letzte leise Geräusche verließen seine Kehle. Konstantin war tot. Mitten in der Nacht an der Haustür ermordet, von Menschenhand. Mit einem langen, scharfen Küchenmesser, das sie zuvor mit Miriam als Keil unter der Tür benutzt hatte.

Wer war sein Mörder?

Wie war dieser Mörder auf die Insel gekommen?

Und warum war Erika auf diesen Mörder sensibilisiert? Warum schoss ihr in seiner Gegenwart das Adrenalin durch den Körper wie 2.000 Volt? Warum wurde sie in seiner Gegenwart steif und handlungsunfähig? Warum trübten sich ihre Sinne?

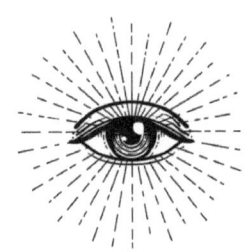

Erika schrie innerlich, trat um sich, schlug um sich. Aber nichts davon drang an die Oberfläche. Ihr Körper war ihr Käfig. Sie war gefangen, verstummt, und konnte niemandem helfen.

Nun war die Tür offen, und die finstere Gestalt kam in den Wohnbereich hinein. Nichts mehr wahr sicher. Das Monster war ins Haus gelassen worden.

„G..."

Erika versuchte, es zu verscheuchen, aber ihre Paralyse ließ nichts zu. Es war unsäglich frustrierend. Als würde sie mit aller Kraft so schnell wie möglich rennen, aber nicht von der Stelle kommen.

Die finstere, krumme Gestalt war menschlich. Kein Dämon, kein paranormales Wesen, kein Geist, keine Märchengestalt. Ein Mensch aus Fleisch und Blut, mit einer ganz besonderen Wirkung auf Erika.

Die Silhouette tapste mit leisen Schritten durch den dunklen Raum, in dem nur ein einziges Teelicht brannte. Sie wanderte an der Treppe vorbei und in den kleinen Flur, direkt auf das Schlafzimmer zu, in dem sich die drei Teenager befanden. Die Tür war geschlossen.

Schwer atmend, stellte sich der Mörder vor die Tür, hob die blutige Klinge, und klopfte damit zweimal gegen das Türholz.

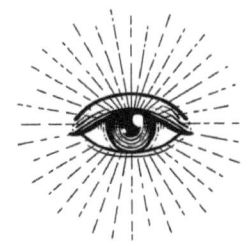

**K**lopf, klopf.
Stille. Nichts regte sich.
Klopf, klopf, klopf.
Nun war Geraschel durch die Tür zu hören, dann eine leicht quietschende Matratze, dann Fußschritte, die das Bodenholz knarren ließen.

Erika, immer noch in ihrem Körper gefangen, schrie laut und verzweifelt, niemand solle die Tür öffnen! Aber ihre Stimme blieb ungehört.

Die Tür öffnete sich langsam. Dahinter war ein Gähnen zu hören.

„Was ist?"

Yusuf stand da und rieb sich die Augen. Er sah seinem Gegenüber in die Augen, die ihm milchig weiß erschienen, wie die des Ziegenkopfs vom Dachboden.

Dann erkannte er das Messer, riss alarmiert die Augen auf, und knallte die Tür wieder zu. Sein Gegenüber war schon längst dabei, mit dem Messer auszuholen.

Die Tür knallte zu, und das Messer wurde ins Holz gerammt. Dabei rutschten die blutnassen Finger des Mörders ab und streiften über die Klinge. Ein heller Schrei, frisches Blut tropfte auf den Holzboden. Der Mörder zog das Messer wieder aus der Tür, und stemmte sich dagegen.

Yusuf hielt die Tür von der anderen Seite zu, mit aller Kraft. Fassungslos über das, was er soeben gesehen hatte.

„Du warst das? Du hast Bjarne ermordet?"

Shirin und Miriam wachten auf, zu Tode erschrocken.

„Helft mir! Haltet die Tür zu! Sie will uns umbringen!"

„Oh Gott!", schrie Shirin.

„Sie war es! Die ganze Zeit!"

„Was geht hier für eine kranke Scheiße vor sich?"

Alle drei Teenager stemmten sich gegen die Tür und riefen der Person zu, die auf der anderen Seite krampfhaft versuchte, sich Zutritt zu verschaffen.

„Was ist in dich gefahren? Warum tust du das?"

„Lass uns zufrieden!"

Und ausgerechnet Miriam rief den Namen „Erika" durch die Tür, und flehte sie an, nicht zum Monster zu werden. An ihre Tochter zu denken.

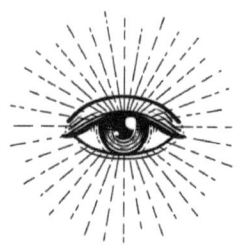

Erika ließ das Messer auf den Holzboden fallen. Sie war beim Namen gerufen worden, und zwar von dem Mädchen, mit dem sie einiges gemeinsam hatte. Dies löste etwas aus.

Erikas Sicht begann aufzuklaren. Das Rauschen

verschwand. Erst jetzt spürte sie den pochenden Schmerz der Schnittwunde auf der Innenseite ihrer Finger. Langsam wurde ihr klar, was vor sich ging.

Und die Erkenntnis war der größte Albtraum, den sie sich je hätte vorstellen können.

Sie lag nicht gelähmt im Couchsessel, und in der Nacht davor hatte sie nicht gelähmt im Bett gelegen, als Bjarne das Klopfen gehört hatte. Sie hatte es lediglich so wahrgenommen.

Sie selbst war die Mörderin.

Ihr Körper gewann an Gefühl zurück, als würde jetzt erst das Blut wieder anfangen zu fließen.

Nun spürte sie, dass ihre Füße wieder sandig waren.

Und sie begann sich zu erinnern, dass sie – wie in der Nacht zuvor – bereits draußen im Sand ein Loch gegraben hatte, und selbst diejenige war, die an die Tür geklopft hatte. Ihr Gefühl der Lähmung hatte sie passiv gemacht, abwesend. Ihr Körper war zu einer Hülle geworden, zu einem Cockpit für eine böse Energie, die die Kontrolle übernommen hatte. Erika war zur Marionette geworden, gesteuert durch eine böse Macht, die sie bereits seit langem verfolgt hatte. Die länger die Kontrolle über Erika gesucht hatte. Aber Erika war schon immer eine vermeintlich starke Persönlichkeit gewesen. Und um die Kontrolle abzugeben, muss man schwach sein.

Auf dieser Hallig, einem Ort mit einer Vorgeschichte voller verborgener Grausamkeiten, war Erika endlich anfällig genug gewesen, und das Böse hatte die Kontrolle bekommen.

Und wie die vielen verschwundenen Menschen auf dieser Hallig hätten bezeugen können, wenn sie noch am Leben gewesen wären: Hier war es über die Jahrzehnte öfter geschehen, dass anfällige Menschen die Kontrolle an das Böse abgegeben hatten, und ihre Blutspur durch das Reetdachhaus gezogen hatten.

Aber inwiefern hatte der alte Mann damit zu tun?

Wusste er darüber Bescheid?

Zelebrierte er es, oder beschwor es sogar herauf?

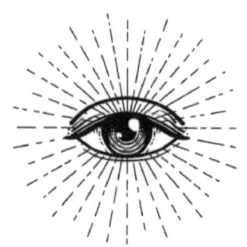

Erika stand da, eingenässt, zitternd und immer anwesender. Sie sackte dann zusammen wie ein Haufen Elend und kauerte auf dem Boden. Durch die Tür konnte sie das Winseln von Shirin und Miriam hören.

„Großer Gott..."

Sie hob ihre blutigen Hände und sah sie an. Ihr Gesicht verkrampfte sich vor Qual.

„Was habe ich getan?"

Erika blieb weinend und verzweifelt jammernd auf dem Boden sitzen. Langsam dämmerte ihr, was sie angerichtet hatte. Und die Frage drängte sich ihr immer wieder auf, warum.

Yusuf, Shirin und Miriam hörten Erikas Wehklagen durch die Tür und sahen sich gegenseitig irritiert an, immer noch erschüttert und schockiert.

Yusuf öffnete aber nicht die Tür. Und er befahl den Mädchen, es auch nicht zu tun.

„Die Alte ist durchgedreht, ihr dürft ihr nicht aufmachen."

Erika bat aber darum nicht, sondern weinte nur bitterliche Tränen.

Yusuf ruckelte gewaltsam am Hochbett, hin und her, hin und her, und riss es dann von den Bolzen los, mit denen es an der Wand befestigt war. Im Alleingang schob er das Hochbett dann zur Tür und verbarrikadierte sie damit.

„Ihr bleibt hier drin, habt ihr verstanden? Lasst sie nicht rein, egal, was sie euch sagt! Hört ihr mich?"

Shirin und Miriam nickten.

„Wo ist Konstantin?", fragte Shirin mit ängstlicher Stimme.

„Ich weiß es nicht, aber ich traue keinem von den Beiden! Nun bleibt hier zusammen, und haltet die Tür dicht!"

Yusuf ging zum Fenster, schnappte sich einen seiner Gummistiefel und steckte die Hand hinein. Dann rammte er damit mehrfach das kleine Stallfenster, bis das milchige Glas zerplatzte.

Dann zog er sich an und stieg in die Gummistiefel. Er kickte dann brachial gegen die rostigen Metallgitter im Stallfenster, bis diese sich lösten, so dass er sie herausbrechen und nun durch das Fenster steigen konnte, um das Haus zu verlassen.

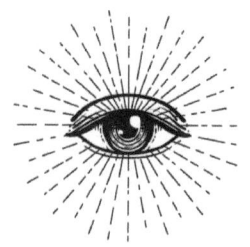

Draußen wurde Yusuf von der kalten Luft angegriffen, und die Nacht war noch stockdunkel.

Er wanderte durch das hohe Gras, auf der Suche nach einer Waffe. Und obwohl die nächtliche Dunkelheit ihm dies erschwerte, ersparte sie ihm dennoch den Anblick der vielen ausgegrabenen Leichen.

Er suchte beim Ziegenstall, beim Gemüsebeet, dann dahinter. Bis er plötzlich in ein frisch gegrabenes Loch stolperte und flach auf die Brust fiel.

„Inshallah!"

Yusuf richtete sich auf und klopfte sich den Sand vom Körper. Das längliche Loch war über einen Meter tief, und hierin befand sich keine Leiche.

Noch nicht.

Yusuf kletterte hysterisch aus dem Loch heraus und sah entsetzt hinein. War es für ihn vorgesehen? Oder für eines der Mädchen? Oder für alle?

Yusuf hatte nicht vor, dies herauszufinden. Er sah sich im Dunkeln um, nur der Sternenhimmel bot ihm ein wenig Licht. Und siehe da, der Spaten stand aufrecht in der Nähe.

Yusuf schnappte sich den Spaten, atmete tief durch und taumelte zum Haus zurück. Diese Waffe war nicht annähernd so scharf wie das Küchenmesser, aber sie war länger. Und das war ein Vorteil. Nicht nur konnte er sich damit einen Angreifer gut vom Leib halten, ebenso konnte er damit seinen Angreifer gut niederstrecken.

Yusuf näherte sich dem Reetdachhaus, aus dessen Stallfenstern ein schwaches orangefarbenes Licht schimmerte. Und die schwere Holztür stand noch offen.

Am Eingang blieb Yusuf dann entsetzt stehen, als er vom Anblick von Konstantins ausblutender Leiche begrüßt wurde. Erschrocken wich er einige Schritte zurück, und realisierte nun, dass er, Shirin und Miriam nun auf sich gestellt waren. Jede Hoffnung, dass Konstantin bei Sinnen war und helfen könnte, war nun zerschmettert.

„Fuck..."

Yusuf dachte für einen Augenblick nach. Sein Herz raste, sein Kopf spielte Szenarien durch. Und so pervers die Lage auch war, in der er sich befand, musste dieser 15-jährige Junge, der vorher seinen Alltag mit Gangs und Drogen verbracht hatte, feststellen, dass er nun zum Erwachsenwerden gezwungen war. Er musste für zwei Mädchen die Verantwortung übernehmen. Er musste auf eigene Faust denken und handeln, und damit möglichst sein eigenes Leben, sowie das von Shirin und Miriam, erhalten.

Was war sein nächster Zug?

Sollte er ins Haus stürmen und Erika ungehemmt mit dem Spaten erschlagen?

Sollte er sie nur verletzen, damit sie kein Unheil mehr anrichten konnte?

Oder wurde er selbst nur ebenfalls zu einer Marionette des Bösen auf dieser verfluchten Hallig?

Warum war Erika nach ihrem blutigen Amoklauf plötzlich zusammengebrochen?

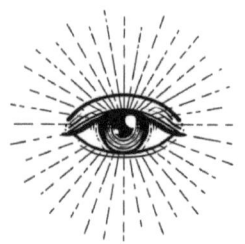

E s war totenstill im Haus.
Yusuf atmete tief ein, dann betrat er das Haus,
den Spaten wie einen Baseballschlager im
Anschlag. Er trat vorsichtig über Konstantins Leiche und
die Blutlache hinweg, sah sich gründlich im Halbdunkeln
um.

Auf dem Boden am Fenster konnte er die Taschenlampe erkennen, die Erika beim Einschlafen hatte fallenlas-
sen, bevor sie zur tötenden Schlafwandlerin geworden war.

Yusuf ging auf Fußspitzen leise hin und versuchte zu
vermeiden, dass die Bodendielen knarrten – was aber
beinahe an einer Unmöglichkeit angrenzte.

Er beugte sich vorsichtig, den Blick dabei nach hinten
zum düsteren Flur gerichtet, und hob die Taschenlampe
auf. Mehrfach klickte er am Schalter, aber die Lampe ging
nicht an. So legte er sie auf die Couch.

„Fuck.“

Er drehte sich leise und langsam zum düsteren Flur um,
wo vor wenigen Minuten eine wehklagende Erika auf dem
Boden gesessen hatte.

Aber nun war sie weg.

Und die Frage war, wohin.

Auf dem Fußboden waren Blutspuren zu sehen, aber es lag kein Messer mehr dort.

Die Tür zum Schlafzimmer war noch geschlossen, und Yusuf konnte nur hoffen, dass die Mädchen auf seinen Ratschlag gehört hatten. Denn aus deren Sicht war Erika ein unberechenbares Monster. Und nun galt es, entweder dieses Monster auszuschalten oder irgendwie die Nacht zu überstehen.

Yusuf sah zur Haustür. Hatte Erika das Haus verlassen? Er sah zur Treppe. War sie nach oben gegangen?

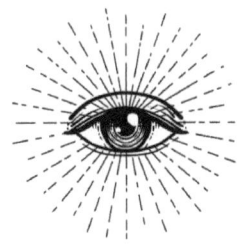

Er ging zum Esstisch und nahm sich das kleine Teelicht, die einzige Lichtquelle in dem Raum. Das heiße, flüssige Wachs schwappte ihm auf die Finger. Er stellte das Teelicht wieder hin und schüttelte sich das Wachs von der Hand.

Dann kippte er etwas Wachs aus und nahm das Teelicht wieder hoch. Damit ging er langsam und umsichtig zum Flur, wo sich sowohl die Treppe nach oben befand, als auch dahinter die Türen zu den zwei Schlafzimmern.

Nun konnte er mit dem faden Licht feststellen, dass

Blutspuren auf der Treppe zu sehen waren. So konnte er annehmen, dass Erika nach oben gegangen war.

Was nun?

Die Mädchen schnappen und schnell das Haus verlassen? Aber wohin dann, mitten in der Nacht, mitten auf einer Hallig, mitten auf der Nordsee?

Alleine nach oben gehen und Erika niederschlagen?

Er stand ratlos vor der Treppe, verängstigt. Und er selbst fand es merkwürdig, dass er in seiner Vergangenheit in so manche Schlägerei verwickelt war, sogar in einige Messerstechereien, und dennoch stand er nun da und zitterte vor Todesangst. Obwohl er es nur mit einer einzigen Frau zu tun hatte. Aber wie er selber nur zu gut wusste, kommt es nicht auf die Größe des Hundes im Kampf an, sondern auf die Größe des Kampfes im Hund.

Yusuf entschied sich für die Konfrontation. Was würde es nützen, die ganze Nacht in diesem beklemmenden alten Haus Versteckten zu spielen, Zeit zu kaufen? Wofür? Wenn keine Rettung zu erwarten war, dann waren noch dreieinhalb Wochen abzusitzen, bis das ahnungslose Filmteam hier aufschlagen würde, um sein blaues Wunder zu erleben.

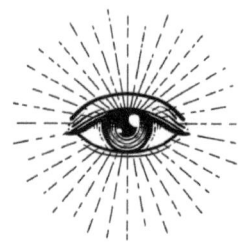

Yusuf rief nach oben: „Erika! Wo steckst du?"

Aber er bekam keine Antwort.

So hielt er mit einer Hand vorsichtig das Teelicht, und mit der anderen krallte er das kalte Holz des Spatens fest. Er begann dann langsam die knirschende alte Treppe hinaufzugehen. Mit jeder Stufe setzte sein Herz einen Schlag aus.

Yusuf betete, je näher er dem ersten Stock kam. Und er hatte zuvor nicht besonders viel gebetet.

Als er oben ankam, blieb er am Ende des Gangs stehen. Es war stockdunkel. Sein Teelicht reichte für keine zwei Meter Sicht. So ging er zur Öllampe, die an der Treppe stand und in den Nächten davor für etwas Nachtlicht gesorgt hatte. Nur war diese jetzt aus.

Yusuf ging langsam in die Hocke, nahm leise die Öllampe hoch und war zunächst etwas ratlos, wie man das altmodische Teil zum Brennen brachte. Er studierte die Lampe sorgfältig, dann sah er, was er zu tun hatte. Es würde sich aber ohne Feuerzeug als schwierige Fummelei herausstellen.

Und er musste dafür seinen Spaten komplett ablegen. Aber er brauchte nun einmal Licht.

Mit großer Furcht, und viel Adrenalin im gesamten Körper, legte Yusuf langsam und möglichst lautlos den Spaten auf den Holzboden. Jedes noch so winzige Geräusch versuchte er zu vermeiden. Es war wie ein Mikado-Spiel.

Aber immer noch besser als noch mehr „Blinde Kuh".

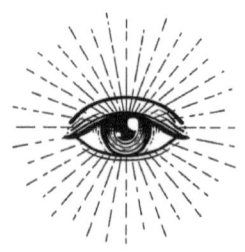

In der offenen Glasglocke der Öllampe befand sich der Docht, der in Öl schwamm. Yusuf musste mit viel Fingerspitzengefühl das Teelicht in die Öffnung führen und dann anwinkeln, um den Docht anzustecken. Es war nervige Fummelei, unter diesen Umständen nervenzerreißend. Denn Yusuf musste damit rechnen, jeden Augenblick wieder unter Angriff zu geraten. Nichts war sicher. Nichts war berechenbar.

Yusuf verbrannte sich bei dem ersten Versuch den Finger und ließ das Teelicht fast in das Öl fallen. Gerade rechtzeitig zog er es wieder heraus, lutschte an seinem Finger und startete einen neuen Versuch.

„Komm schon…"

Er musste beim zweiten Anlauf wieder in Kauf nehmen, dass es sich so anfühlte, als würde er seinen Finger in Lava tunken. Aber er biss sich auf die Lippe und hielt durch.

Und es gelang ihm, den Docht der Öllampe anzuzünden.

„Gott sei Dank", flüsterte er leise zu sich.

Er zog vorsichtig das Teelicht, das ebenfalls noch brannte, wieder aus der Glasglocke heraus. Nun hatte er das Licht verdoppelt. Und es war immer noch dürftig.

Er stellte das Teelicht auf dem Boden ab und hielt die Öllampe nun am Tragegriff aus dickem Draht fest, so dass die Lampe daran baumelte. Mit der anderen Hand griff er leise wieder nach dem Spaten.

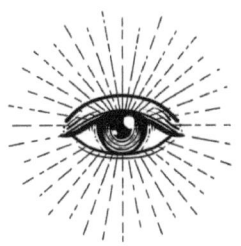

Dann stand er auf und bewegte sich langsam durch den Flur. Immer weiter.

Beide Schlafzimmertüren waren offen. Vorsichtig blickte er in das erste hinein. Es war leer. Er hielt die Lampe in den Raum und sah achtsam hinter die offene Tür, unters Bett.

Dann ging er zum zweiten Schlafzimmer. Hier sah er ebenfalls unter dem Bett und hinter der Tür nach. Immer noch Fehlanzeige.

Dann sah er auf den Boden und erinnerte sich daran, dass Erika noch eine Blutspur hinterlassen müsste. So leuchtete er mit der Öllampe nach unten und fand noch vereinzelte Tropfen mitten auf dem Flurboden. Er sah auf und stellte fest, dass sie weiter bis zum Ende des Ganges führten.

Er folgte den Tropfen, immer tiefer in die Dunkelheit

des schmalen Ganges, bis er am Ende die Tür zum „verbotenen Raum" erreichte.

Die Tür stand sperrweit offen. Die einzelnen Blutstropfen auf dem Holzboden führten hinein.

Yusuf war sich nun ziemlich sicher, dass Erika hoch zum Dachboden gegangen war. Und er hatte eine leise Ahnung, wohin sie dort wollte. Er wusste von der diabolischen Statue aus Holz, Stroh und Körperteilen. Zu seinem Glück hatte er diese noch nicht mit eigenen Augen gesehen.

Was wollte Erika dort oben?

Was auch immer in den letzten Nächten in sie gefahren war, war es verflogen? War sie wieder klar im Kopf?

Was war überhaupt in sie gefahren? Irgendeine dämonische Energie?

Gab es so etwas überhaupt?

Oder war sie eine durchgehende Psychopathin?

War alles gespielt?

War dies von vornherein keine Fernsehshow, sondern eher irgendein Snuff-Film für das Dark Web? Sollten vielleicht alle Teenager zur reinen Ergötzung von irgendwelchen anonymen Voyeuren vor laufenden Kameras abgeschlachtet werden? War „Heim auf der Hallig" nur ein Vorwand gewesen? Wer wusste das alles schon?

Yusuf klammerte mit seiner Hand noch fester an seinem Spaten und betrat den „verbotenen Raum". Auf dem Boden konnte er die vielen losen Kabel und Festplatten sehen, die verstreut lagen. Nichts surrte oder blinkte mehr. Die Leiter zum Dachboden war heruntergezogen worden. Yusuf sah hoch in die Luke. Dort oben war nur Schwärze zu sehen.

Er schluckte und näherte sich der Leiter.

„Erika!", rief er dann. „Ich weiß, dass du da oben bist!"

Er bekam keine Antwort, aber er konnte Regung auf dem Dachboden hören.

Yusuf überlegte sich dann, ob er es schaffen würde, mit einer Lampe und einem Spaten in den Händen diese schmale Leiter aufzusteigen, um im Dunkeln nach Erika zu suchen.

Er überlegte sich, ob er den Anblick von irgendwelchen amputierten Körperteilen ertragen würde, von denen zuvor gesprochen worden war.

Aber warum nicht einfach die Leiter hochschieben, die Luke schließen und Erika dort oben einsperren, bis die Rettung da war? Schließlich galt es, sich selbst und die Mädchen zu schützen. Alles Andere war zunächst nicht wichtig.

Dennoch wollte ein Teil von Yusuf nicht begreifen, was passiert war. Denn er hatte Erika als eine vernünftige, einfühlsame und bemühte Frau kennengelernt. Und ihre nächtlichen Aktivitäten passten vorn und hinten nicht zu der Frau, die sie tagsüber war. Was war die Erklärung für diesen regelrechten Amoklauf? Wie könnte Yusuf Antworten bekommen?

„Erika, was war das alles?", fragte Yusuf, den Kopf Richtung Dachbodenluke gestreckt.

„Warum, Erika? Warum hast du das angerichtet? Du kannst mir nicht erzählen, dass du von irgendeinem Voodoo-Kram gesteuert worden bist, wir sind hier doch nicht in irgendeinem billigen Horrorfilm. Du hast voll den korrekten Eindruck gemacht, und dann das hier?"

Immer noch keine Antwort. Nur ein Rascheln auf dem Dachboden.

Yusuf lauschte, und stellte die Lampe auf dem Tisch ab, wo der umgeschmissene Monitor lag. Nun hielt er den Spaten mit beiden Händen fest, innerlich zerrissen und unentschlossen. Erika einsperren und gute drei Wochen verrotten lassen, oder nach oben gehen und die Konfrontation suchen?

Wenn er sie einsperren würde, könnte sie sich durch das Reetdach irgendeinen Weg in die Freiheit verschaffen?

Aber viel wichtiger: Yusuf war in diesem Moment klar genug im Kopf, um sich vor Augen zu führen, dass er und die anderen Teenager auch als feindselige, widerspenstige und gar gewaltbereite Wesen auf diese Hallig gekommen waren. Und Erika hatte alles toleriert, den Teenagern immer und immer wieder Geduld und Verständnis entgegengebracht. Sie hatte sich auf keine Provokation eingelassen. Sie wollte den Teenagern helfen.

War es also umgekehrt vielleicht fair, Erika in dieser dunklen Stunde eine Hand zu reichen?

Nein!

Nicht wenn sie Menschenleben auf dem Gewissen hatte. Genau hier hörte „Gutmenschentum" auf. Hier hörte Toleranz auf.

„Du willst also nicht reden, ja?"

Keine Antwort.

„Letzte Chance!"

Immer noch keine Antwort.

Yusuf legte dann seinen Spaten in die Dunkelheit und schob die Leiter hoch. Es knarzte und klapperte.

Dann schloss er die Luke, und drehte sich wieder zur Tür...

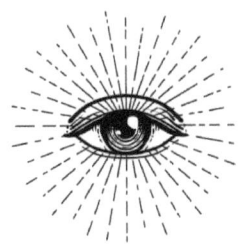

Und dort stand Erika im schimmernden, schwachen Licht der Öllampe, die Augen noch schneeweiß, die Haare und Kleidung blutüberströmt, das Messer in einer Hand. Yusuf erschrak und wich schreiend zurück.

„Hilf mir", stöhnte Erika mit merkwürdig tiefer Stimme. „Es ist in mir."

Sie holte aus und stach auf ihn ein, dabei verletzte sie seinen Unterarm, den er sich vors Gesicht hielt.

„Geh weg von mir!", schrie er.

Yusuf griff nach einer Festplatte und versuchte damit nach Erika zu schmeißen. Aber aufgrund der vielen verhedderten Kabel kam kein ausreichend kräftiger Wurf zustande.

Er riss den Monitor vom Tisch und benutzte diesen als

eine Art Schutzschild, während Erika erneut mit dem Küchenmesser zustach. Mit dem Monitor schob er sie von sich weg. Dann zerrte er heftig daran, bis die Kabel gelöst waren, und schlug mit dem Monitor auf sie ein. Dabei streifte ihre Klinge einen seiner Finger und verletzte diesen stark.

„Fuck! Scheiße!"

„Du musst es zerstören!", schrie sie krampfhaft. Ihre Verzweiflung passte nicht zu ihrem Handeln.

„Geh weg von mir", schrie Yusuf.

„Zerstöre es!"

„Was zerstören?"

Erika versuchte erneut zuzustechen. Yusuf wehrte sich gerade noch rechtzeitig mithilfe des Monitors. Das Messer rutschte am Bildschirm ab. Beim Zurückweichen rempelte Yusuf aber den Tisch an, und dadurch fiel die Öllampe herunter. Aber anstatt auszugehen, wurde sie heller. Das brennende Öl breitete sich auf dem Holzboden aus, und die Flammen wurden immer heller. Der Tisch fing Feuer. Die Kabel begannen zu schmoren.

Yusuf fiel zu Boden und ließ dabei den Monitor fallen. Erika wirkte in ihrem wechselhaften Verhalten wie ein Tau, das von zwei gegensätzlichen Mächten von beiden Seiten gezogen wurde. Auf der einen Seite flehte sie um Hilfe, auf der anderen Seite rastete sie blutrünstig aus. Ihre schneeweißen Augen jagten Yusuf eine Höllenangst ein. Sie signalisierten ihm, dass hier mehr im Spiel war, als nur Erika selbst.

Sie sprang auf Yusuf los, der nun wehrlos auf dem Boden lag, und inzwischen nicht nur ihr, sondern auch den lodernden Flammen zu entkommen versuchte.

Er hielt sich die Hände übers Gesicht. Als sie erneut mit dem Messer ausholte, hatte er keine andere Wahl mehr, als auf seine Erfahrungen in den Ghettos der Großstadt zu setzen, und mit seiner linken Hand ins Messer zu greifen. Der Schmerz war aufgrund des Adrenalins nicht hoch.

Yusufs Körper war so sehr in einem Rausch, dass er seine Hand zwar spüren konnte, dass sie plötzlich zwischen seinem Zeigefinger und Mittelfinger durchbohrt war, aber der stechende, brennende Schmerz – wie etwa bei einer Schnittwunde in der Küche – blieb aus.

Yusuf griff mit allen Fingern um die scharfe Klinge, die in seiner Hand steckte, und hielt sie fest. So konnte er Erika das Messer entreißen. Dann trat er mit seinen Füßen nach ihr, und traf ihr Gesicht. Sie fiel zu Boden, und er konnte rechtzeitig genug aufstehen, um den Flammen zu entkommen, die sich immer weiter ausbreiteten.

Yusuf versuchte die Tür zu erreichen, aber dafür musste er an Erika vorbei, die nun unaufhörlich schrie, wie vom Teufel besessen.

Doch das Schreien fand sein Ende, als eine der vielen Statuen aus dem Flur plötzlich auf Erikas Hinterkopf einschlug und sie bewusstlos machte. Erika plumpste zu Boden. Blut begann aus ihrem Hinterkopf zu fließen.

Shirin stand im Flur, und ließ die Statue fallen.

Yusuf war überrascht, dass sie den Mut gefasst hatte, sich durch die Dunkelheit nach oben zu kämpfen und helfend einzugreifen.

„Danke, Shirin", keuchte er.

„Du bist verletzt."

„Ich werd's überstehen."

Yusuf war mit einer solchen Verletzung vertraut, auch wenn es keine schöne Erfahrung war. Zu seinem Glück war er Rechtshänder.

Er atmete schnell und tief durch, dann biss er sich auf die Unterlippe und zog sich das Messer aus der Hand. Nun konnte er die Schmerzen spüren, diese jagten ihm Blitze durch den Arm und bis zum Hals hoch. Er ließ einen lauten Schmerzensschrei los und hielt seine verletzte Hand fest.

„Fuck! Fuck! Tut das weh!"

„Wir müssen hier raus! Komm schnell!"

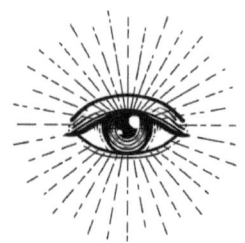

**Y**usuf taumelte aus dem Raum und folgte Shirin. Nun war der schmale Flur immerhin durch die inzwischen meterhohen Flammen um den Schreibtisch des „verbotenen Raumes" gut erhellt. Das Feuer kroch die Wände hoch bis zur Decke und erreichte dann auch die Dachbodenluke. Das knisternde Getöse wurde immer lauter, und das Haus verwandelte sich von innen in eine regelrechte Sauna.

Shirin rannte vorweg, Yusuf folgte.

Doch dann blieb er stehen, und sah zurück zu Erika, die bewusstlos da lag. Und er musste feststellen, dass er nicht in der Lage war, sie einfach dort liegen zu lassen.

„Was ist? Lass uns schnell hier raus, Yusuf!"

„Mit ihr hat was nicht gestimmt."

„Das ist jetzt scheißegal", plädierte Shirin, und nahm Yusuf an die Hand. „Komm jetzt!"

„Nein. Wir müssen sie mit rausnehmen."

„Du machst Witze!"

„Das war nicht sie. Und wenn, dann soll sie schön in den Knast und so. Aber wir sind keine Mörder."

Er riss sich los und eilte zu Erika hin. Er griff fest um ihre Fußgelenke und schleifte sie aus dem brennenden Raum, und durch den Flur.

Shirin rannte die Treppe hinunter und in das Schlafzimmer, wo sie Miriam abholte.

„Komm! Das Haus brennt! Nimm Decken mit für draußen!"

Miriam gehorchte sofort und sammelte einige Decken ein.

Währenddessen schleifte Yusuf Erika die Treppe herunter. Es war ein grobes Gepolter. Aber die Hauptsache war, dass alle schnell aus dem Haus kamen.

Unten angekommen, stieß er auf Shirin und Miriam. Shirin rannte zur Küche und holte ein Sixpack Trinkwasser aus dem Regal, sowie einige Konserven und eine Packung Toast. Denn die Drei wussten nicht, wie lange sie draußen ohne Dach über dem Kopf auf die Rettung warten mussten.

Yusuf suchte in den Schränken nach irgendetwas, womit er Erika provisorisch fesseln konnte, denn momentan war mit allem zu rechnen.

Fündig wurde er in einer Schublade. Dort fand er einige lose Seilreste, die lang genug waren, um Erika die Hände und Füße damit zu verbinden.

„Kommt her, helft mit!" Die Mädchen eilten zur bewusstlos daliegenden Erika, und Yusuf gab ihnen einige Seilstücke ab.

„Ich verbinde ihr die Hände, macht ihr die Fußgelenke. Schön fest, ja?"

„Du musst ihr die Hände hinterm Rücken verbinden", merkte Shirin an, „sonst kann sie sich die Füße losbinden."

„Ja, das macht Sinn."

Die Jungendlichen arbeiteten zusammen, und fesselten Erika die Hände und Füße. Auf die Durchblutung der Gliedmaßen nahmen sie wenig Rücksicht. Wichtiger war ihnen, dass sich Erika auf keinen Fall losreißen konnte.

Die Jacken, Decken und Lebensmittel wurden hektisch vor die Haustür geworfen. Dann wendete sich die Dreiergruppe wieder an Erika, deren Blutung am Kopf allmählich nachließ.

„Schnell, nehmt ihre Füße!"

Yusuf öffnete die schwere Haustür, dann griff er Erika unter die Arme, während Shirin und Miriam ihre Fußgelenke ergriffen. Sie trugen Erika wie einen schweren Sack aus dem Haus, das immer heller wurde.

„Wo gehen wir hin?"

„Zum Hühnerstall, da ist ein Dach!"

„Okay."

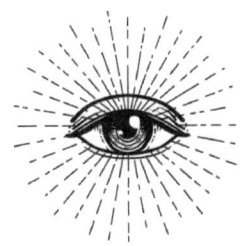

Wie Pinguine liefen die Drei in Richtung Hühnerstall, mit kurzen, staksigen Schritten. Ein menschlicher Körper war nicht das handlichste Gepäck.

Das Haus knisterte immer lauter, als das Reetdach zu brennen begann. Da das Reet noch vom Regen feucht war, quoll immer mehr dicker, weißer Rauch auf.

Yusuf, Shirin und Miriam erreichten den Hühnerstall und scheuchten die Hühner dabei ordentlich auf. Sie öffneten das Gitter, legten Erika in das Stroh, und schlossen wieder ab. Dann drehten sie sich zum Haus um, und sahen sich das brennende Spektakel an.

Erst jetzt konnten sie auf sich wirken lassen, was heute Nacht alles passiert war.

Viele Fragen würden wohl für immer offenbleiben.

Wo hatte Erika das Satellitentelefon beseitigt, das sie mit höchster Wahrscheinlichkeit bei Nacht und Nebel mit Konstantins Schlüssel aus dem Raum geholt hatte?

Was war mit ihr geschehen, um so plötzlich aus ihr so eine bösartige Bestie zu machen?

Was hätte das viele Videomaterial, das gerade vor ihren Augen in Flammen aufging, alles verraten?

Niemand würde es je erfahren. Niemand würde auch

nur ein einziges bewegtes Bild von den letzten drei Tagen zu sehen bekommen.

Das Haus übertraf allmählich jedes noch so große Maifeuer, das man jemals auf dem Festland erlebt hatte. Und es wurde auf der Hallig so heiß, dass Yusuf, Shirin und Miriam keine Jacken tragen mussten, geschweige denn Decken, obwohl es noch mitten in der Nacht war.

Die Hitze wurde sogar so intensiv, dass sich die Drei noch etwas Abstand nehmen mussten.

„Was ist mit Erika?", fragte Miriam besorgt.

„Hitze steigt auf", antwortete Yusuf, „und der Hühnerstall ist weit genug weg vom Haus. Das wird sie schon überstehen."

Als die Drei durch den Strandhafer wanderten, entdeckten sie dabei einige der halb ausgegrabenen Leichen. Shirin bekam bei diesem Anblick Panik, und Yusuf forderte sie auf, nicht hinzusehen.

„Nicht hinsehen? Sie sind überall!"

„Vorsicht, dass ihr nicht in irgendein Loch stolpert! Guckt immer, wo ihr hinlauft!"

„Wo gehen wir hin?"

„Zum Wasser, da sind wir am sichersten."

„Was ist, wenn die Ställe auch Feuer fangen und so?"

„Dann ist es so. Aber das werden sie nicht. Die werden nur ordentlich aufgewärmt sein."

Die Drei kämpften sich durch die hohen Halme, und erreichten die Kante vom Plateau, wo sich der Abstieg zum Sandstrand befand, der etwa einen Meter tiefer lag.

Miriam blieb stehen, während Yusuf und Shirin zum Sand herunterliefen. Sie sah in die Ferne, und atmete auf.

„Miriam, was hast du?"

Miriam zeigte mit dem Finger auf den Horizont.

„Guckt!"

Shirin und Yusuf blickten hinaus aufs Meer, wo sie ein funkelndes, weißes Licht sehen konnten, noch etwa zehn Kilometer entfernt. Es sah aus wie ein besonders heller Stern, geflankt mit grünem und rotem Licht. Bei längerem Hinsehen konnten die Drei erkennen, dass dieses Licht langsam auf sie zukam.

„Inshallah!", rief Yusuf. „Wir sind gerettet! Das ist ein Boot! Die haben das Feuer gesehen!"

Shirin und Miriam nahmen sich in die Arme, dann schloss sich Yusuf an. Ein Anblick, den sie selbst niemals erwartet hätten. Ihre Freude, dass diese grausame Nacht ihnen ein unschlagbar großes Signalfeuer geschenkt hatte, machte alles Andere nichtig. Sie waren gerettet. Das Grauen war vorbei.

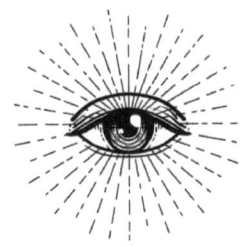

Ein Fischkutter hatte das Feuer gesehen, und daraufhin Kurs auf die Insel genommen. Yusuf, Miriam und Shirin sowie die gefesselte Erika wurden an Bord geholt, und es wurde die Polizei verständigt, dass auf dieser Hallig mehrere Morde begangen worden waren.

So nahmen die Dinge ihren Lauf. Ermittlungen

wurden angestellt, die drei überlebenden Jugendlichen
wurden verhört. Die zwei auf der Nordsee verschollenen
Jugendlichen wurden nie gefunden.

Uwe und Bianca wurden als Zeugen vorgeladen, und
ihr Entsetzen wegen der Ereignisse auf der Hallig war
natürlich groß. Sie konnten sich nicht erklären, wie so etwas
nur passieren konnte. Erika hatte sich in der Vergangenheit
nie auch nur im Ansatz gewaltbereit gezeigt.

Der alte Mann, dem die Hallig gehörte, verschwand
kurioserweise von einem Tag auf den anderen, so dass er
nicht zur Rechenschaft gezogen werden konnte, was die
vielen anderen Morde anbelangte. Und die Fakten der
Beweislage führten nur zu Sackgassen. Darüber hinaus
konnte man nur den Fall lösen, wenn man offen für Dinge
war, die man sich nicht rein faktisch erklären konnte.

Die schlüssigste Annahme, die man bei der Ermittlung
machen konnte, war, dass diese bizarre selbstgebaute
Baphomet-Statue mit einem Ziegenkopf angefangen war,
und irgendeine Macht auf die Besucher dieser Hallig
ausgeübt hatte, so dass sie bei Nacht wie ferngesteuert
aufeinander losgingen und sich gegenseitig ermordeten –
nur um dann einen Beitrag zur Statue zu leisten. Denn die
Morde fanden in der Abwesenheit des alten Mannes statt,
der das Haus immer wieder an Touristen oder Urlauber
vermietete. Dass keine Vermisstenfälle an die große Glocke
gehängt worden waren, zumindest nicht sofort, das lag
sicher daran, dass die Hinterbliebenen zugleich die Täter
waren.

Wo kein Kläger, da kein Richter...

Das alles klang aber wiederum selbstverständlich wie
Humbug. Es klang extrem weit hergeholt, und das war frustrierend. Der Fall musste einfach als ein ungelöstes und
unerklärliches Phänomen in die Geschichte eingehen.

Der alte Mann wurde nie gefunden. Dunja und Guido wurden nie gefunden. Videoaufnahmen wurden nie gesehen. Am Ende aller Tage musste der Fall als etwas akzeptiert werden, was schlichtweg so geschehen war.

Shirin, Yusuf und Miriam kehrten als komplett neue Menschen zu ihren Elternhäusern zurück. Sie zeigten sich dankbar und hilfsbereit, strengten sich in der Schule an, setzten sich neue Ziele und schätzten jeden einzelnen Tag aufs Neue.

Gegen Erika wurde ein Verfahren eingeleitet, und dies erregte die Aufmerksamkeit der Nation. Für lange Zeit drehten sich alle Schlagzeilen um sie. Es dauerte, bis der untergetauchte alte Mann mit zum Thema wurde.

Dank eines kompetenten Anwalts wurde Erika nicht zum Gefängnis verurteilt, sondern in die geschlossene Psychiatrie eingewiesen. Und sie war relativ schnell wieder ganz die alte Erika – bis auf ihr Entsetzen und ihre Fassungslosigkeit über die Ereignisse auf der Hallig. Von ihren nächtlichen Gräueltaten wusste sie nichts mehr. In ihren von Unheil geplagten Träumen kamen immer wieder einzelne Erinnerungsfetzen durch. Kurze Momente aus diesen Nächten.

Dass Erika recht schnell wieder so klar im Kopf war, und so fassungslos, dies machte den Ermittlern sowie den Therapeuten ihre Arbeit nicht besonders leicht. Denn man suchte händeringend nach Erklärungen. Es gab keinen Strohhalm, den man nicht zog.

Aber für Erika war die Frage viel wichtiger, ob sie denn nun endgültig diese Dämonen los war, von denen sie auf der Hallig aufgesucht worden war.

Oder waren ihr die Dämonen bereits vorher auf den Fersen?

War der Teufel auf der Hallig nur ein letzter Auslöser, der das Fass zum Explodieren gebracht hatte?

Und würde Erikas Leben jemals wieder normal werden?

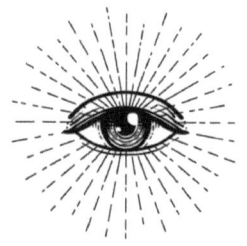

Es war ein verregneter Samstag im Frühling.

Erika bekam Besuch von Uwe und Bianca, natürlich unter strenger Aufsicht. Sie brachten ihr ihre Lieblingspralinen und einige ihrer Bücher zum Lesen mit. Man verbrachte mehrere liebevoll gestaltete Stunden miteinander. Einen Spaziergang im Park der Psychiatrie ließ heute das Wetter nicht zu. So spielte die Familie im Aufenthaltsraum einige Brettspiele, und unterhielt sich miteinander. Bianca berichtete, wie es in der Schule lief. Ihr Realschulabschluss war in der finalen Phase, und sie gab sich größte Mühe.

„Ich bin stolz auf dich, mein Schatz."

„Na ja, noch ist nichts geschafft, Mama. Wir reden im Sommer nochmal."

Erika legte ihre vernarbte Hand auf die von ihrer Tochter und lächelte sie liebevoll an. „Ich bin ganz zuversichtlich, dass du es mit Bravour schaffen wirst."

„Das denke ich auch", hakte Uwe ein.

Dann erinnerte er sich an etwas. „Ach ja, ich soll dich von Florian grüßen, er hatte angerufen und nach dir gefragt. Dein sozialpädagogischer Assistent."

„Ah, dann grüß den mal zurück und sag ihm, für eine Mörderin mit Psychosen ganz okay."

Dann wurde Erika wieder still und andächtig. Ihre Augen wurden glasig.

„Ich habe zwei Menschen umgebracht. Einer davon war ein Kind. Und hätte ich das nie getan, dann wären Dunja und Guido nie im Meer ertrunken. Und von alledem weiß ich nichts mehr! Ich kann mich nicht einmal dafür verantworten, weil ich davon nichts mehr weiß!"

Sie begann bitterlich zu weinen. Ihr Mann und ihre Tochter schwiegen und sahen auf den Fußboden.

„Ich hoffe, Gott kann mir verzeihen", schluchzte Erika. „Ich verstehe nicht, was da passiert ist, wirklich nicht."

„Das glaube ich dir", sagte Uwe verständnisvoll. „Sieh es doch mal positiv. Du bist nicht hinter Gittern. Du bist hier. Und man will dir helfen."

„Es geht hier nicht nur um mich, Uwe. Meinetwegen leiden jetzt Menschen. Eltern haben ihre Kinder verloren."

Uwe seufzte, beugte sich zu ihr nach vorne und senkte die Stimme: „Schatz, ich will nicht zynisch klingen, aber..."

Er pausierte. Fragend sah sie ihn an.

„Aber was?"

„Ich hab die Steckbriefe von denen gesehen. Und die Eltern haben alle insofern verkackt, dass die Kinder sich nicht gewollt gefühlt haben."

„Worauf willst du hinaus, Uwe?"

Uwe merkte selbst, dass es keine Art gab, seinen Gedankengang zu Ende zu bringen, ohne hochgradig taktlos zu klingen.

„Ist schon gut. Ich will nur sagen, bitte sei nicht zu hart zu dir selbst."

„Und sei du bitte nicht zu zynisch", antwortete sie.

Er nickte, und dann wechselte er das Thema.

„Dieser Florian, ich hab einen Augenblick mit ihm telefoniert. Er hat versucht, möglichst viel über diesen Konstantin herauszufinden, mit dem du da warst."

In diesem Moment konnte Erika nur daran denken, dass sie Konstantin die Kehle durchgeschnitten hatte, und nichts mehr davon wusste.

„Er sagte, dass der Typ wohl angeblich aus Russland kam. Und dort hatte er wohl als Erzieher Dreck am Stecken, und deswegen sei er nach Deutschland ausgewandert. Dort bekam er keine vernünftige Arbeit mehr. Irgendwas mit den Kindern war da mal vorgefallen."

Erika fiel ihm ins Wort. Sie konnte nichts mehr davon hören.

„Uwe, bitte. Das hilft mir alles jetzt nicht. Lass uns einfach eine neue Partie spielen, ist das okay?"

Uwe nickte.

„Natürlich."

„Jetzt mache ich euch fertig."

„Träum weiter", scherzte Bianca.

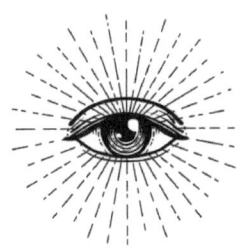

I n dieser Nacht träumte Erika wieder unruhig.
Mitten in der Nacht wachte sie in ihrer Einzel-
zelle auf, verstört von den düsteren Eindrücken, von
denen sie im Schlaf verfolgt worden war.

Wann würde dies endlich aufhören?

Würde es jemals aufhören?

Würde sie ihr Leben lang paranoid bleiben?

Würde sie irgendwann wieder von dieser teuflischen
Macht ergriffen werden, und dann wieder etwas Schreckli-
ches tun?

War die Welt vor ihr sicher?

Erika sah sich in der Zelle um. Sie sah zum Bad, zum
Kleiderschrank, zur Tür, zu den vielen tröstenden Familien-
fotos an den Wänden.

Minutenlang lag sie nachdenklich da, schlaftrunken
und schwer atmend. Es gab nur einen Weg, zu einem
normalen Leben zurückzufinden: genug Zeit vergehen

lassen. Kommt Zeit, kommt Rat. Sie war in guten Händen, und sie kooperierte bestens bei der Therapie. So gesehen machte sie alles richtig, was derzeit richtig zu machen war. Alles Weitere hatte sie nicht in der Hand. Und solange sie so weitermachte, bestand zumindest Hoffnung auf Normalität, wenn auch keine Garantie. Wenn auch keine Antworten auf die vielen, vielen offenen Fragen.

Allen voran die Frage, wo der alte Mann war. Denn er konnte sicher viele der offenen Fragen beantworten, wenn man ihn nur zur Rede stellen könnte.

Erika schloss wieder die Augen, und versuchte wieder einzuschlafen.

Dann öffnete sie wieder die Augen und sah zur Zimmertür. Müsste nicht bald eine Schwester zu einer Routinekontrolle vorbeischauen? Erika konnte die Zeiger auf der Wanduhr nicht erkennen.

Dann spürte sie eine Präsenz hinter der Tür. Irgendjemand näherte sich. Es raschelte.

Erika richtete sich auf, und sah zur Tür...

Klopf, klopf.

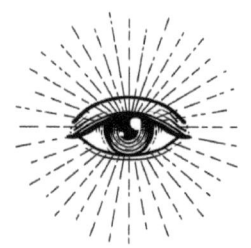

Und wieder war es nur ein Krankenpfleger, der Pillen brachte, nach Erikas Zustand schauen wollte. Viel Herzklopfen um nichts. Nacht für Nacht, Tag für Tag, wurde sie immer wieder von der Angst verfolgt, dass irgendwann der alte Mann an ihre Tür klopfen würde.

Aber war dies einfach nur unsinnige Paranoia? War der alte Mann wirklich Erikas Problem, oder viel eher ein Dämon, den sie ohnehin schon mit sich herumgetragen hatte?

War diese Hallig nur der Katalysator gewesen, der diesen Dämon freigesetzt hatte?

Erika suchte Trost in dem Wissen, dass sie nicht die Einzige war, die auf der Hallig getötet hatte. Dass es für die anderen Fälle keine logische Erklärung gegeben hatte. Dass das Reetdachhaus verbrannt war, und somit niemand mehr in absehbarer Zeit dort Urlaub machen würde. An und für sich spielte der alte Mann womöglich keine besonders große Rolle. Vielleicht musste man sich einfach damit abfinden, dass die Vorfälle auf dieser Hallig durch eine finstere Energie ausgelöst worden waren, die sich in keine Schublade stecken ließ. Die sich keinen Stempel aufdrücken ließ. Ein weiteres rätselhaftes Ereignis in der Weltgeschichte.

Menschen brauchen für alles eine Erklärung, irgendeine offiziell klingende Bezeichnung, sonst kommen sie damit nicht klar. Aber manchmal gibt es eben keine Erklärung. Und selbst wenn dies der Fall ist, sucht man dann immer noch wenigstens eine Bezeichnung. „Ufo" bedeutet zum Beispiel „unbekanntes Flugobjekt". Das Objekt bleibt unbekannt, fühlt sich aber dadurch, dass es nun einen Namen hat, dann doch bekannt an. Andere haben es schon gesehen, sonst würde es die Bezeichnung nicht geben.

So suchte auch Erika Abschluss darin, dass diese Vorfälle schlichtweg nicht erklärbar waren. Sie bemühte sich mit den Jahren in der Therapie um einen Kontakt zu den Angehörigen der Verstorbenen. Konstantin hatte keine eigenen, aber die Kinder hinterließen traumatisierte Eltern. Nur die Zeit konnte die Wunden heilen. Sie recherchierte über die anderen Phänomene auf der Hallig, und über Teufelsanbetung, über Hexerei. Sie suchte außerhalb der Bibel nach Antworten, sowie auch innerhalb.

Aber am Ende blieb die Tatsache bestehen, dass die Dinge nun einmal so passiert waren. Bloß die Zeit konnte auch nur ansatzweise die Wunden heilen.

Wichtiger denn je für Erikas Zukunft wurde ihr Vorsatz, „dem Teufel keinen Raum zu geben".

# E nde.

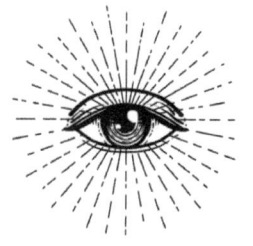

## ❧ 5 ❧

# DANKSAGUNG

Ich danke an erster Stelle meiner Frau Annika für ihre Unterstützung und ihre Liebe. Zudem möchte ich mich bei Laura Sommer für den Support und die vielen Ratschläge bedanken. Für die Motivation, diesen Stoff anzupacken, möchte ich zudem an Torge Oelrich ein dickes Dankeschön aussprechen, der immer wieder gesagt hat, ich solle den „Teufel auf der Hallig" niederschreiben. Gesagt, getan. Bei Rebecca Wild möchte ich mich ebenfalls für die Beratung zum Cover bedanken. Und last but not least, fürs Lektorat und Korrektorat bedanke ich mich bei Ann-Christin Jipp für ihren unermüdlichen Einsatz.

## ❦ 6 ❦

# IMPRESSUM

Michael Pate
c/o take25 Pictures GmbH
Friedrichstr. 14-16
25774 Lunden
Telefon: 04882-6060086

Cover: Michael Pate

Bildnachweise:
© shutterstock.com

Löwenkopf (Cover)
Lizenzfreie Stockfotonummer: 1024436023
Rechteinhaber: alexmgm

Sun broken in two half open
Lizenzfreie Stockvektornummer: 1015421704
Rechteinhaberin: Katja Gerasimova

Female hands open around masonic symbol

Lizenzfreie Stockvektornummer: 591191069
Rechteinhaber: Gorbash Varvara

Occult psychic woman seeing world of unreal through
keyhole
Lizenzfreie Stockvektornummer: 1102053758
Rechteinhaberin: Katja Gerasimova

Pentagram in the head of demon Baphomet
Lizenzfreie Stockvektornummer: 1105784207
Rechteinhaberin: Katja Gerasimova

Eye of Providence
Lizenzfreie Stockvektornummer: 1038442951
Rechteinhaber: Gorbash Varvara

ISBN: 9783748149750

Herstellung und Verlag:
BoD – Books on Demand, Norderstedt
ISBN: 978-3-7481-4975-0